Magica《マギカ》 Technica《テクニカ》
The Ultimate Swordmaster's Heroicsaga In Magica Technica
現代最強剣士が征くVRMMO戦刀録
3

クオン
現実世界最強の剣士。
「マギカテクニカ」内でも、
向かうところ敵なしの快進撃中。
弟子の緋真や妖精ルミナらと、
マイペースな旅を続けているが……？
緋真 -ひさな-
クオンの弟子で、彼のことを慕っている。
その凛とした美少女ぶりと実力の高さから
「マギカテクニカ」内でもファンは多いが、
クオン以外は眼中無しな模様。

アルトリウス
大クランを率いるカリスマプレイヤー。
高い実力と知性を兼ね備える。
クオンに興味を抱き、誘いをかけてくるが!?
ルミナ
ゲーム内でクオンがテイムした妖精の少女で、
一行のマスコット的存在。
魔法の適性と、経験を積み「進化」する力を持つ。
最近は、剣技にも興味津々。

「これからは私が、貴方に久遠神通流の術理を教えていくわ」
「はーい、ルミナです」

Magica《マギカ》 Technica《テクニカ》
現代最強剣士が征く
VRMMO
戦刀録
The Ultimat Swordmaster's
Heroicsaga In agica Technica
Allen
ill.ひたきゆう
3

口絵・本文イラスト　ひたきゆう

CONTENTS

第一章 護衛しながら

王都への避難民《ひなんみん》を連れてゆくクエストは、いくつも連なった馬車を護衛するミッションとなっていた。

一度に連れていける数はそれほど多くはないが、馬車で進めばそれだけ速度は速くなる。まだ例のアナウンスからそれほど時間は経《た》っていないし、避難《ひなん》するにしても準備できていない者が多いのだろう。全員が馬車に乗り込めたのはそういった理由からだ。

そして、その機動力を損《そこ》なう理由も無いからだろう、護衛の兵士たちも全員騎乗《きじょう》している。つまるところ、この隊列の移動速度は結構速く、飛んでいるルミナはともかく、徒歩の俺《おれ》には少々面倒《めんどう》なミッションではあった。

「ま、近づいてきた連中を片付ければいい話だがな――ルミナ、右斜《なな》め前方だ」

「うんっ！」

故《ゆえ》に、俺は先頭を走る馬車の上に登り、接近してくる魔物《まもの》たちの気配をそこから探《さぐ》りつつルミナへと指示を出していた。

俺の指示を受けたルミナは、ふわりと跳《と》び上がってそちらの方向へと飛翔《ひしょう》してゆく。それとほぼ同時、森の中からはガサガサと音を立てながらリザードマンたちが姿を現し——

「やぁっ！」

その直後、上空に到達《とうたつ》したルミナが、その小さな手を振《ふ》り下ろした。彼女《かのじょ》の手から発生した光は、刃《やいば》となってリザードマンたちに降り注ぐ。魔法《まほう》に込められた威力《いりょく》は、妖精《ようせい》だった頃《ころ》と比べても一段階上だ。ただでさえ魔法攻撃力《まほうこうげきりょく》に優《すぐ》れていたルミナの火力は、この辺りの魔物を相手にするには十分すぎる威力となる。

「ありゃ、加勢は必要ないな」

上空からの攻撃が可能なルミナは、あまり攻撃の対象になることは無い。弓矢で攻撃を受けてはいるものの、ルミナの飛行速度は妖精の頃よりも速くなっている。そうそう矢が当たることもあるまい。

ちなみに、アイテムについては放置している。リザードマンの素材については森を歩いている間にそこそこ回収していたので、あまり必要とはしていない。

『テイムモンスター《ルミナ》のレベルが上昇《じょうしょう》しました』

「ん、終わったか」

今までの相手は全《すべ》てルミナにさせていたおかげで、レベルも上がってきている。魔物の

出現する頻度《ひんど》は普通《ふつう》に街道《かいどう》を歩いている時よりも多いだろう。その割には体力が低めであるから、ルミナの修行《しゅぎょう》にはちょうどいい塩梅《あんばい》だった。

「……会った時にも驚《おどろ》かされたが、本当に驚かされっ放しだな」

「うん？　そんなに驚くようなことがあったか？」

こちらへと飛んで戻《もど》ってくるルミナの姿を確認《かくにん》してから、俺は声を掛《か》けてきた兵士の方へと振り返る。元々は馬上で周囲の警戒《けいかい》をしていたはずの彼《かれ》は、しかし今は気の抜《ぬ》けた様子で苦笑《くしょう》していた。どうやら、敵が近寄ってくる前に片付けられてしまっているため、暇《ひま》をしているらしい。

「そりゃそうだ。精霊《せいれい》と契約《けいやく》して、《精霊魔法《せいれいまほう》》を使っている奴《やつ》なら、たまに見たことはあるが……精霊をテイムしている奴なんて初めて見たしな」

「ああ……成程《なるほど》、そういうものか」

妖精をテイムしていただけでもあれだけ珍《めずら》しがられていたのだ、精霊となるとそれ以上なのだろう。まあ、ルミナが妖精から精霊に進化したことは言わないでおくが。そもそも、妖精郷《ティル・ナ・ノグ》まで行って種族を変えたなどと言っても信じられるものなのかどうか。説明も面倒だし、それをわざわざ話すことも無いだろう。

そう結論付けて軽く肩《かた》を竦《すく》めたところで、魔物を倒《たお》し終えたルミナが帰還《きかん》してきた。

「もどりました！」

「ああ、よくやった。次の時まで待機してくれ」

「はいっ！」

正直、俺としても少しは戦いたいのだが……流石《さすが》に、一度離《はな》れた後馬車まで戻ってくるのは面倒くさい。ルミナの修行にもなるだろうし、こいつの手に負えないような状況《じょうきょう》になるまでは今のままでいいだろう。そう判断して、俺は再び周囲の索敵《さくてき》に戻った。

「……しかし、どうやってあんな遠くの敵を感知しているんだ？　斥候《せっこう》という風には見えないが」

「うん？　まあ、気配を感じ取ってるんだが」

「いや、だからどうやって気配を感じ取ってるんだ？」

「普通に害意を向けてきた相手を探ってるだけだが。この速度で動いていると、流石に音で探るのは難しいからな」

自分の足で移動しているならまだしも、馬車での移動では聴覚《ちょうかく》での察知は不可能だ。だからこそ、今は相手から向けられている敵意や殺気を感知することで、出現する位置を割り出しているのだ。

魔物たちは今の所例外なくこちらに敵意を向けてきているし、そもそも敵意の無い魔物が襲《おそ》ってくることは無いだろう。そういう意味では、読みやすい相手であると言えた。

「へぇ、そういうスキルがあるのか。聞いたことが無いけどな……異邦人《いほうじん》特有のスキルなのか？」

「おん？」

「え？」

よく分からない兵士の問いかけに疑問符《ぎもんふ》を浮《う》かべると、向こうも驚いたように目を見開く。思わずしばし顔を見合わせてしまったが……何やら、彼は勘違《かんちが》いをしているらしい。

そのようなスキルがあるのかどうかは分からんが、仮にあったとしてもそのようなものを使うつもりは無い。久遠神通《くどうじんつう》流は自己の制御《せいぎょ》を念頭に置く。生きることすらその修行であり、その機会を潰《つぶ》すような馬鹿《ばか》は久遠神通流にはいない。まあ、そんなことを説明するのも面倒だし、勘違いしているならそれはそれでいいのだが。

適当に頷《うなず》き返そうとし――ふと、俺は新たな気配があることを感じ取った。

（大きい悪意――いや、これは多いのか）

まだ少々先、だが馬車の速度で進んでいれば近いうちに接敵するであろう場所。草原の、背の高い草の中――そこに、複数の気配が存在することを感じ取った。

流石に、これは数が多い。恐《おそ》らく十五以上はあるだろう。これをルミナだけに対処させるのは流石に無理だ。であれば――

「俺も出るとするか」

「あ、おいっ⁉」

驚いた表情で兵士がこちらを制止する声を受けながら、俺は馬車の上から飛び降りた。走行の慣性をそのまま活《い》かして地を蹴《け》り、こちらを置いていった馬車を、逆に瞬《またた》く間《ま》に追い抜いてゆく。その辺りでルミナも俺の動きに追いついたのか、いつの間にか俺の頭上を飛行していた。

共に目指す先は先ほど気配を感じ取った茂《しげ》みの中。太刀《たち》を抜き放ち――その瞬間《しゅんかん》、茂みの中から殺気が膨《ふく》れ上がる。それと共に放たれたのは、十本ほどの粗雑《そざつ》な矢であった。それらの向かう先は俺たちではなく、後方にある馬車だ。

「ルミナ、吹《ふ》き散らせッ！」

「うんっ！」

上空で動きを止めたルミナが、その小さな手を前へと突《つ》き出す。その瞬間、ルミナの手から放たれた烈風《れっぷう》が、飛来する矢を纏《まと》めて吹き飛ばした。

あれは、スプライトに進化したことによって新たに得た《風魔法》だ。相変わらずメインの魔法は光であるが、今のルミナは風属性の魔法も同時に扱《あつか》うことができるのである。

その様子を気配で察知しながら、俺は前に倒れるようにしながら地を蹴る。

歩法──烈震《れっしん》。

足元の地面が踏《ふ》み込みによって爆《は》ぜ、俺の体は爆発的《ばくはってき》に加速して目標地点へと直進する。その前傾姿勢《ぜんけい》の状態から跳躍《ちょうやく》によって体勢を変え、スライディングのように滑《すべ》りながら太刀を脇《わき》構えに構える。そして──そのまま、俺は目標とした茂みの中へと飛び込んだ。

斬法──剛《ごう》の型、扇渉《せんしょう》。

背の高い草が、一斉《いっせい》に千切れ飛ぶ。放ったのは、広範囲《こうはんい》に移動しながら放つ横薙《な》ぎの一《いち》撃《げき》だ。その一閃《いっせん》は、奥《おく》にいた魔物たちの首を五つほど刎《は》ね飛ばしていた。

「キィッ⁉」

「ッ──おおおッ！」

視界に入ってきたのは、緑色の醜悪《しゅうあく》な小人。その悪意と欲望に満ちていた眼は、俺の攻撃によって大きく驚愕《きょうがく》に見開かれていた。

その動揺《どうよう》を見届けてやるほどの理由も無い。スライディングの足で強く地面を踏みしめ、正面にいる敵を纏めて薙ぎ払《はら》う。

斬法──剛の型、扇渉・親骨《おやぼね》。

その突進《とっしん》の勢いを纏めて一閃に込めたその一撃は、強大な破壊力《はかいりょく》を以《もっ》て三体の魔物を両断する。これで八体、魔物の数は半減した。

■ゴブリン
種別：魔物
レベル：10
状態：アクティブ
属性：なし
戦闘《せんとう》位置：地上

■ゴブリンアーチャー
種別：魔物
レベル：10
状態：アクティブ
属性：なし
戦闘位置：地上

■ゴブリンファイター
種別：魔物
レベル：12
状態：アクティブ
属性：なし
戦闘位置：地上

■ホブゴブリン
種別：魔物
レベル：15
状態：アクティブ
属性：なし
戦闘位置：地上

相手は全てゴブリンとかいう魔物の類。一体一体は弱いが、徒党を組んで襲ってくる魔物ということだろう。道具を使い、このように罠《わな》を張りながら襲ってくるというのは中々に面倒な性質だ。だが――

「――テメェらみたいなのは得意分野だ」

「ゴァッ！」

ホブゴブリンが、こちらを指さして叫《さけ》び声《ごえ》を上げる。だが周りのゴブリンたちは、俺の動きに圧倒《あっとう》されたのか、二の足を踏んでいるような状態だ。無論、その動揺を見逃《みのが》すつもりも無く、俺は返しの一閃によってゴブリンアーチャーを斬《き》り伏《ふ》せた。

そしてその直後、上空から降り注いだ光の矢が、慌《あわ》てふためくゴブリンを射貫《いぬ》く。

「おとーさま！」

「そのまま続けろ、ルミナ！」

降り注ぐ光の矢の中へ、飛び込んでゆく。

その軌道《きどう》の全てを読み取りながら、俺はゴブリンファイターへと突撃《とつげき》した。

大きなハンマーを振りかざすゴブリンファイターは、耳障《みみざわ》りな喚《わめ》き声《ごえ》を上げながらハンマーを俺へと叩《たた》き付けようと振るう――だが、遅《おそ》い。

「《生命の剣《つるぎ》》」

木製の柄《え》を叩き斬り、そのままその先にあるゴブリンファイターの首を叩き斬る。周りのゴブリンたちはルミナだけで十分だろう。後は、その奥にいるホブゴブリンだけだ。

「ギガガァッ！」

「ふッ！」

斧《おの》を振りかざすホブゴブリン。その体躯《たいく》は、他のゴブリンと違《ちが》い人間のそれと近いだろう。だが、力任せに振り回された攻撃など、俺にとってはただの攻撃チャンスでしかない。

斬法――柔《じゅう》の型、流水《りゅうすい》・逆咬《さかがみ》。

振り下ろされた一撃に合流し、それを反転させるように振り上げる。繊細《せんさい》な力の合理が無ければ成しえないその一撃は、流水の中でも難易度の高い術理だ。その急激な力のベクトルの変化により、ホブゴブリンの斧はその手から弾《はじ》き飛ばされていた。

「ギッ……!?」

「――《生命の剣》」

大上段より振り下ろされた一撃が、ホブゴブリンの体躯を袈裟《けさ》懸《が》けに斬り伏せる。

噴《ふ》き上がる血を振り払い、周囲の敵が全滅《ぜんめつ》したことを確認する。

他に敵意を向けてくる魔物はもう存在せず、小さく嘆息《たんそく》するように整息した。

「さて……到着《とうちゃく》までもうすぐか」

『《生命の剣》のスキルレベルが上昇しました』

インフォメーションが耳に届くのを聞きながら、俺はルミナを伴《ともな》って馬車へと追い付くために走り始める。目的地である王都は、既《すで》に遠目に見えるところにまで近づいてきていた。

――僅《わず》かに香《かお》る戦《いくさ》の臭《にお》いに口元を歪《ゆが》めながら、俺はその光景を眺《なが》めていたのだった。

第二章　聖剣騎士アルトリウス

「ありがとう、本当に助かった」

「あまり気にしないでくれ。こちらとしても、手っ取り早く王都に戻れて助かったしな」

「そいつはよかった。それじゃあ、異邦人たちに声を掛けるの、よろしく頼《たの》むぜ」

王都まで到着し、護衛の兵士たちと握手《あくしゅ》を交《か》わした俺は、報酬《ほうしゅう》を受け取って彼らに別れを告げた。報酬にマイナスは無し。まあ、馬車にも人にも被害《ひがい》は無かったのだ、当然だろう。飛び回り活躍《かつやく》していたルミナは、避難民たちからも人気を博していたため、別れを惜《お》しむ声は多かった。対するルミナは己《おのれ》に対する人気がよく分かっていないのか、特に変わった様子も無くにこやかに手を振っていたが。

ルミナを肩車《かたぐるま》した状態のまま王都の大通りへと進んでいけば、そこには以前とは違い、多くのプレイヤーの姿を目にすることができた。どうやら、ボスの攻略法《こうりゃくほう》もすっかりと広まっているらしい。

まあ、いつまでもあそこが越《こ》えられないようでは困るのだし、人が増える分にはいいのだが――

「……チッ」

「おとーさま？」

「ああ、何でもない。気にしなくていいぞ、ルミナ」

どういうわけか、こちらに集まってくる視線が多い。ファウスカッツェでもある程度視線を向けられていたが、これは流石に少々多い。それに、何やら視線同士で牽制《けんせい》し合っているような気配がある。

流石にこれだけ視線が集まっている中では、認識《にんしき》から外れることは難しいだろう。ルミナがいるのもあって、かなり目立つようになってしまっているしな。しかし、この破裂《はれつ》しそうな風船を見ているような緊張《きんちょう》感は一体何なのか。牽制し合っている連中に対して胡乱《うろん》な視線を向けていたところで、ふとこちらへと近づいてくる気配に気がついた。

見れば、そこにあったのは見知った姿。他でもない、この街へと足を踏み入れるきっかけとなった四人組であった。

「クオンさん、こんにちはー……って、ルミナちゃんですか、その子？」

「な、何故《なぜ》突然《とつぜん》大きく？」

「雲母水母《きららくらげ》、お前さんたちか。こいつは、種族進化してスプライトになったんだ。テイムモンスターの進化って奴だな」

まあ、色々と特殊《とくしゅ》なイベントが発生していたわけだが、そこまで説明するのも面倒だ。

こいつらもテイムモンスターを連れるつもりは無いと言っていたし、その辺りの説明は必要ないだろう。

「それで、お前さんらは何をしてたんだ？」

「ああ、私たちは買い物です。クランを組んで、チームとして活動していく準備って感じですね」

「ほう？　クラン結成はゲーム第一号か？」

「もっちろん！　おにーさんのおかげだけど、折角《せっかく》の王都到着第一号だったわけだしね！」

快活に笑うくーの言葉に、こちらもくつくつと笑いを零《こぼ》す。まあ、特に何か意味があるわけでもなかろうが、ある種の実績ではあるだろう。彼女らをここまで連れてきたのは俺であるが、その行動にまで口出しをするつもりもない。

楽しんでいるのであれば大いに結構、存分に満喫《まんきつ》するべきであろう。

「まあ、イベントのこともありますし、色々と買い揃《そろ》えたおかげでちょっと金欠なんですけどね」

「……きらら、ちょっと使い過ぎ」

「だ、大丈夫《だいじょうぶ》だってば。装備更新《こうしん》した方が、レベル上げも効率的でしょ？　それで戦ってればお金もまた溜《た》まるわけだし」

窘《たしな》められる雲母水母であるが、まあその言い分も理解できなくはない。

それで無計画に戦ってしまえば本末転倒《ほんまつてんとう》であろうが、きちんと計画立てているのであれば問題は無いだろう。

「ふむ。ま、戦いのための準備は重要だ。緊急《きんきゅう》時の対応手段は怠《おこた》るなよ？　金を稼《かせ》ぎたいなら……ああ、西の港町に行ってみるといい。馬車隊護衛のクエストがあるぞ？」

「へぇ……もしかして、今やってきた所ですか」

「まあな。お前さんらなら、そこそこ効率よくできるだろう」

こいつらはそれなりに役割分担ができている。索敵能力もあるし、襲撃《しゅうげき》に対する備えは十分に可能だろう。

「それで、お前さんらのクランの名は？」

「あ、私たちのクランは『御伽噺《フェアリーテイル》』です。ちょっとルミナちゃんにあやかってみました」

「成程。今は妖精ではなくなっちまってるが……きっかけは妖精だったしな、中々いいんじゃないか？　なぁ、ルミナ」

「うん、ぴったりだよ！」

「喋《しゃべ》ってる……！」

何やら感極《かんきわ》まっている様子のリノに苦笑しつつ、俺は周囲の気配を探る。雲母水母たちと話していることもあってか、話しかけようとしてくる者はいない。だが、彼女たちのおかげで若干《じゃっかん》ハードルが下がってしまったのも事実であるようだ。面倒ではあるが、何か対処しないと面倒なことになりそうだ。

と――その時、集団でこちらに近づいてくる気配を察知する。その方向へと視線を向け、俺は思わず眼を見開いた。こちらへと歩み寄ってくる集団の先頭にいるのは、テレビの中でしか見たことの無いような、非常に容姿の整った青年だったのだ。金髪碧眼《きんぱつへきがん》であり、青く縁《ふち》取りされたプレートメイルを纏うその姿は、騎士《きし》と呼ぶに相応《ふさわ》しいものだった。

そんな彼の視線は、外れることなく俺へと向けられている。そして、その涼《すず》やかな美貌《びぼう》を笑《え》みに緩《ゆる》めた青年は、穏《おだ》やかな口調で声を上げた。

「お話し中のところ、すみません。貴方《あなた》がクオンさんですね？」

「間違《まちが》いないが、アンタは？」

「申《もう》し遅《おく》れました。僕《ぼく》はアルトリウス。クラン、『キャメロット』のマスターを務めています」

青年――アルトリウスの自己紹介《しょうかい》に、俺は視線を細める。

その名は聞いたことがある。このゲームの中で、有名なプレイヤーを三人挙げろと言われれば、間違いなく名前が出るであろう人物だ。

「アルトリウス、さん!?　あの、《聖剣騎士》の!?」

「ははは……お恥《は》ずかしいですが、そういった二つ名称号《しょうごう》を頂いています」

《聖剣騎士》アルトリウス――このゲームのβ版のイベントで、緋真《ひさな》を抑《おさ》えて成績トップを勝ち取り、『聖剣《せいけん》』と呼ばれるアイテムを手に入れたプレイヤー。一体どんな人物なのやらと思っていたが、これは中々……予想以上の人物であったようだ。

アルトリウスが話しかけてきたおかげで、周囲の視線は彼の方へと向いている。そのことに若干気を良くしつつ、俺は彼に対して問いかけた。

「……それで、俺に対して何の用事だ？　わざわざ声を掛けてきたんだ、世間話ってわけじゃないだろう？」

「ええ、それは勿論《もちろん》」

俺の問いに対し、アルトリウスはにこやかに笑いながら首肯《しゅこう》する。

さて、このゲームでトップと呼ばれるプレイヤーは、果たしていかなる用事で姿を現したのか。まず間違いなく、軽く済ませるような話ではないだろう。わざわざ、自分の背後にクランメンバーを――それも恐らく幹部と思われる仲間を引き連れているのだから。

しかし、後ろにいる連中は中々の実力者だな。アルトリウスを始めとした六人を相手にするとなると、俺でもそれなりに苦戦しそうだ。そんな俺の思考を遮《さえぎ》るかのように、アルトリウスはじっと俺の瞳《ひとみ》を見つめながら続けてきた。

「僕の目的は勧誘《かんゆう》です、クオンさん。貴方を是非《ぜひ》、我《わ》が『キャメロット』の一員として迎《むか》え入れたい」

「……ふむ」

アルトリウスの放ったその言葉に、周囲に驚愕のざわめきが走り、同時に俺は僅かに眼を細める。集団戦においての実力は本物であると、緋真に断言させるだけの実力者。そのクランメンバーとしての勧誘となれば、ただ一蹴《いっしゅう》するというわけにもいかないだろう。

それに、この男は――

「どうでしょう。無論、こちらから要請《ようせい》している立場ですから、ただでとは言いません。金銭、およびアイテムの支援《しえん》や情報支援等……こちらから提供できる支援体制は最大限提供するつもりです」

「そりゃまた、随分《ずいぶん》と買ってくれるものだな」

「ええ、貴方にはそれだけの実力と、価値がある。僕はそう判断しています」

その言葉に、嘘《うそ》は含《ふく》まれていないだろう。この青年は、正直にその言葉を告げていた。

だが——恐らく、それが全てというわけではない。何故《なぜ》ならアルトリウスの言葉には、その熱心な言葉とは裏腹に、『熱』というものが籠《こも》っていなかったのだ。クランマスター自ら勧誘しているというのに、その内側には本気さを窺《うかが》うことができない。この男は、本気で勧誘するというつもりは無いのだろうか。であれば、この言葉の真意は何なのか。

そんな疑念を抱《いだ》きながら彼の瞳を見返せば——彼は、小さく苦笑のような笑みを浮かべて、軽く肩を竦めていた。どうやら、俺の疑念は間違いではないらしい。であれば、この男の思惑《おもわく》は——

「ふむ……成程、光栄な話だな。だが、悪いが遠慮《えんりょ》させて貰《もら》おう」

「……それは何故でしょう。理由をお聞かせ願えますか？」

「こいつは俺の信条の問題でな。俺の剣術《けんじゅつ》は、自己の制御こそを真髄《しんずい》とする。であるが故に、己《おの》が刃を振るう理由を、他人に委《ゆだ》ねるなどあってはならないことだ」

久遠神通流の剣は、自らの意志の下に肉体を支配し、剣に伝えることで術理と成す。つまるところ、己自身の意志で戦うことは、久遠神通流にとって基礎《きそ》中の基礎であると言えるのだ。誰《だれ》かと協力して戦うことはあるだろう。だが、この剣を他者の意志に委ねることは決して無い。

「俺がクランに加わることがあるとすれば、それは俺自身がクランを組んだ時ぐらいだろうよ。まあ、そんな面倒なことをやる気はさらさらないんだが」

「……成程、そうですか。どうやら、脈はさっぱりのようですね」

そう、周囲に聞こえるように口にして、アルトリウスは淡《あわ》く笑う。だが、ここまではまず間違いなく、彼の想定内であろう。まるで食い下がってくる様子が無いのだ。本気の勧誘であれば、これだけで済んでいたとは思えない。

であれば――この男の目的は、周囲への牽制だろう。

(周りの野次馬《やじうま》共がざわついてやがるな……さっきから俺の方を見ていたのは、これと同じ理由だったたってわけか)

今まで緋真がトップとして謳《うた》われていたのであれば、それ以上の俺の実力を欲《ほっ》する連中が現れるのは想像に難《かた》くない。それを見越《みこ》して、アルトリウスは俺に対し、成功するとは微塵《みじん》も考えていない勧誘を仕《し》掛《か》けてきたのだろう。これ以上ないほどの好条件を示し、その上で俺が断ることを予測して、それを周囲に知らしめるために。あれほどの好条件ですら首を縦に振らない俺を、他の連中が勧誘できる可能性はまず存在しない。そう野次馬共に認識させることにより、俺に対する勧誘の数を減らしてみせたのだ。

つまり――アルトリウスは、今の会話だけで俺に対する貸しを作ってみせたのである。

「ではせめて、今度のイベントの際、一緒《いっしょ》に戦ってはいただけませんか？」

「同じ陣営《じんえい》で戦おう、ということか？」

「ええ。無論、こちらの指示に従えと言うつもりはありません。ただ、同じ戦列に並んで戦いたい、というだけの話です」

そして、これこそがアルトリウス本来の目的ということだろう。

俺に恩を売り、断りづらい状況を作り上げた上での、同盟の申し出。成程確かに、こいつはやり手だ。緋真が成績で追いつけなかったことも納得《なっとく》できるというものだろう。

そして俺としても、その申し出を断る理由は無い。世話になったこともまた、紛《まぎ》れもない事実であり、同時にその提案にデメリットは無い。素直《すなお》に受けておく方が得策だろう。

「……承知した。では今回は、轡《くつわ》を並べて戦うとしよう」

「それは良かった！　では、こちらから連絡先《れんらくさき》を渡《わた》しておきます。予定については、また連絡《れんらく》しますね」

『【アルトリウス】からフレンド申請《しんせい》が送信されました。承認《しょうにん》しますか？　Ｙｅｓ／Ｎｏ』

また、随分と面白《おもしろ》い相手をフレンド登録できたもんだ。申し出は素直に受け取り、俺は彼の言葉に対して首肯した。後ろの連中の実力も含めて、アルトリウスに関しては興味を引かれた。その辺りも含めて、悪魔《あくま》共との戦いの際は色々と見せて貰うとしよう。

エレノアと同じように、この男とも付き合いは深くなりそうだ。

「承知した。共に戦える時を楽しみにしている」

「ええ。それでは、僕はこれで」

目礼して立ち去ってゆくアルトリウスの背中を見送り、軽く息を吐《は》き出す。色々と、面白い相手だった。これは、悪魔共を斬れるということ以外にも、ワールドクエストに対する楽しみができたな。

「あ、あの、クオンさん……良かったんですか？　あの《聖剣騎士》からの直々の勧誘でしたよ？」

「構わんさ。さっきも言った通り、誰かの下に付くつもりは無いんでな」

「……っていうか、ルミナちゃん肩車したままなのがすっごいシュールなんですけど」

半眼で見上げてくる薊《あざみ》の言葉には反論できず、苦笑を返す。

まあ、ルミナにはちょいと難しい話だっただろう。疑問符を浮かべている様子のちびっ子に苦笑しながら、俺はアルトリウスとの約定を考察する。

俺と組んだことで、あの男はどう動くのか。単純な戦力としての期待か、或《あ》いは――何か、他に目的があるのか。現状の材料では判断がつかないが、向こうの動きには少し注意を払っておくべきか。何にせよ――

「まずは、ワールドクエストに向けた準備だな」

やるべきことは、まだいくらでもある。

俺は雲母水母たちに対して色々と情報を提供してから、当初の予定――エレノアの許へと向かっていた。

第三章　エレノア商会

王都ベルクサーディの大通りを歩く。

やはりプレイヤーの数は相当に増えており、ファウスカッツェやリブルムほどではないものの、随分と人の姿が多くなっていた。こうなると、来た直後の頃のベルクサーディの姿が懐《なつ》かしい。今後、ああいった姿を見ることはできなくなってしまうだろう。

あの姿の王都を知っているのは、俺たちと、後は俺たちのすぐ後に来た数少ないプレイヤーだけのはずだ。まあ、そんな些細《ささい》なことで優越感《ゆうえつかん》を覚えるのもどうかという話だが。

「しかし……流石の影響力《えいきょうりょく》と言った所か」

「……？　おとーさま？」

「アルトリウスの話だ。あれは中々頼《たよ》りになる男だぞ、ルミナ。覚えておいた方がいい」

「んー、はい！」

いまいち理解はしきれていない様子のルミナに、思わず苦笑を零す。

あのアルトリウスとの問答は既に多くのプレイヤーに広まり始めているのか、俺に声を掛けようとするプレイヤーの数は激減していた。まあ、注目度が変わったわけではないため、人々の視線から逃《のが》れられるわけではないのだが。

何にせよ、あまりちょっかいを掛けられなくなっただけでも大助かりだ。やはり、アルトリウスには感謝しておくべきだろう。

「さて……確かこの辺だったと思うんだが」

「んー？」

フレンド機能のメールから受け取った場所を目指し、街を進む。探しているのは、エレノアが新たに拠点《きょてん》として居を構えた販売店《はんばいてん》だ。彼女は早くもクランハウスを購入《こうにゅう》し、この人通りの多い通り沿いでショップを開店させたそうだ。

その資金力は流石と言うべきか。ボスの攻略法が明らかになってから、まだそれほど経《た》ったわけではないというのに、ここまで活動範囲《はんい》を広げているのだからな。まだ他のプレイヤーたちが進出していない段階での素早《すばや》い市場支配だ、それはもう効果的だろう。

「っと、あそこか」

やたらと人の集まっている一角を発見し、そちらへと近づいていく。まさかこのタイミングで大通りに面したクランハウスを借りて、しかも改装までしているとは。

あの強《したた》かなエレノアのことだ、最初から計画していたのだろう。半ば呆《あき》れにも近い感情を抱いたまま店舗《てんぽ》へと近づいていけば、その店先にいた一人の男と視線が合った。

「お？　よぉ、いらっしゃい、クオン。姐《あね》さんの目論見《もくろみ》通り、あっさりと王都まで到達《とうたつ》したな」

「いや、あれはただの偶然《ぐうぜん》だがな」

「偶然にせよ何にせよ、お前さんが姐さんの睨《にら》んだ通りに道を開通させたことは事実だろ？　ま、もうちょっとゆっくりやってほしかったところではあったけどな。おかげでこちらに進出するのが慌ただしくなっちまった」

「それでも対応できたってことは、エレノアもある程度予想してたってことだろ？」

「予想してた中で最速、ぐらいだな。お前さんには色々と驚かされる」

まあ、我ながら急展開だったとは思うが、それでも対策を練っていたエレノアは流石と言うべきか。結果としては、こうやって上手《うま》いこと店舗を増やすことができたわけだ。

「さて、それで何の用事だ？　姐さんと相談事か？」

「いや、普通に買い物だ。こいつの装備を揃えておきたくてな」

「ああ、噂《うわさ》の妖精《ようせい》……妖精？　まあ、とりあえずフィノの所か。おーい、ジャック！　この兄さんをフィノの所へ案内してやってくれ！」

「はい、勘兵衛《かんべえ》さん！　では、こちらです」

勘兵衛に呼ばれてやってきたジャックという男は、どうやらこの店舗の従業員をやっているようだ。生産職プレイヤーなのかと思いきや、少々趣《おもむき》が異なる。どうやら彼《かれ》は、現地人であるらしい。

「へぇ、エレノアは現地人を雇《やと》い入れることにしたのか」

「ははは、クランハウスの有料サービスの一つですよ。まさか、いきなりここまで沢山雇《たくさんやと》われるとは思いませんでしたが」

「だがエレノアのことだ、コストに見合うだけの売り上げは上げているんだろう？」

「ええ、まあ。大きなクランらしからぬ拙速《せっそく》方針、私も勉強させていただきましたよ」

ちょいと気になりはするが、俺《おれ》は商売関係にはあまり詳《くわ》しくはない。

その辺を聞いたところで理解はできないだろう。まあ、彼女《かのじょ》であれば上手くやるはずだ。その手腕《しゅわん》を信じておくこととしよう。

周囲の様子を確認《かくにん》しながら建物の奥へと足を踏み入れれば、そこには真新しい鍛冶《かじ》場のスペースがあった。そこにいるのは言うまでも無く、鍛冶師であるフィノ――それに加えて、その隣《となり》で話をしているエレノアと緋真《ひさな》の姿があった。

「おや、会長。フィノさんにお客様ですよ」

「あら、ご苦労様、ジャック。それに――」

「……先生、ようやく来ましたね」

「お、おう。お前もここに来ていたのか」

何やら胡乱げな視線を向けてくる緋真に、思わず頬を引き攣《つ》らせる。そういえば、ゲームの中ではしばらく放置してしまっていた。リアルで稽古《けいこ》をつけている際も、それについて度々《たびたび》文句を言われていたのだが、まさかこのような場所で再会するとは。

「んおー？　ちょっとお久しぶり、先生さん。装備の手入れー？」

「ああ、フィノ。あまり減ってはいないが、よろしく頼む。ただ、本来の目的はそっちではなく、こいつの装備を揃えることだ」

緋真の装備を修復していたのだろう、砥石《といし》から顔を上げたフィノは、相変わらずぼんやりとした表情で問いかけてくる。そんな彼女の発した言葉に頷きつつ、俺は隣にいるルミナのことを示した。流石《さすが》に、建物の中で肩車をしていると頭をぶつけそうだったので、今はこうして降りていたのだ。

フィノはきょろきょろと周りを見回しているルミナの姿を見つめ、興味深そうに目を輝《かがや》かせる。まあ、珍《めずら》しいのだから仕方ないだろう。恐らく、現状唯一《ゆいいつ》のテイムされた精霊《せいれい》なのだから。

「おー、その子が噂の妖精？」

「今は精霊、スプライトだ。進化したんでな」

「成程《なるほど》。その子に装備を持たせたいの？」

「ああ。だが、他に見たスプライトは結構でかかったんでな、もしかしたら人間のように成長するかもしれんから、サイズの調整が利《き》くものがいいな」

現在レベル3のルミナであるが、レベル1の頃《ころ》より若干ながら身長が伸《の》びている感がある。このままのペースで成長していくと、試練の時に戦ったスプライトぐらいまで成長するのはレベル10台半ばかそこいらだろう。

まあ、個体差があるかもしれないので何とも言えないが。

「んー、布系装備で、肩幅《かたはば》は一時的に紐《ひも》で縮めて……和服とかワンピ系なら胴回《どうまわ》りは帯で何とかなるかなー。最初は長くても、最終的にはミニになったりしそうだけど」

「成程。まあ、裁量はお前さんに任せる。その辺はよく分からんしな」

「はぁ……先生、本当に服装は無頓着《むとんちゃく》なんですから。フィノ、私も調整手伝うよ」

「お願いねー」

どうやら、フィノに加えて緋真もルミナの装備調整に付き合ってくれるようだ。女物の服なんてのは正直よく分からんし、やるというのであれば任せておけばいいだろう。

二人の言葉に俺は小さく頷《うなず》き、ルミナの背を押《お》し出した。

「よし。じゃあルミナ、あいつらに装備を合わせて貰え」

「はーい」

わくわくとした表情で、ルミナは二人の方へと向かう。そんなちびっ子の様子を見送り、俺は思わず苦笑《くしょう》を零した。精霊に進化はしたが、やはり妖精の頃の好奇心《こうきしん》までは失っていないようだ。

だが、ルミナは既に、自分の望む姿を描《えが》いて示している。果たしてこの先どのように成長するのか——楽しみであることは否定できなかった。と——そこに、声がかかる。こちらへと近づいてきたのは、唯一この場で装備合わせに付き合っていなかったエレノアだ。

「こんにちは、クオン。相変わらずのようね」

「何を指して相変わらずと言ってるんだ、そりゃ」

「勿論あなたの強さと行動よ。突然《とつぜん》妖精をテイムしたかと思えば、あっという間にボスを倒《たお》して王都まで到達、しかもイベントをこなしてワールドクエストの引き金まで……私だってここまでは予測してなかったわ」

「あー……それはまあ、否定しきれないか」

確かに、俺としても怒涛《どとう》の展開だった自覚はある。しかもその妖精、ルミナについては特殊進化して精霊にまでなってるわけだしな。

とはいえ、派手な動きをしているのは俺だけではあるまい。

「お前さんだって、大層なことをしているじゃないか。最速での市場支配を狙《ねら》ったって所か？」

「それが可能ならば狙わない理由は無いでしょう？」

「そんな大それたことを実行できるほどの行動力と資金力を持ったプレイヤーが他にいるとは思えんね。御用《ごよう》商人でも目指すのか？」

「流石に、現地人の市場を食《く》い荒《あ》らすような真似《まね》はしないわよ。私たちはあくまで異邦人《プレイヤー》向け、私たちが居なくてもこの国は回っているんだから」

この配慮《はいりょ》があるからこそ、あの神父から聖印を受け取ることができたのだろう。

まあ、協力関係を結んでいるエレノアが躍進《やくしん》してくれる分には、こちらとしても文句は無い。是非、今後とも自重せず商会を成長させてほしい所だ。しかし、順調であるにも拘《かか》わらず、彼女の表情はあまり優《すぐ》れない。何か問題でもあるのかと、俺は彼女に問いかけた。

「順調に行ってそうな割には浮《う》かない顔だが、何か問題でもあるのか？　内容によっちゃ手を貸すが」

「ああ、いえ……個人的な事情よ。商会運営は順調そのものだわ」

「ふむ、と言うと？」

「遠慮なく聞いてくるわね……まあ、大した話じゃないけど。クラン名のことよ、クラン名」

そう口にすると、エレノアは大きく嘆息しながら頭痛を堪《こら》えるように頭を抱《かか》えた。

クラン名と言うと、先程《さきほど》アルトリウスが自己紹介していた『キャメロット』のような名称のことだろう。集団に名前を付けるということは、意識の統一やら連携《れんけい》の強化やらにはそこそこ有効だ。クランを結成する上で必須《ひっす》となるのであろうし、その名称の決定には間違いなくエレノアも関わっていたのだろうが……それで何故問題が起こるのだろうか。

そんな俺の疑問を感じ取ったのか、エレノアは茫洋《ぼうよう》とした瞳で続けていた。

「ここのクラン名、『エレノア商会』になってしまったのよ」

「ふむ？　まあ、妥当《だとう》じゃないか？」

「貴方まで言わないでくれない!?　私以外の全員がこれを推《お》してきたんだけど!?」

「そりゃあエレノア、お前さんの陣頭《じんとう》指揮の下に運営されてる組織なんだぞ？　お前さんがその屋号を背負わんでどうする」

うちの流派の名は久遠神通流《くどうじんつう》、そしてそれを受け継《つ》ぐ我らは久遠一族だ。そして、若干不本意ではあるものの、その旗頭《はたがしら》は紛れもなく俺自身である。あのクソジジイに嵌《は》められたとはいえ、当主になった以上は久遠の名と歴史を背負うことに異論はない。

俺からすれば、そういった団体に己《おのれ》を示す名が刻まれたとしても、それは決しておかしなことではないと言いたいのだが。

「……まあ要するに、気恥《きは》ずかしいわけか」

「ええ、そうね……まあ確かに、貴方の言うことにも一理あるわよ。けど、何か自己顕示《けんじ》欲《よく》高い女みたいで恥ずかしいじゃない」

「そんなもんかねぇ……ま、言いたい奴《やつ》には言わせておけばいいだろう。お前さんには、それだけの力がある」

「そもそも、クランを結成する前から大体の人に呼ばれてた名前だけどねー」

と、そこで横から声を掛《か》けてきたのは、ルミナの装備を調整していたフィノだった。どうやら装備合わせは終わったのか、ルミナは今までとは違った装いを見せている。

基本的には、薄緑《うすみどり》を基調とした着物だ。僅かにグラデーションがかかっており、裾《すそ》に行くほどに白くなっている。帯にはもっと濃《こ》い緑の色を。そして、伸びていた金の髪《かみ》はバレッタによってまとめ上げられていた。

■《防具：胴《どう》》森蜘蛛《ぐも》糸の着物（薄緑）
防御力《ぼうぎょりょく》：11

魔法防御力《まほうぼうぎょりょく》：3
重量：3
耐久度《たいきゅうど》：100％
付与《ふよ》効果：なし
製作者：伊織《いおり》

■《防具：腰《こし》》森蜘蛛糸の帯（緑）
防御力：8
魔法防御力：1
重量：1
耐久度：100％
付与効果：なし
製作者：伊織

■《防具：足》森蜘蛛糸の足袋《たび》
防御力：4

魔法防御力：1
重量：1
耐久度：100％
付与効果：なし
製作者：伊織

どうやら、俺が以前に装備していたものと同じシリーズらしい。ただし、肩《かた》や裾をリボンで留《と》めて縮めているせいか、少女らしい装いの印象が強まっていた。

「もしもルーちゃんが大きくなったら、リボンを緩めて調整してね。けど、足袋はちょっと難しいからサイズ違《ちが》いも用意したよ」

「ふむ……まあ、流石に足装備は仕方ないか」

足のサイズは成長につれて大きく変化する要素だ。しかも服と違って調節が利きづらい。下駄《げた》ならば多少余裕《よゆう》があったかもしれないが、流石に歩き慣れていないルミナに下駄は厳しい。まあ、物自体は俺が初期に買ったものに近い。値段はそこまではないだろう。

「まあ、これでいいだろう。金で払《はら》うか？　それとも、俺がとってきた素材の方がいいか？」

「素材でー。とりあえず、一覧見せて」

「……私も確認するわ。一応、私も《書記官》は持ってるから、会計はできるしね」

「ああ、存分に見分してくれ」

一覧で表示したアイテムを二人に提示し、計算結果を待つ。

と、そこで装備を纏《まと》ったルミナが、上機嫌《じょうきげん》な様子で俺に近寄り、袖《そで》を引っ張ってきた。

「おとーさま、おとーさま、どうですか？」

「ん？　ああ、よく似合っている。見違《みちが》えたぞ」

「えへへっ、わーい！」

「……あの、先生」

はしゃぐルミナの隣で、何やら複雑そうな表情を浮かべた緋真が声を上げる。先ほどの不機嫌《ふきげん》な様子とも異なる、何やら迷っているような表情だ。あまり見慣れない様子の弟子《でし》に、俺は思わず疑問符《ぎもんふ》を浮かべる。

「どうかしたか、緋真？」

「えっとですね。この子、ルミナちゃんなんですけど――」

「おとーさま！」

ぐい、と――ルミナが、体重をかけて俺の袖を引っ張る。

耐《た》えることもできたが、あえて逆らわずに体を屈《かが》めれば、ルミナは先ほどとは異なる真《しん》剣《けん》な表情で、俺の瞳を見上げていた。

「わたし、刀がほしい！」

「……さっきから、こう言ってきかないんですよ」

そう押し切られたのだろう。嘆息《たんそく》を零す緋真と、真剣な面持《おもも》ちのルミナに、俺は思わず眼を細めていた。

ルミナは、自ら異なる方向性を望んだことにより、本来の進化ルートを外れた存在だ。それはつまりルミナの在り方そのものを決めた願いであり、それは精霊王に対して示した答えでもある。

もしもこれが、ただの興味本位から来る言葉であったならば、即座《そくざ》に却下《きゃっか》していただろう。また、子供の言葉であっても、普通《ふつう》であれば信用はしない。子供の本気など、後々容易《たやす》く覆《くつがえ》されるものだ。もしも子供が安易にやりたいなどと口にしていたならば、徹底的《てっていてき》に根性《こんじょう》を叩《たた》き直すところだっただろう。

だが——

「……ルミナ。お前、本気で学びたいって言うんだな？」

「はいっ！　わたしは、おとーさまと同じように戦いたい、です！」

やはり、ルミナは魔法《まほう》でも見せていたように、剣《けん》で戦うことを目標としているようだ。その覚悟《かくご》は、並のものではないだろう。何しろ、母とも言える妖精女王と決別してまで俺と進む道を選んだのだ。俺はその選択《せんたく》を、子供の戯言《たわごと》だと断ずることはできなかった。

けれど、安易に認めることができないのもまた事実。だからこそ俺は、ルミナと視線を合わせるように片膝《かたひざ》をつき、彼女へと問いかけた。

「ルミナ、お前はどうしたい？　お前はまだ非力だし、体も小さい。だが、精霊王にそう願った以上、最終的にはお前の望みに近い形になれるだろう。だが、肉体の違いがある以上、俺と完全に同じという方向性は無理だ」

「そう……なの？」

「体格が違う、筋力も違う。俺の剣の扱《あつか》い方《かた》は、俺自身の肉体に最適化させたものだ。女のお前が真似をしようとしても上手くはいかないだろう」

だからこそ、緋真《ひさな》は技の型こそ俺から学んでいるものの、戦い方そのものを俺は修正しているだけで、指定して教えているわけではない。これについては、緋真は既《すで》に自分自身で己のスタイルを見つける領域まで至っているというのもあるが。

ともあれ、ルミナが俺の戦い方そのものを真似することは不可能だ。そんなことをしようとしても、まともに動けずに自滅《じめつ》するのがオチだろう。

「お前は、お前自身の強みを活《い》かしつつ、更《さら》に己に合った立ち回りを身に付けるべきだ。お前には、俺には無いものもあるしな」

「おとーさまにないもの？」

「魔法と飛行能力だ。あまり俺のやることにこだわり過ぎず、自分のやれることを狭《せば》めずにやっていけばいい」

「ん……わかった！」

「……って、ちょっと先生！　先生が教えるのは――」

「分かってるよ、落ち着け緋真」

俺が却下すると思っていたのだろう、若干慌《じゃっかんあわ》てた様子で緋真が口を挟《はさ》む。周りからすればおかしな反応かもしれないが、これは緋真にとっての死活問題であるからだ。

久遠神通流《くどうじんつう》の師範《しはん》が――つまり俺が直接教えられるのは、師範代《しはんだい》たちを除けば、俺自身が選んだ一人の直弟子《じかでし》のみに限定される。門下生たちに多少の指導をすることこそあれど、術理の継承《けいしょう》を行うのはその面々だけと一族の掟《おきて》に決められているのだ。

つまり、俺がルミナに教えるということは、ルミナを直弟子にするということであり、緋真を直弟子から外すということに他《ほか》ならない。俺としても、そのような真似をするつもりは無かった。緋真は俺自身が選んだ弟子だ。俺は未《いま》だに、こいつ以上の才能と熱意を持った人間を見たことは無い。だからこそ、変える理由など一切《いっさい》ないということだ。

「ルミナ。俺はお前に、直接の指導をしてやることはできない。業を見せてやる程度は出来るが、手取り足取り教える、ということは禁じられている」

「ええ⁉　わたし、おとーさまがいいのに！」

「済まんが、決まりごとなんでな。その代わり、俺ではなく緋真がお前に指導することとしよう」

「はい？」

俺の言葉に、緋真が目を丸くする。今初めて言ったからな、驚《おどろ》くのは無理もないだろう。とは言え、我ながら中々いい案だとは思っているのだが。

「お前が教えてやる分には問題ないからな。俺の指導を、お前なりに噛《か》み砕《くだ》いてルミナに教えてやれ」

「はぁ……つまりそれも、私の修行《しゅぎょう》の一環《いっかん》ってことですか」

「誰かに教えることで、見えてくるものもあるからな。お前も分かっちゃいると思うが、術理は理解しなけりゃ扱えない。そして、誰かに教えることもそれは同じだ。どちらもこなせば、より理解度は高まるだろう」

「成程……分かりました。それはつまり、今後はずっと、先生とパーティを組んで活動するってことですよね！」

何故か妙《みょう》にテンション高く聞いてくる緋真であるが、その認識《にんしき》に間違《まちが》いは無い。俺よりも女性の身での戦い方を熟知しているであろうし、ルミナに教えるという点では俺よりも適任だ。

まあそれに、オークスと交《か》わしていた会話のこともある。この弟子が剣に狂《くる》うということはあり得ないだろうが、もう少しきちんと面倒《めんどう》を見てやった方がいいだろうと考えていたのだ。正直、ゲームの中でまで師匠《ししょう》にあれこれ口出しされるのは愉快《ゆかい》なものではないだろうが、緋真の表情の中には不快そうな色は見られない。どうやら、本人もそれなりに乗り気ではあるようだ。

「ふふふ、今後はちゃんと、付いていきますからね！　イベントの時だって、ちゃんと見ててもらいますから！」

「お？　ああ、そりゃ構わんが……アルトリウスとの先約があるから、あいつらの所で戦うことになるぞ」

「成程、アルトリウスさんと――は？」

「ちょっ、待ちなさい、クオン。アルトリウス？　彼が接触《せっしょく》してきたの？」

イベントについては、先ほど話した約束がある。緋真が付いてくる分には構わんが、約束を交わした以上、戦う場所はあいつらと同じ戦場だ。

しかしその言葉に、緋真は目を丸くし、フィノと話をしていたエレノアは慌《あわ》てた様子でこちらに戻《もど》ってきた。その様子に疑問符を浮かべつつ、俺は首肯《しゅこう》しつつ返答する。

「ああ、先ほど話をしてな。同じ戦場で戦おうと、同盟を結んできたところだ。ちっと借りもできちまったからな」

「はぁ……やられたわね。まさか、こんなに早く接触してくるなんて。本当に油断ならないわ」

「ええ……えっと、エレノアさん？」

「緋真さん、もう契約《けいやく》済みだからね？」

「あっ、はい」

据《す》わった眼で凄《すご》んでくるエレノアの言葉に、緋真は消沈《しょうちん》したように肩を落とす。

俺がアルトリウスと組んで、何か問題があったのだろうか。そんな疑問と共にエレノアへと視線で問いかければ、彼女は嘆息と共に返答していた。

「プレクランについては知ってるわね？　ああやって集まっていたのもあって、既にそこそこ大きな規模のクランがいくつか生まれてるのよ」

「代表的な所では、あのアルトリウスさんの『キャメロット』、エレノアさんの『エレノア商会』、他には『MT探索会《たんさくかい》』とか『剣聖連合』とか『クリフォトゲート』とか『始まりの道行き《ファーストオーダー》』とか……まあ、色々できてるんです」

「で、そういった代表的なクランで集まって、イベントにどう参加するかを相談し合っていたのよ」

成程、俺が王都を離《はな》れている間に、他のプレイヤーたちはすぐさま動いていたらしい。まあ、王都まで来ずとも掲示板《けいじばん》とやらで相談を行えるのだろうし、そういった流れになることも不思議ではない。そこまでは納得できる話だが、何故《なぜ》エレノアたちが残念がっているのかは分からなかった。

「イベントでは悪魔どもが攻《せ》めてくるという話だが……それで、どう対処するつもりなんだ?」

「規模の大きいクランはそれぞれの戦力をまとめ上げて、他のクランと領域が被《かぶ》らないように対処しよう、という程度ね。ま、お互《たが》い無駄《むだ》な争いをしたいわけでもないし」

「ふむ……」

作戦とすら呼べないような話ではあるが、まあ素人《しろうと》の集団、烏合《うごう》の衆のようなものだ。全域に亘《わた》る組織立った動きなど、望む方がどうかしているだろう。まあ、全体にごちゃ混ぜにして動かすよりは、一つ一つの団体で固まっていた方がまだ効果はある筈《はず》だ。

「で……簡単に言うと、私たち『エレノア商会』は王都の北を担当することになっているの。『MT探索会』と合同でね。けど、『キャメロット』は東側。つまり——」

「俺はエレノアたちと一緒には戦えない、ということか」

「ええ。私も貴方《あなた》に協力を持ちかけるつもりだったのだけど……まさか、こんなに早くアルトリウスが接触してくるなんてね。貴方と懇意《こんい》にしているというアドバンテージに油断したわ」

反省しながら額を押さえているエレノアに、俺は苦笑しつつ肩を竦《すく》める。言いたいことは分からんでもないが、既に決めてしまった以上、俺もその言葉を変えるつもりは無い。彼女もそれが分かっているのだろう、諦観《ていかん》の混じった嘆息を吐き出していた。

さて、それはそれとして——

「それで、緋真は何で落ち込んでいるんだ？」

「……私、エレノアさんの所で戦うって約束しちゃってるんですよ。先生もこっちで戦うと思ってたのに……」

「あー……ま、そういうこともあるだろう。俺もお前の調子を見ておきたかったが……仕方なかろうさ」

対多数の戦場——それは、久遠神通《じんつう》流にとって貴重な経験の場だ。俺としても、弟子の成長を見られないことは残念ではある。だが、一度契約《ひとたびけいやく》を交わしてしまった以上、アルトリウスとの約定を撤回《てっかい》するつもりは無い。

「はぁ……仕方ないわね。緋真さんを確保できただけでも幸運だったと思っておくわ」

「エレノアさん、私を先生と比べられても困るんですけど」

「……そんなに違うの？」

「正直、私が十人いても勝てませんよ」

嘆息交じりにぼやく緋真の言葉に苦笑する。

その条件ならば、確かに俺が勝つだろうが、それでも多少は苦戦させられるだろうに。とは言え、戦場形態は籠城《ろうじょう》戦に近い。防ぎ続け、相手が減った所で反攻《はんこう》に移るのが定石だろう。まあ、俺はそれに従うつもりは毛頭ないが。

「ともあれ……済まんが、そういうことであればエレノアたちには協力できない。俺の代わりに緋真をこき使ってやってくれ」

「緋真さんも大変ね……了解《りょうかい》したわ。残念だけど、また次の機会にしておきましょう」

「ああ、その時はよろしく頼《たの》む。それでフィノ、作業は終わりそうか？」

「んー、終わったよ」

装備の調整及《およ》び修理を行っていたフィノが顔を上げる。その手にあるのは調整を終えたルミナの装備、および俺の刀や篭手《こて》だ。防具についてはほとんどダメージを受けていないため、耐久度もほとんど減ってはいなかったが、思いついた時にやっておくべきだろう。

「はい、全部揃《そろ》えて三万五千ねー。相当価格で素材と交換《こうかん》するよー」

「ん？　随分《ずいぶん》と安いな。足袋なんか四個もあるってのに」

「王都に着いたことで経済周りの調整がやりやすくなったから、価格は下げてきているのよ。インフレもようやく収まってきたわ」

「昨日の今日だろうに……サラっと言ってくれるもんだな」

　確かにプレイヤー間の取引はインフレ傾向《けいこう》にあったのは事実だ。悪魔《あくま》を倒せず先に進めなかったがために、溜《た》め込み型の経済になってしまっていたことが原因だろう。

　だが、その経済傾向はあくまでもファウスカッツェとリブルムのみ、ここベルクサーディでは異邦人による手が入っていなかったため、そのような傾向は無かった。

　そこに目を付けたエレノアは地価が安い状況《じょうきょう》にいち早く参入し、可能な限りの設備を整え店舗を設営、安く仕入れられる王都の素材で加工品を作り安価に売り出す……物が安ければ当然プレイヤーたちは『エレノア商会』でアイテムを購入するだろう。

　そうして起こるのが価格競争。安値での商売が続けば他のプレイヤーの商品の値段も落ち着いていくことだろう……恐るべきは、その流れを支配しているこの女傑《じょけつ》だが。

「そう難しい話じゃないわよ？　そうなる流れはあらかじめ見えていたんだから、対策しておくのは当然じゃない」

「あー……まあ、そうだろうな」

あっけらかんとした彼女の様子に、思わず口元を引き攣らせる。ちらりとフィノへ視線を向ければ、彼女はやれやれと肩を竦めながら首を横に振っていた。どうやら、エレノアは普段《ふだん》からこんな調子であるようだ。

これほどの能力があるのならば、クランの名前が満場一致《まんじょういっち》で『エレノア商会』になることも頷ける。彼女には、それだけの実力があるということなのだ。

「さて……それじゃあ、そろそろ行くとするか」

「あ、はい！　それじゃあエレノアさん、また」

「っと……そうだ、行く前に八雲《やくも》に用事があるんだが、居るか？」

「ええ、居るわよ。どうかしたの？」

首を傾《かし》げるエレノアに、俺は軽く笑《え》みを返す。これからは、弟子たちに稽古をつけてやらねばならないのだ。この間も少々不便であったことだし――

「ルミナに渡《わた》す刀は俺の使っていた小太刀《こだち》でいいが、普段の稽古には木刀を使いたいんでな。あるんなら購入したい」

「あら……分かったわ。出来合いであれば残ってると思うわよ」

「助かる。それじゃあ、買ったら行くぞ、お前ら」

『はーい』

同じように返事をする緋真とルミナの様子に苦笑しつつ、俺たちは軽く手を振ってフィノの部屋を後にした。

【クラン連合】ワールドクエスト対策スレPart.5【結成】

001：ディーン
ワールドクエスト《悪魔の侵攻》に対する対策スレッドです。
各クランの調整、および陣営参加の申し込みはここでお願いします。
なお、陣営参加は抽選となっておりますのでお早めに。

次スレは>>950でお願いします。

前スレ
【悪魔の】ワールドクエスト対策スレPart.4【侵攻】

002：ディーン
代表参加クラン
■東方面
・キャメロット

■西方面
・クリフォトゲート

■南方面
・剣聖連合

■北方面
・エレノア商会
・MT探索会

■ファウスカッツェ・リブルム方面

・始まりの道行き

003：ディーン
クラン旗下でのイベント参加を希望の方は、
下記テンプレに沿って参加表明をお願いします。

参加フォームテンプレ
アバター名：
所属クラン：
武器　　　：
魔法属性　：
戦闘タイプ：
第一希望　：
第二希望　：
第三希望　：

=====================（略）=====================

256：クライ
キャメロット！　キャメロットに参加したい！

257：SAI
アルトリウス様と共闘ひゃっほう！

258：デューラック

ははは、大人気ですねマスター
しかし第一抽選会でキャメロットの枠は
かなり埋まってしまいましたので、悪しからず

259：蘇芳
>>256
せめてテンプレぐらいは読んでこい

260：みかん
アバター名：みかん
所属クラン：なし
武器　　　：槍《やり》
魔法属性　：水
戦闘タイプ：前衛近接攻撃型
第一希望　：東方面
第二希望　：南方面
第三希望　：北方面

ソロですけどまだ空いてます？

261：ruru
剣姫はエレノア商会かぁ
まあ、いつもの組み合わせかな
となると師匠もそっちかね？

262：K

>>258
何をやってるんですか部隊長殿？
仕事してください

263：蘇芳
>>261
プロフェッサーが目を爛々と輝かせてたぞ
師匠の戦いを見れるのが楽しみらしい

264：アルトリウス
>>260
ソロの方も歓迎していますよ。
同じ部隊になれるかは分かりませんが、
その時はよろしくお願いします。

あ、それと連絡ですが、クオンさんは
東に参加していただくことになりました。
よろしくお願いしますね。

265：ゼフィール
西が人気なさ過ぎて笑うわ
あいつらマナー悪いしな

266：ミック
北は物資豊富でいいなぁ

267：SAI

アルトリウス様ああああああああああああああああ！

268：蘇芳

>>264

ちょっと待って、今なんか凄い発言したな？

269：勘兵衛

姐さん!?

先手打たれてるんっすけど、姐さーん!?

270：ruru

師匠そっちかー……

え？　聖剣騎士の指揮で師匠動くの？

勝利確定じゃん

271：リョウ

>>264

はぁ？　特別扱いすぎだろ、ふざけんなよ

272：アルトリウス

直接挨拶をしたところ、共闘を約束してくれました。

イベントでの戦いを楽しみにさせていただきますよ。

273：蘇芳
>>271
そりゃ、師匠は特別だろうよ
間違いなく最強のプレイヤーなんだから

274：プロフェッサーKMK
>>272
合同会議でも議題にあがっていましたからな。
いやはや、まさか先手を打たれるとは……

275：ディーン
>>272
噂の御仁と肩を並べられる機会、
ありがとうございます、マスター

276：えりりん
>>271
文句あるならあの人以上の実績を打ち立ててから言え、な？

276：ゼフィール
しかし何だこのスレのキャメロット率
お前らもうクランハウスでやれよw

【WQ】アルトリウス様にお仕えしたいスレ7回目[sage進行]【開催】

001：エミュー

個人プレイヤー、アルトリウス様に関する個人スレです。
アルトリウス様を始めとする、キャメロットのクランメンバーも閲覧可能であるため、発言には気を付けましょう。

誇り高き騎士>>970よ、貴公に次スレの栄誉を与えよう！

前スレ
【クラン】アルトリウス様にお仕えしたいスレ6回目[sage進行]【結成】

002：エミュー

●アルトリウス様について
トップクラン『キャメロット』のクランマスター。
β版時代、最後のイベント『迷宮探索狂騒曲』で
見事一位となり、《聖剣騎士》の二つ名称号と、
成長武器『聖剣コールブランド』を獲得。

指揮能力に定評があり、アルトリウス様が
リーダーを務めるパーティは非常に高い勝率を誇る。

とても温厚で優しい御方であるが、
気安い態度は粛清の対象となりうるため注意されたし。

003：エミュー
●クラン『キャメロット』について
アルトリウス様がマスターを務めるクラン。
MT内でもトップクランと名高く、実力実績共に高い。
所属プレイヤーのプレイスタイルに制限はないが、
加入には部隊長三名の承認、もしくは
アルトリウス様当人の推薦が必要となる。

====================（略）====================

493：ストームA
ええい、部隊長が捕まらない！

494：スキア
>>493
素直に入団試験を受けて承認を貰いなさいな。
あと、部隊長たちはアルトリウス様が引き連れてたよ。

495：スカーレッド
イベント対策会議の会合でした。
錚々たる面々でしたが、相変わらずクリフォトの連中は
態度悪かったですね。

496：影咲
>>495

あそこのクランマスター処したい

497：ゼクルス
>>496
落ち着け、こちらの評判に関わる

498：スカーレッド
あら？　噂の人が……って言うか本人初めて見ました。

499：スキア
>>498
どちら様？

500：スカーレッド
>>499
例の、剣姫さんの師匠の人。
この人、いつの間に某十三隊の隊長になったんですか？

501：MON
あ？　この男、アルトリウス様に対して気安くない？

502：影咲
>>501
処す？

503：ゼクルス
止めろ馬鹿共

504：スキア
>>500
あの服装については防具職人の悪ノリらしいけどね。

505：MON
>>500
これは11番の隊長に間違いない。
幼女肩車してるし。

っていうかその状態のまま真面目な表情で話してるのが
クッソシュールなんですけど。

506：スカーレッド
周りの人たち、地味に笑いをこらえてますしね。
しかし、アルトリウス様自らクランの勧誘とは……
しかも断ったし！

507：スキア
>>506
は？　アルトリウス様直々の勧誘を断った？
意味が分からないんですけど？

508：影咲

……ネタとか抜きに処さなければ

509：K

こっちのスレの狂信者たちは……
落ち着きなさい馬鹿たち。
あれは、最初から断られることを前提とした誘いです。

510：ゼクルス

>>509
あー、っと。どういうことっすか？
噂の通りなら、本気で勧誘してもおかしくない人材ですが。

511：K

>>510
確かに、戦闘能力という面ではこれ以上ないですね。
しかし、当人が宣言していたように、
彼は誰かに仕えるという行為に向かない性格です。
無理に加入させても、その実力の高さもあって、
軋轢が大きくなるでしょう。クランにとってマイナスしかない。

アルトリウスもそれを理解していて、
当人が断ることを分かっていて誘いをかけただけですよ。
イベント時の協力だけで十分ですから。

512：フェイル
ほほう、そっちは約定を取り決められましたか
今回のイベントも、一位は貰いましたかね

513：スカーレッド
何か、視線で会話してる感があったから何かと思ったら……
それはそれでなんか悔しいですね……

514：ゼクルス
成程ねぇ……よくよく噂にはなるが、良く分からん人柄だな。

515：スキア
部隊長がそう言うなら……まあ、イベントの時まで様子見するかな。

516：影咲
……残念
ちょっと挑んでみたかった

【妖精】テイマーの集いPart.37【見つからねぇ】

001：イオン

《テイム》のスキルを取得し、テイムモンスターと共に
MT世界を楽しむプレイヤーのためのスレです。
情報交換《こうかん》、うちの子自慢《じまん》、どちらも自由です。

次スレは>>970から。

前スレ
【妖精】テイマーの集いPart.36【捜索《そうさく》中】

====================（略）====================

351：FALAN

ああああああああ！
妖精見つからねぇえええええええええええ！

352：レイダー

見えない妖精を見つけて仲良くするってどういうことよ

353：C-70

>>352
あれぶっちゃけ眉唾なんですけど？
師匠って何なの？

354：シェパード
>>352
いやぁ……あの人本当に人間なのか疑いたくなってくるよ。
流石に、見えないものを見つけろだなんて無茶にも程がある。

355：レイダー
当人に聞いてみるにしても、同じことしか教えてくれないだろうし
っていうか、何かもう進化してたね、彼のテイム妖精

356：C-70
>>355
え、マジで？
何になってたの？

357：レイダー
>>356
識別してみたらスプライトになってた
つまり精霊なのかね？
妖精が進化したら精霊になるのか

358：シェパード
ふーん、精霊かぁ
あの人、もう王都から出てるのかな

359：レイダー

>>358
北の方に行ったみたいですけど、
剣姫も一緒で話しかけづらかったっすわ

360：シェパード

>>359
成程。ちょっと調べてみようかな？

第五章 久遠神通流の剣

二人を連れ立ってベルクサーディを離《はな》れ、北東へと向かう。

目指す先は、北東にあるという砦《とりで》だ。以前に聞いた物の中では、最も人が存在していそうな場所である。まあ、もしかしたら既《すで》に退却《たいきゃく》しているかもしれないが、とりあえず一度様子を見ておきたかったのだ。

他に聖火の塔《とう》とやらもあるらしいが、あちらに近づくと魔物《まもの》が弱くなる。俺《おれ》としては、特に興味を惹《ひ》かれる場所ではなかった。同行しているのは、いつも通りのルミナと、今回から一緒にパーティを組むことになった緋真《ひさな》である。

この弟子《でし》は妙《みょう》に機嫌《きげん》のいい様子で、やたらとルミナに対して世話を焼いていた。

「それで、先生。私が教えちゃっていいんですよね？」

「ああ。ま、妙なことを言っていたら口出しするがな。しっかりやれよ？」

「う……そう言われるとプレッシャーなんですけど。でも――」

靴《くつ》を――と言うか足袋《たび》を手に入れたことで、ようやくまともに地面を歩き始めたルミナの姿を、緋真はじっと観察する。頭頂から爪先《つまさき》まで、その姿を一通りじっと観察しつつ、緋真はポツリと声を上げた。

「結構教えやすそうですね、この子」

「ほう、分かるか？」

「はい。まるで白紙のページですよ、この子。肉付きも、体の動かし方も、殆《ほとん》ど変な癖《くせ》がついていない自然体。矯正《きょうせい》の必要が殆ど無いじゃないですか」

感嘆《かんたん》した様子で呟《つぶや》く緋真の言葉に、俺は口元に笑《え》みを浮《う》かべつつ頷《うなず》いた。

進化するまで妖精であったためなのか、ルミナの肉体には殆ど余計な要素が存在していない。おまけに殆ど歩いていなかったからなのか、歩き方にも妙な癖が付いていないのだ。今ならば、軽くやり方を正してやれば、それを自然体として吸収することができるだろう。まるで、赤子がそのまま少女の姿へと変貌《へんぼう》したかのような肉体だ。正直、これほど教えやすい存在も無いだろう。

「だからこそ、お前が初めて教える相手としては最適だろう。ほれ、早速《さっそく》教えることがあるだろう」

「はいはい……じゃあルミナちゃん、改めて。私は緋真、先生――クオンさんの唯一《ゆいいつ》の弟子よ。これからは私が、貴方《あなた》に久遠神通流の術理を教えていくわ」

「はーい、ルミナです」

「ええ、よろしくね。それじゃあ……まずは、久遠神通流について説明していきましょうか」

そう、まず教えるべきは久遠神通流の成り立ちだろう。俺たちの剣がいかなる理念の下に成り立っているのか、まずはそれを知ることが重要だ。

東側から街の外へと足を踏《ふ》み出しつつ、歩《ほ》幅《はば》の小さいルミナを誘導《ゆうどう》しながら緋真は言葉を重ねていく。

「久遠神通流は、戦場において編み出され、育《はぐく》まれた武術。歴史は実に六百年以上も遡《さかのぼ》ることができるの」

「せんじょー？」

「敵が沢山《たくさん》いる場所、って感じかな。久遠神通流は、そういうとにかく多くの……しかも、鎧《よろい》や兜《かぶと》で武装した敵を相手取ることを想定した武術なんだよ」

緋真の説明に、俺は無言で頷く。

久遠神通流は、幾度《いくど》となく戦場に出ながら生きて帰ってきた剣客《けんかく》が、その技を余人に伝えたことから始まった。小烏丸《こがらすまる》の一振《ひとふ》りを手に、幾度となく戦場に立ちながら、結局戦場では死ぬことの無かった男。

その術理こそが、久遠神通流の成り立ちであると伝えられている。

「だからこそ久遠神通流の術理は、相手が多数であること、相手が防御《ぼうぎょ》を固めていること、そして相手の隙《すき》を突《つ》き一撃《いちげき》で殺すことが念頭に置かれているの」

「んー……？」

「例えば、先生がよく使う受け流しの業、流水《りゅうすい》。あれは、相手の攻撃《こうげき》を防いで足を止めることが無いように、受け流して即座《そくざ》に行動できるようにすることが目的。とにかく足を止めず、相手の隙を突くこと。或《ある》いは、相手を防御の上から叩《たた》き斬《き》ること……まあ、自分の動きを止めることなく、相手を一撃で倒《たお》していく。それが根本的な理念だと覚えておいて」

「ん、わかった！」

最後の言葉はきちんと理解できたのか、ルミナは元気よく頷く。

まあ、根本の理念とは言うが、実際のところそれは理想形に近いものだ。口で言うのは容易《たやす》いが、そうそう実現できるようなものではない。俺ですら、それを完全に実現できているとは言えないのだから。

「その理念を元に発展してきた久遠神通流には、主に四つの術理があるの。それが、斬法・剛《ごう》の型、斬法・柔《じゅう》の型、打法、そして歩法……先生は、その全《すべ》てを修めているわ」

「さすがおとーさま！」

「そうそう。本当にもう人間離れしてますよね……」

「しみじみ言うな、阿呆《あほう》」

これでもかなり苦労したのだ、確かに最早《もはや》常人の域にはいない自覚はあるが、この弟子にもいずれはその領域に至って貰わねば困る。

とは言え、先は長そうであるが。そろそろ奥伝《おくでん》の一つぐらいは見せてやった方がいいかもしれない。まあ、あの技を使う相手があまりいないというのが問題ではあるのだが。今度の悪魔《あくま》との戦いでも別々の場所で戦うことになってしまったし、中々ままならないものである。

「まあ、ともあれ――ルミナ、久遠神通流の根本は理解できたか？」

「えっと……たくさんの相手と、かたい相手をやっつけること！」

「大雑把《おおざっぱ》だけど……まあ、それだけ分かっていればとりあえずは大丈夫《だいじょうぶ》ですかね」

緋真の言葉に、俺は軽く肩を竦《すく》める。

本来ならばもう少し突き詰《つ》めたい所ではあるのだが、今のルミナの精神は子供のものだ。そこに複雑な成り立ちを詳細《しょうさい》に伝えようとしたところで、暖簾《のれん》に腕押《うでお》しであろう。故《ゆえ》に、今はそれでいい。大雑把であっても、そこさえ間違えていなければ大きく逸脱《いつだつ》することは無いのだから。

「さて、それを踏まえて――少し見せてやれ、緋真」

「はい。了解《りょうかい》です、先生」

街道《かいどう》を離れて進み始めたところで、案の定魔物たちが姿を現す。現れたのは、先程《さきほど》の馬車護衛の際にも現れたゴブリンの一団。そして、それらを率いているのは、かなり大柄《おおがら》な豚面《ぶたづら》の魔物であった。

■ゴブリンファイター
種別：魔物
レベル：15
状態：アクティブ
属性：なし
戦闘《せんとう》位置：地上

■オーク
種別：魔物
レベル：19

状態：アクティブ
属性：なし
戦闘位置：地上

相手はゴブリンファイターが三体に、オークが一体。

耳障《みみざわ》りな声で騒《さわ》ぐオークの声に応《こた》えるように、ゴブリン共はわらわらとこちらへ向かって走り出す。それを迎《むか》え撃《う》つのは数歩ほど前に出た緋真だ。刀を正眼に構え、摺《す》り足《あし》でじりじりと距離《きょり》を詰める緋真は、殆ど体勢を動かさぬまま、開いていた距離を一気に詰めた。

歩法——縮地《しゅくち》。

「ふむ、あの程度の距離なら使えるようになっていたか」

まだ数メートル程度ではあるが、きちんと術理を成している。

その再現度は流石と言った所か——ゴブリン共も、急に目の前に現れた緋真に面喰《めんく》らって動きを止めていた。そして、そうなれば緋真の思《おも》う壺《つぼ》だ。動揺《どうよう》を誘うための歩法に嵌《はま》れば、当然その次に続くのは一撃で殺すための一閃《いっせん》である。緋真はゴブリンを袈裟《けさ》懸《が》けに斬り伏《ふ》せ——それが倒れるよりも速く、隣《となり》にいたゴブリンへと一閃を放っていた。

斬法——剛の型、鐘楼《しょうろう》。

膝《ひざ》の蹴《け》り上げによって放たれる神速の振《ふ》り上げ。突如《とつじょ》として眼前に切っ先が現れたであろうその一撃を、ゴブリンはまともに喰《く》らって悲鳴を上げていた。

無論、それで止まる筈《はず》も無く、追撃《ついげき》の一閃が二匹《ひき》目のゴブリンを絶命させる。

「見てみろ、ルミナ。あいつは足を止めていないだろう」

「はい、ずっと動いてます！」

「常に動き回り己《おのれ》にとって有利な位置を取り続ける。それをする意味が分かるか？」

「えっと……敵がたくさんいたら、囲まれちゃうから？」

「そう、その通りだ。そして足を止めないためには、ああやって可能な限り少ない手数で相手を仕留めるか――」

瞬《また》く間《ま》にゴブリンを斬り伏せられ、このままではいかんと思ったのだろう、巨体《きょたい》を震《ふる》わせるオークが喚《わめ》き声《ごえ》を上げながら突進《とっしん》してくる。とはいえ、それだけ距離が開いていれば、あまり止めようとする意味も無いのだが。

相手が向かってくる間に残るゴブリンを斬り伏せた緋真は、オークへとその刀を向ける。そんな緋真へと、オークはその手に握《にぎ》り締《し》めた大鉈《おおなた》を振り下ろし――

斬法――柔の型、流水。

緋真の刃《やいば》によって搦《から》め捕《と》られた一閃は、あらぬ方向へと振り抜かされ、オークはその体勢を崩《くず》していた。その隙に、緋真は相手の横手へと潜《もぐ》り込むように接近し――

「――ああして受け止めることなく攻撃を流し、すぐさま反撃《はんげき》へと転じるというわけだ」

斬法――柔剛交差《じゅうごうこうさ》、穿牙零絶《せんがれいぜつ》。

上半身の運動のみで放たれる、密着距離からの鋭《するど》い刺突《しとつ》。柔の型と剛の型、その両方の術理を交えて放つ、久遠神通流の業の中でもかなり変則的な攻撃だ。当然ながら難易度は高く、師範代《しはんだい》でも全ての術理を扱《あつか》えるわけではない。それをたった一つとは言え、ああも見事にやってのけるのは、この弟子ならではだろう。

緋真が低い体勢から放った突きは、肋骨《ろっこつ》の隙間《すきま》から相手の内臓に潜り込み、的確にその心臓を破壊《はかい》していた。人型の魔物がその一撃に耐《た》えられるはずも無く、オークは一瞬《いっしゅん》で絶命する。刀を抜いて血を払《はら》い、袖《そで》で拭《ぬぐ》った緋真は――こちらへと振り返り、晴れやかな笑《え》みを浮かべていた。

「ふふふ、どうですか先生！」

「ガキかお前は。だがまぁ、確かに良い完成度だった。いい見本になっていたぞ」

穿牙零絶を除けば、見た目に分かりやすい術理ばかり。ルミナの教材となるという意味では、良い仕事であったと言えるだろう。

尤《もっと》も、効率的に倒すという観点で言えば、あそこでただの流水を使ったことはいただけない。やるならば、流水の派生形を利用して効率的に殺すべきだ。

まあ、今回はルミナに例を見せることが目的だったのだから、細かいことは言うまい。

「とりあえず……ルミナちゃんには、こんな戦い方を学んでもらうことになるの」

「とは言え、魔法《まほう》を捨てる必要はないがな。せっかく使えるんだ、活《い》かせるものは活かしていけ」

俺はその辺り全く興味は無かったが、既に使える手札まで否定する必要はない。そもそも、ルミナは種族上、魔法を得意とする存在だ。しかも魔法の強化スキルまで持っているのだから、それを捨てるのはあまりにも勿体《もったい》ないだろう。

「ん……でも、どうしたらいいの？」

「まあ、まずは刀の握り方からだね」

緋真は俺が渡《わた》した小太刀《こだち》を取り出し、ルミナに握らせる。右手は上手に、小指から強く握り込むように、けれど人差し指は緩《ゆる》く。左手は下手に、柄巻《つかまき》の巻止めに小指を掛《か》けぬように。初心者は割と強く握りがちであるのだが、刀とはそもそもそう強く握り続けるものではない。適度な脱力《だつりょく》と、攻撃の瞬間《しゅんかん》に刃筋をずらさぬように握りを強くすること、それが重要だ。

しかし、久遠神通流における握り方――所謂《いわゆる》『手の内』は、突きを多用することもあり、鍔《つば》に近い部分を握る傾向《けいこう》にある。その方が、流水を使う上でも力を伝えやすく、便利なのだ。

「基本程度なら何とかなるが……問題は、術理をどう覚えさせるかか」

足運びや構え方などは、覚えさせるのにそう苦労はしないだろう。

だが、問題は久遠神通流の神髄《しんずい》たるその術理だ。これを扱えなければ、久遠神通流の剣《けん》士《し》を名乗ることなどできる筈もない。しかしながら、今のルミナの体格で、それを成そうとしても失敗するのがオチだろう。

であれば、まずは――

「……しばらくは見取稽古《げいこ》だな」

軽く肩《かた》を竦め、俺はそう呟く。

目指す先は、北東の砦。そこに辿《たど》り着くまでに、どれだけのものを見せることができるのか――俺は頭の中で戦略を練りながら、小さく笑みを浮かべた。

第六章　皆への歩み

『レベルが上昇《じょうしょう》しました。ステータスポイントを割《わ》り振ってください』
『《刀》のスキルレベルが上昇しました』
『《収奪《しゅうだつ》の剣》のスキルレベルが上昇しました』
『《テイム》のスキルレベルが上昇しました』
『《MP自動回復》のスキルレベルが上昇しました』
『テイムモンスター《ルミナ》のレベルが上昇しました』

さて、色々と倒している間にそれなりに上昇した。

成長した直後にルミナの姿を確認《かくにん》してみたが、やはりレベルアップと共に体が成長しているようだ。大雑把な目測ではあるが、恐《おそ》らくレベルが1上がるごとに、人間で言えば半年ぐらいずつ成長しているように思える。最初は幼稚《ようち》園児《えんじ》程度にしか見えなかったルミナも、今では小学校の低学年程度には見えるのだ。

精霊の生態というものはよく分からないが、どうやらレベルが上がるごとに、あの時戦ったスプライトのような大人の姿に近づいていくようだ。

（いや、しかし……面白《おもしろ》いな、こいつは）

だが、精霊の成長に関して驚《おどろ》くべきはそこではない。ルミナは、レベルアップした瞬間、それまで教えていた動きの習熟度が上昇しているのだ。

先ほどから緋真《ひさな》が刀の握り方を教え始めていたのだが、レベルアップした直後の今では、覚束《おぼつか》なかった手つきがすっかりと様になっている。これは、単純に体が成長しているわけではなく、半年分の経験を一気に積んだようにも見える現象だ。

だが、この特性があれば、ルミナに対する修行《しゅぎょう》も大きく効率化させられるだろう。

「緋真、そろそろ次に進めていいだろう」

「あ、はい。分かりました」

ルミナの刀の握り方、振り方を確認していた緋真は、俺の言葉にこくりと頷く。

刀の扱いについてはまだ十分とは言えないが、刃筋は立ってきているし、そろそろ別の修練も積んでおかなければ勿体ないだろう。次に進化するときまでに、果たしてどれだけの術理を教え込むことができるのか。それは、横で見ている俺としても少々楽しみだった。

「さてルミナちゃん、次は歩き方を教えるよ」

「歩きかた？　わたし、歩いてるよ？」

「それは普通《ふつう》の歩き方だね。ルミナちゃんに覚えてもらいたいのは、久遠神通《くどうじんつう》流の歩法、その基礎《きそ》になる歩き方。礎礼《それい》という歩法だよ」

歩法の基礎、礎礼。

これは、俺が戦いに使っているような戦闘用の歩法とは異なる、普段《ふだん》からの歩き方だ。常在戦場を心掛《こころが》ける久遠神通流の理念に適《かな》う、即座に戦闘態勢への移行が可能な歩き方である。また、他の歩法のための体重移動の練習にもなるため、久遠神通流を学ぶ者は、まず刀の持ち方と歩き方を学ぶことになるのである。

華々《はなばな》しい斬法や打法を覚えるまでには、こういった下積みが重要なのだ。

「まず、刀を構えてみて？」

「はい」

少しだけ、ルミナの返事に落ち着きが出てきた気がする。

ともあれ、緋真の指示に素直《すなお》に頷いたルミナは、これまで学んできた通りに小太刀を正眼に構えていた。両足を開きすぎず、重心を中央に来るようにした立ち方は、久遠神通流にとって基礎の基礎となる構え方だ。これは、全方位を警戒《けいかい》するための立ち姿。どの方向にも即座に移動できるようにするためのものである。

「そして、その状態で横に回避《かいひ》する」

「んっ！」

とん、と。ルミナはステップを踏むように横に回避する。若干覚束《じゃっかんおぼつか》ない感じではあるが、それでも重心の揺《ゆ》れは少ない。もう少し鍛《きた》えれば、そちらは安定するだろう。尤も、そちらは今の趣旨《しゅし》とは違《ちが》う。緋真はただ単に、説明するために今の動きをさせたのだ。

「横に回避するとき、ルミナちゃんは地面を蹴る足を、踵《かかと》を上げて足の前半分を使うような感じで使ってたね？」

「ん？　えっと……はい、そうです！」

「強く地を蹴る時は、必ずそうなるの。そしてその時、無意識に足の指に力を入れているわ」

「あ、ホントだ」

これは人体の構造上、必ずそうなっている。だが、これを理解しているかどうかで、人の動きというのはかなり違ってくるものだ。

そして久遠神通流では、それを理解した上で活用しようと様々な歩法を編み出してきた。その基礎となる礎礼とて、それは例外ではない。と言うよりむしろ、それを忠実に利用したものこそが礎礼であると言えるだろう。

「いい、ルミナちゃん？　ルミナちゃんの歩き方は先生を参考にしているおかげで、形だけは礎礼に沿っているわ」

「そーなの？」

「ええ、そうなのよ……これ、本当は形を矯正するのが一番大変なんだけど、まさか姿勢を正すだけで済むとはね」

緋真はここまで、身振《みぶ》りでルミナの視線を誘導することにより、自然にこいつの姿勢を正してきた。おかげで、ルミナの歩き方は既に、形だけは礎礼に沿ったものとなっている。簡単に言えば、踵から上げて指の付け根辺りから足をつける。殆ど摺り足のような歩き方である。こいつを意識しすぎるとつま先立ちのまま歩いているような体勢になり、これを矯正するのが非常に面倒《めんどう》なのだ。

そこさえ正しているのなら、もう完成はそれほど難しくない。

「後は、歩く時に足の指で地面を掴《つか》むように力を籠《こ》めること。そして、それでいながら速く歩きすぎず、一定のペースと体勢を保つこと。それが基礎の歩法、礎礼よ」

「ん……んー、難しい……」

「焦《あせ》らなくてもいいわ。ゆっくりと、崩さないように、確実にね」

ルミナは足元を気にしながら、よたよたと歩いている。

まあ、初めはそんなものだろう。指先に意識が集中しすぎていて、体勢が崩れてしまっているのだ。背中と額を軽く叩いて体勢を整えさせつつ、緋真を促《うなが》して先へと進む。

ルミナはしばらく、歩くことに集中させねばならないだろう。いくらある程度できてい
たとはいえ、教えて数分程度でできるものではない。

まあ、レベルアップによる急成長を除けば、であるが。

「よし。このまま進んで敵を探すぞ、緋真。イベントまでにある程度形にしてやらねばな
らん」

「ルミナちゃんの成長の特性が無かったら、無茶にも程がありますよね……」

「まあな。俺としてもそこは驚いた。さて……二匹、近づいてくるぞ」

街道からは少し外れているため、敵の出現率はそこそこ高い。その目論見《もくろみ》通りにこちら
へと近づいてきたのは、二匹の大きな獣《けもの》――黒い毛並みを持つ熊《くま》であった。

その姿に若干《じゃっかん》の懐《なつ》かしさを覚えつつ、俺は連中の姿を注視する。

■ブラックベアー
種別：魔物
レベル：21
状態：アクティブ

属性：なし
戦闘位置：地上

どうやら、見た目の通りの名前であったらしい。レベルは中々に高い。こちらの方角に向かう場合、王都から離れれば離れるほど敵が強くなるようだ。まあ、それについては好都合であると言える。敵が強いに越《こ》したことはない。

「ルミナ、お前は歩き方の練習をしておけ。緋真、お前と俺とで一匹ずつだ……それと、俺に遠慮《えんりょ》してスキルを使わずにいる必要はないぞ？」

「え？　でも……先生、気に入らないんじゃ？」

「俺が気に入らんからと言って、お前のやることにまでいちいち文句は付けんさ。そもそも、使えるものを使わんほうが気に食わん」

俺自身が使うつもりは全くないが、緋真が使うことを否定するつもりも無い。無理やり体を動かされるとしても、それで型が崩れないのであれば問題はないのだ。

ともあれ、こちらはこちらで戦いを楽しまなければ。熊の相手というのは久しぶりだ。あまり面白い思い出というわけでもないが、懐かしいものは懐かしい。

今にして思えば、クソジジイの修行もあの頃《ころ》はまだマシだったということだろう。

「なら……先に行かせて貰《もら》います！　《闘気》！」

歩法――烈震《れっしん》。

緋真が駆《か》けると同時に、その体からは金色の光が噴出《ふんしゅつ》した。

どこか、《生命の剣》にも近しいエフェクトのスキル。一応話には聞いていたが、確か一時的に自分のステータスを上昇させるスキルだったただろう。

緋真は全身に光を纏《まと》ったまま、一瞬でブラックベアーの懐《ふところ》にまで潜り込んでいた。そのまま緋真は袈裟懸けに熊の肩口《かたぐち》を斬り――刀を斜《なな》めに振り下ろした姿勢のまま、叫《さけ》ぶ。

「【焔一閃《ほむらいっせん》】ッ！」

その声と共に、緋真の刀が真紅《しんく》の炎《ほのお》を纏う。そして次の瞬間、緋真は一気に加速し、宙に紅《くれない》の直線を描《えが》きながら熊の胴《どう》を斬り裂《さ》きつつ横を駆け抜《ぬ》けていた。

あれは、刀の魔導戦技《マギカ・テクニカ》だ。雲母水母《きららくらげ》たちが時々使っているのを目にしていたが、刀のそれは初めて見た。

それに……緋真の使い方は、他のプレイヤーたちとは少々異なっているようだ。

今の刀を振り切った姿勢、あの状態からは、本来であれば大きく移動することは難しい。

歩法で対処することも不可能ではないが、それでも攻撃しながらというわけにはいかない。

それを、魔導戦技《マギカ・テクニカ》を利用することで可能にしたのだろう。

炎を発しながら5メートルほど移動した緋真は、刀を振るうように残心の動作を見せる。だが、その動きは普段の緋真とは異なり妙にぎこちない。どうやら、あれも魔導戦技《マギカ・テクニカ》のモーションの内らしい。ああいった所が、俺としては納得《なっとく》しづらい部分なのだが、まあそこに文句を言っても仕方ないだろう。

今の攻撃のおかげで、緋真が敵一体の注意を引きつけてくれた。後は、俺が残りの一体を片付ければ問題なしだ。

「さて――」

もう一体の注意も緋真の方に逸《そ》れている。とは言え、二体とも緋真に譲《ゆず》ってやるつもりも無く、俺は死角を縫《ぬ》うようにして熊に肉薄《にくはく》した。

熊というのは、全身を強靭《きょうじん》な筋肉に覆《おお》われている動物だ。そのため、普通に斬ろうとしても内側までダメージを通すことが難しい。

ならばどうするのかと言えば――その内側を直接揺さぶってやればいい話だ。

打法――寸哮《すんこう》。

熊の横っ面《よこつら》に拳《こぶし》を押《お》し当て、内功を叩き付ける。瞬間、俺の足元の地面が土煙《つちけむり》を上げて罅割《ひびわ》れ、衝撃音《しょうげきおん》と共に熊が大きく仰《の》け反《ぞ》った。そしてそのまま、白目をむいた熊はその巨体を地面へと横たわらせる。脳を直接揺さぶることによって、相手を気絶させたのだ。

「熊は斬るよりは刺《さ》すか殴《なぐ》るかの方がいいぞ、緋真」

「その業はまだ無理ですから！　それ、結構難しいんですからね⁉」

そう叫びつつも、緋真は熊に肉薄し、射貫《いぬき》で熊の体を穿《うが》っている。どうやら、射貫の有用性をようやく理解できたらしい。リアルの方でも重点的に練習していたし、その成果が出てきたということだろう。そんな弟子の様子に満足しつつ、俺は転がした熊の喉笛《のどぶえ》を裂いてとどめを刺した。

緋真の方も終わったようであるが、スキルの上昇などは特になし。あまり雑な戦い方をしたいわけではないのだが、もう少しスキルも使ってやらねばならないだろう。

「ふむ。二体ならいいが、三体以上出てくると面倒かもしれんな」

「あっさり片付けたくせに何言ってるんですか……まあでも、ルミナちゃんにもそろそろ魔法支援《まほうしえん》ぐらいはしてもらった方がいいのでは？」

「まあ、それもそうだな。並行作業の練習ぐらいにはなるだろう」

敵は強くなり続けている。今の所はまだ問題はないが、このレベルで数が増してくると手が足りなくなってくるかもしれない。

ルミナはまだまだ未熟とすら呼べない状態ではあるのだが、それでも魔法戦闘《まほうせんとう》能力は本物だ。まだ刀を振らせるには早いが、歩き回らせながら魔法を撃たせるぐらいは問題ないだろう。まあ、あまり放置すると型が崩れそうであるし、様子は見てやらねばならないだろうが。

とはいえ——もう既に、目的地である砦はうっすらとその影《かげ》を覗《のぞ》かせている。遠からず、目的地に到着《とうちゃく》することができるだろう。

「目的地もそろそろ見えてきたみたいだし、ほどほどやっておくとしよう。ルミナ、分かったな？」

「はいっ！　わたし、がんばる！」

「いい返事だ」

地味過ぎて門下生たちに人気のない基礎訓練を、これほど楽しくやってくれていると、こちらとしても気分が良い。やはり、学習能力の高いものに対して術理を教え込むのは面白いものだ。刀の整備をしている緋真の姿を後ろから眺《なが》めつつ、俺は内心でそう呟いた。

第七章　北東の砦

『レベルが上昇しました。ステータスポイントを割り振ってください』
『《刀》のスキルレベルが上昇しました』
『《強化魔法》のスキルレベルが上昇しました』
『《生命の剣》のスキルレベルが上昇しました』
『《識別》のスキルレベルが上昇しました』
『《HP自動回復》のスキルレベルが上昇しました』
『テイムモンスター《ルミナ》のレベルが上昇しました』

遠目に見えていた砦ではあるが、目的地が見えたならば迷わないからと街道から大きく外れて歩いていったところ、すっかりと日が傾《かたむ》いてしまった。まあ、おかげで色々とレベルは上がったわけだが、そろそろログアウトしなければならない時間だ。あの砦の中に入れればいいのだが、入れなければ野宿用のアイテムを使わなければならないらしい。

一応俺も、エレノアに勧《すす》められて一通りのセットは購入《こうにゆう》してあるが、緋真《ひさな》が持っているものの方がグレードは上の品らしい。いざとなったら、緋真に頼《たよ》ることとしよう。まあ、グレードでどう性能が違うのかは知らんが。

ともあれ――日が落ちる寸前、俺たちはようやく北東の砦に到着した。夕日に照らされた砦は、長い影を山の裾野《すその》に落としている。大きく、堅牢《けんろう》な砦だ。見た目ではなく機能性を重視したそれは、間違《まちが》いなく何かしらとの戦闘を想定したものだろう。

この近くには隣国《りんごく》との国境となる関所があるという話であったし、隣国との戦闘を想定した砦と言った所か。

砦の門は、今は閉ざされてはいない。警戒態勢ではないということだろうが――やはり、門の前には数人の兵士が立っていた。国の、そして軍の施設《しせつ》であるが、果たして中に入れるものなのかどうか。そんな内心を抱《いだ》きながら砦まで接近すれば、兵士たちの誰何《すいか》の声が届いた。

「止まれ、何者だ」

「我々は異邦人《いほうじん》の旅人だ。この砦で休ませて貰いたいのだが、可能だろうか」

「異邦人？　何故《なぜ》異邦人がこんな所に……？　身分を証明するものはあるのか？」

警戒した様子の兵士の言葉に、俺たちは顔を見合わせる。

砦は殆ど傷ついている様子はない。どうやら、戦争に使われた経験は無いようだ。この砦は隣国との国境を見張るためのものであるようだが、どうやら隣国と戦争を行ったことは無いように見える。まあ、隣の国と緊張《きんちょう》状態に無いというのはいいことだ。ゲームの中でまで、人間同士の戦争など考えたくもない。

ともあれ、必要なのは身分の証明となるものだ。だが、現実世界ならともかく、このゲームの世界で身分証明書など取得した覚えはない。果たして、何かあっただろうか。

「身分証明ですか……先生、何かありますか？」

「その辺はむしろお前に期待してたんだが。今まではルミナを見ただけで誰《だれ》も彼《かれ》も信用してくれていたしな……」

ここの兵士もルミナを二度見していたし、ルミナが人間ではないことは分かっているようだ。だが、今回はルミナを見ただけで信用する、とはならなかったらしい。まあ、今は精霊《せいれい》に進化しているし、妖精《ようせい》と精霊ではその辺りが違っているのかもしれないが。

何にせよ、何かしらの身分証が必要だ。何かなかったかとインベントリを見直し――ふと、一つのアイテムが目に入る。

「そうだな、これなんかはどうだ？」

「騎士団《きしだん》の紋章《もんしょう》？　これは……まさか、騎士団長の⁉」

俺《おれ》が取り出したのは、騎士団長《クリストフ》から受け取った騎士団の紋章だった。

以前のイベントで利用したものであるが、それ以来は使い所が無かったため、すっかりインベントリの肥やしとなっていたのだ。

だが、これは俺たちの身分を証明するためにと騎士団長が渡してくれたものである。となれば、この場でも利用できるのではないだろうか。そう考えて渡してみたのだが、対する兵士は驚愕《きょうがく》に目を見開き、紋章の裏面《めん》を観察していた。誰が渡したものであるのかを判断できるものがそこに書いてあるのだろうか。

「確かに、これはクリストフ様の紋章ですね……何故《なぜ》、異邦人の貴方がこれを？」

「以前に悪魔を倒した時、犠牲《ぎせい》になっていた騎士《きし》たちの遺品を回収してな。その時に渡してくれた物だ」

「悪魔を？　ということは、貴方がランベルク隊長の……分かりました、これをお預かりしますので、少々お待ちください」

先ほどの警戒した様子とは異なり、随分《ずいぶん》と丁寧《ていねい》な対応になった兵士は、もう一人の兵士に目配せをして砦《とりで》の中へと姿を消していった。どうやら、上司か何かに確認を取りに行ったらしい。

思わぬ形ではあったが、これならば部屋を借りることも期待できるのではなかろうか。

「先生、あんな珍《めずら》しいアイテム手に入れてたんですね。聞いたことも無いですけど？」

「ああ、ワールドクエスト関連でな。こんな形で使えるとは思っていなかったが」

人生、何が役立つか分からんものだ。

しかし、あの様子では、確認を取るのに少々時間がかかるだろう。たとえ戦時中でないとはいえ、一般《いっぱん》開放される拠点《きょてん》ではあるまい。よほどのことが無い限り、中に入れる場所ではない筈だ。

となると、少々暇《ひま》だな。この後の予定を考えつつ——俺はふと、気になったことをルミナに対して問いかけていた。

「そうだ、ルミナ。お前、俺たちがログアウトしている間はどうなるんだ？」

「んぅ？　いつも、従魔結晶《じゅうまけっしょう》の中でねてるよ？」

「ああ、いや、普段はそうだな。俺が聞きたいのは、結晶にならなかったらどうなるかってことだ」

ルミナは——と言うよりテイムモンスターは、従魔結晶という形態に変化することができる。その状態ならばインベントリに格納することができるため、ログアウト中は常にそうしているのだ。だが、そうしなかった場合はどうなるのか、これまでは特にメリットも無かったのでやろうとも思わなかったが——今は、修行という目的がある。

そんな俺の思惑《おもわく》を知ってか知らずか、ルミナは小首を傾《かし》げながらも声を上げた。

「それなら、ずっとそのまま。戻《もど》ってくるまで、待ってるよ」

「ふむ……ルミナ。それなら、俺たちが帰ってくるまで、修行をやってみるか？」

「ん ー？」

「ちょっと先生、それはいくら何でも無《む》茶《ちゃ》なんじゃ……」

俺の提案に対し、緋真は半眼で抗議《こうぎ》してくるが、俺は今のルミナの修行時間を減らすのは勿体ないと判断していた。何しろ、レベルを上げただけであれだけ動きの完成度が上がるのだ。それならば、少しでも上げさせたい。今は基礎の基礎という段階であるだけに、ここを固めておくのは非常に重要なのだ。

「今、お前に教えているのは刀の握り方と振り方、そして歩き方である礎礼だ。俺たちがログアウトしている間、それらとあと一つの術理を練習してもらおうと思うが、どうする？」

「えっと……そしたら、おとうさまみたいになれる？」

「ふむ？　まあ、今よりもずっと近づくのは間違いないだろうな」

「ん……なら、やる！」

「うむ、いい返事だ」

どうやら、やる気は十分のようだ。であれば、あとはどの程度の配分で修行を行うか、そしてその間の食事はどうするかだ。まあ一応、食料の類は色々と購入してある。保存食もあるし、ログアウトしている間の分程度は困らないだろう。

「よし、配分はお前に任せる、緋真。きちんと教えてやれ」

「はぁ……まあ、それならいいですけど。でも、術理って何を教えるつもりですか？　流水とか？」

「いや、竹別《たけわかち》だ。あれなら、準備さえすれば一人で練習しやすいからな」

剛《ごう》の型の基礎である竹別。柔《じゅう》の型の基礎である流水。どちらも、斬法を覚える際に最初に学ぶ術理となる。だが、流水は受け流しの業であるため、基本的に一人で練習することが難しいのだ。一人で練習させておくのであれば、竹別を教えるのが良いだろう。

俺の言葉を聞き、緋真は若干《じゃっかん》呆《あき》れを交えた表情で頷《うなず》いていた。

「ああ、だから八雲《やくも》さんの所で色々買ってたわけですか……分かりました。メニューを考えておきます」

「頼《たの》んだぞ。っと……戻ってきたようだな」

近づいてくる気配に視線を向ければ、どうやら確認を終えたらしい兵士が戻ってくるところだった。最初の頃のような警戒心《けいかいしん》は感じられないし、それほど悪い結果にはなっていないだろうが、さてどうなったことか。

「済みません、お待たせしました！」

「いや、こちらも突然押《とつぜんお》し掛けた身だからな。部屋が借りられずとも、敷地内《しきちない》に泊《と》めさせて貰えるだけでも十分だが」

「ええ、魔物避《まものよ》けを使わないで済むだけでも大助かりです」

「いえいえ、王国騎士団のご恩人にそのようなことはできません！　喜んで部屋をお貸しします。ですが――」

付け加えられた言葉に、眼を細める。やはり、何かしらの条件は付くようだ。まあ、よほど無茶な条件でなければ特に拒《こば》むつもりも無いのだが。

若干の警戒を交えて待てば、兵士は少しだけ申し訳なさそうに声を上げた。

「こちらに戻った時で構いませんので、こちらの指揮官と話をしていただきたい」

「ふむ？　こちらはしがない異邦人だが……何か聞きたいことが？」

「先生がしがないって……」

何か言いたげな緋真の呟《つぶや》きは無視し、兵士に対して問いかける。その言葉に、彼は苦笑《くしょう》を零《こぼ》しながら返していた。

「騎士団長の信頼《しんらい》を得た貴方《あなた》をしがないなどと称《しょう》してしまっては、我々としても立つ瀬《せ》がありませんよ。此度《こたび》の騒動《そうどう》――悪魔《あくま》どもの襲撃《しゅうげき》について、話をお聞きしたいのです」

「悪魔の侵攻《しんこう》について、か。こちらは悪魔の専門家というわけではないし、それほど有意義な話になるとは思えんが」

「実際に戦った、貴方の感覚を当てにしたいのですよ」

その言葉に頷き、黙考《もっこう》する。どこまで当てにしたものかは分からないが、ただ話が聞きたいだけと言うのであれば受けても構わないだろう。悪魔については、彼らにとって死活問題だ。俺としても、この砦がどのような対応を取るつもりなのかは気にしていた所でもある。その辺りについて聞けるのであれば、こちらとしても否は無い。

「……了解《りょうかい》した。では、こちらに戻った時に話をさせていただこう」

「ありがとうございます。では、ご案内します」

兵士の案内で、砦の中へと足を踏《ふ》み入れる。

堅牢で実直、そんな印象を受ける室内は、戦争において命を預ける拠点としてはとても好感を抱けるものだった。俺たちが案内されたのは、そんな砦の中でも角の方にある一室だ。兵士たちが使う部屋と言うよりは、きちんと整備された客間のようにも見える。賓客《ひんかく》や将兵を招いた時のための部屋だろうか。まさか、こんな部屋を使わせて貰えるとは思わなかった。

「こんないい部屋を使わせて貰えるのか？　流石《さすが》に申し訳ないのだが」

「いえ、兵士の使う区画に入れるわけにもいきませんし、それ以外で掃除《そうじ》がされていて、更《さら》に二人分となるとここぐらいでしたので」

まあ、確かにこの部屋はベッドが二つ。その辺りはきちんと指定しなかったのだから、仕方ないだろう。ちらりと視線を横に向ければ――何やら、妙《みょう》に身を硬《かた》くした緋真の姿があった。

「おい、緋真――」

「も、問題ないですよ！　問題ありません、むしろドンと来いです！」

「あー……分かった。では、ありがたく使わせていただく」

「ええ、それでは、ごゆっくりお休みください」

挙動不審《きょどうふしん》な緋真の様子に苦笑しながら、兵士は軽く一礼して去ってゆく。その背中を見送り、俺は嘆息《たんそく》しながら部屋の中へと足を踏み入れた。ログアウトする予定の時間まで、もうあまり余裕《よゆう》はない。もたもたしている時間は無いだろう。

「ほれ阿呆《あほう》、いつまでボケっとしている。さっさとルミナに教えてやらんか」

「いたっ!?　もう……気軽に叩《たた》かないでくださいよ」

軽く頭をはたかれて正気に戻った緋真は、ぶつぶつ文句を言いながらもルミナを連れて部屋の広いスペースへと歩いていく。その様子を眺めながら、俺はインベントリからいく

つかの道具を取り出した。

まずは、ルミナの練習用にと作らせた小太刀サイズの木刀。そして、台座の付いた一本の木の棒である。ただ真《ま》っ直《す》ぐ、一直線に天井《てんじょう》へと伸《の》びているだけの木の棒は、しなりが強く、そしてつるつるに磨《みが》かれている。まあ、物は素人《しろうと》日曜大工レベルの代物《しろもの》であるが、これが竹別の修行に使う道具なのだ。

「緋真、ルミナにはその木刀を使わせろ。軽い素材だから、今の素振《すぶ》りにはちょうどいい」

「あっ、ありがとうございます。ところで、それは……竹別のですか」

「ああ。お前が手本を見せてやれ」

そう告げて、俺はもう一本、打刀のサイズの木刀を取り出して緋真に手渡《てわた》した。首肯《しゅこう》しつつそれを受け取った緋真は、ルミナを隣《となり》に呼び寄せ立てた棒に向けてその木刀を向ける。

「いい、ルミナちゃん。これから貴方に教えるのは、貴方が覚えたがっていた久遠神通流《くどうじんつう》の斬法、その基礎の一つ」

「っ……いいの？」

「ええ。これは、基礎を学びながらやるのにはちょうどいいものだから。この棒は、とてもよくしなって、そして表面がつるつるになってるの。だから、普通に触《ふ》れると――」

そう言いながら、緋真は木刀の切っ先で立てた棒を突《つ》いた。当然、その先で棒は滑《すべ》り、刀身の横でふらふらと揺れることになる。普通にやれば、こうなるのは当然だ。だが竹別は、それでは成立しない。

「こうやって、棒は横にずれてしまう。けど、斬法の基礎、剛の型の竹別は――」

斬法――剛の型、竹別。

緋真が勢いよく振《ふ》り下ろした一閃《いっせん》は――正面から棒に衝突《しょうとつ》し、そのままぴたりと静止していた。立てていた棒の真芯《ましん》を捉《とら》え、尚且《なおか》つ余計な力を一切与《いっさいあた》えずに刀身に吸い付かせる。

この術理は、相手の受け流す円の動きに対して垂直に力をかけ続けることにより、受け流されることを防ぐ業だ。これを基礎としているのは、狙《ねら》った所に正確に、緻密《ちみつ》な力加減を覚えることに繋《つな》がるため。この精密、正確な斬撃こそが、久遠神通流の基礎となるのだ。

「こうして、一切の力の無駄《むだ》なく正確に打ち込むことで、相手に対してすべての力を伝えることができる。あらゆる術理の元となる理念よ」

「む……むずかし、そう」

「ええ、難しいわね。ルミナちゃんでも、すぐにできるとは思ってないわ。でも、貴方には本気の熱意がある。それなら、いずれ必ずできるはずよ」

緋真の言葉に、ルミナは僅《わず》かに目を見開いて――その瞳《ひとみ》の奥《おく》に、覚悟《かくご》の火が灯《とも》る。やはり、このちびっ子が抱いている思いは生半可なものではない。ルミナは、本気で俺のように剣《けん》を振るいたいと、そう思っているのだ。

「がんばる……っ！」

「その意気だよ。でも、きちんとメニューの通りにね。正直、これはまだまだできるものじゃないから、まずは素振りと歩法をきちんと練習してからにしなさい」

「ん、はい、おねえさま」

ルミナが口にしたその呼び方に、緋真は目を丸くして硬直《こうちょく》する。現実でも、門下生の中では数人が緋真を――明日香《あすか》のことをそう呼んでいるのだ。こいつも中々面倒見《めんどうみ》のいい性格をしているから、後輩《こうはい》たちには慕《した》われやすいのである。

くつくつと笑いを零しつつ、俺はインベントリからいくつかの食料を取り出した。日持ちのいいものと、保存食である。まあ、ルミナは精霊だからかそれほど多くは食べないし、問題は無いだろう。

「じゃあルミナ、きちんと練習しておけよ。楽しみにしているぞ？」

「はいっ、おとうさま！」

「いい返事だ。さて緋真、ログアウトするぞ」

「はーい……」

こちらでまでお姉様呼ばわりされ、複雑な心境だと思われる緋真と共に、それぞれのべッドに転がる。そして隣に来たルミナの頭を軽く撫《な》でてから、俺はログアウトのボタンを押下《おうか》したのだった。

第八章　砦の行く末

翌日、用事を済ませてログインすると、耳に届いたのは鋭《するど》く空を斬《き》る音だった。目を開けてそちらを見てみれば、そこにあるのは二人の姿。どうやら、木刀を振るうルミナを、緋真《ひさな》が指導している様子だ。その様子を観察して、俺は思わず眼を見開く。ログアウトする前と比べて、ルミナの素振りが随分と上達していたからだ。

足の力の入れ方、そして太刀筋《たちすじ》と刃《は》筋の立て方。体重移動に至るまで、見違《みちが》えるほどに向上している。ゲーム内の時間では、およそ二日とちょっとが過ぎているはずだが——それを考慮《こうりょ》したとしても、これは並の成長速度ではない。レベルアップによる成長を挟《はさ》んでいないというのに、これほど成長するとは思っていなかった。

（スプライトがそういう種族なのか……あるいは、ルミナ本人の熱意によるものか。どちらにせよ、これは想像以上の逸材《いつざい》だ）

緋真には及《およ》ばぬとは言え、これはかなりの才能と呼べるだろう。やはり俺自身で指導できぬことを惜《お》しく思いつつ、俺はゆっくりと体を起こした。

途端《とたん》、俺に気づいた緋真が緩《ゆる》く笑《え》みを浮《う》かべて声を上げる。

「待ってましたよ、先生。どうですか、ルミナちゃんは」

「ああ、正直驚《おどろ》いた。門下生のガキ共もこれほど素直に成長してくれるならな」

「最初の矯正《きょうせい》が一番大変ですからねぇ……」

何しろ、子供というのは堪《こら》え性《しょう》が無い。礎《そ》礼《れい》や素振りと言った、基礎の基礎と呼ぶべきものの指導を行っていると、すぐに飽《あ》きてしまうのだ。まあ、それで投げ出そうが何だろうが、指導方法を変えることはないが。そこで辞《や》めてしまうような根性《こんじょう》無しであれば、結局大成することはない。時間を割《さ》くだけ無駄というものだ。

だが、ルミナは単調な修行《しゅぎょう》でも嫌《いや》がらない上に、人の目が無くともきちんとこなしている。その上、この吸収速度だ。これは教える側にも力が入るというものである。

「素振りの微修正《びしゅうせい》はしました。礎礼の方は、かなり上達してますね。次にレベルアップしたらもう十分だと思います」

「……でも、あっちはできなかった」

褒《ほ》めちぎる緋真に対し、ルミナはどこか不満げだ。少々落ち込んだ様子で視線を向けているのは、垂直に立ててある木の棒。やはり、竹別《たけわかち》を覚えるのには時間が足りなかったようだ。と言うより、二日かそこいらでできてしまっては、俺たちの立つ瀬が無いのだが。

「ふむ。それなら、ちょっと見せてみろ。今はどんな具合なんだ？」

「ん……」

こくりと頷いたルミナは、立てられた棒の前に移動し、すっと整息して構えた。

まだ全《すべ》ての動きが十分とまでは言わないが、それでも構えそのものはかなりこなれてきている。少なくとも、その辺の素人プレイヤーよりはよほど隙《すき》なく構えられているだろう。

そしてそのまま、ルミナは木刀を振り上げると、鋭い呼気と共にその一刀を振り下ろした。

「ふっ！」

ルミナの一閃は空を裂き、真っ直ぐと振り下ろされ――棒に衝突し、真っ直ぐと奥に向けて弾《はじ》いていた。そして、反動で戻ってきた棒はルミナの木刀に再度衝突《しょうとつ》し、その表面を滑って側面へと身を落ち着かせる。

一通りその様子を観察し――俺は、思わず言葉を失った。まさか、二日三日程度の修行でここまで練り上げるとは、思ってもみなかったのだ。

「……緋真。お前、今度から師範代《しはんだい》たちに代わってガキ共の面倒を見るか？　いきなりこ
こまでできるなんざ、前代未聞《ぜんだいみもん》だぞ？」

「いやいやいや、師範代たちに怒《おこ》られるから止《や》めてくださいよ。それに凄《すご》いのは私じゃなくて、ルミナちゃんですって」

慌《あわ》てて首を横に振る緋真の言葉に、俺は乾《かわ》いた笑みを返した。確かに、今のルミナの一閃は、竹別としては失敗しているだろう。あれには、絶妙《ぜつみょう》な力加減と、状況《じょうきょう》に応じた手元の微修正が必要になるのだ。そんなものは、経験のない初心者にできる代物ではないし、縦に振り下ろして棒に当てられるようになるだけでも及第点《きゅうだいてん》だと考えていた。

棒の直径はおよそ3センチ、刃筋を制御《せいぎょ》できていない素人では、当てることすら難しい。ましてや、その真芯を捉えて、滑らずに押しやるなど……門下生たちでも、半数は時折失敗することだろう。それを、少し学んだ程度の子供が成《な》し遂《と》げるなど――

「えっと……おとうさま、おねえさま？」

「ルミナ、こいつは大したもんだぞ。まさか、ここまで上達しているとは思わなかった」

「そうそう、私も驚いたよ。一晩――じゃなくて二日ぐらいか。でも、そんなあっさりとできるようなことじゃないよ、これは」

だが、この正確な剣閃は非常に好ましい。狙った場所に正確に打ち込むことは、斬法を扱《あつか》う上で必要不可欠な技能だ。

よほど優《すぐ》れた感覚を持っていない限り、これを正すのにはかなりの時間を要する。コンマ以下の単位の修正となると、それは最早《もはや》我々剣士《けんし》にとっての人生の命題と言っても過言ではないだろう。これがルミナの直感によるものであるならば、それは非常に好ましいことだ。

「わたし、うまくいかなかったけど……」

「この短期間じゃ、それはさすがに無理な話だ。ここまでできたのはむしろ上出来だ」

「これはこの後も期待ができますね、先生」

その言葉に同意しながら頭を撫でてやれば、ルミナはようやく、嬉《うれ》しそうに顔を綻《ほころ》ばせていた。驕《おご》るべきではないが、褒めるべき点は褒めなければなるまい。ようやっと上機嫌《じょうきげん》になったルミナの様子に苦笑しつつ、俺は部屋の片づけを始める。

まあ、ルミナ用の木刀は本人に持たせておいてもいいだろうが――

「さて。緋真、俺はこの砦の兵士と話をしてくる。お前はルミナを連れて、庭で流水《りゅうすい》の練習をしてこい」

「え、もう流水ですか？」

「打ち合いと受け流しの経験なく、竹別は完成しないしな。あそこまで行けたのなら、そちらも練習しておいた方がいいだろう」

「あー……それもそうですね、分かりました」

いきなりここまで成長しているとは思わなかったので、少々計画が狂《くる》ってしまった。とはいえ、先に進んでいるのであればむしろ好都合であると言える。

次に教えるのは柔《じゅう》の型の基礎《きそ》である流水。久遠神通流《くどうじんつう》の戦いにおいては、最も重要な業であると言える。二人で練習できるのであれば、まず覚えるべきはこの流水だろう。

「その身長差ではちょいとやり辛《づら》いかもしれんが、頑張《がんば》れよ。じゃ、後でな」

「はい、先生」

「いってらっしゃい、おとうさま」

見送る二人に手を振り、俺は部屋の外へと出ていた。

目指す先は、この砦の指揮官と思われる人物がいる場所。

そのために——まずは、そこらにいる兵士を捕《つか》まえることから始めるとしよう。

＊　＊　＊　＊　＊

「いや、済まないな。末端《まったん》までは話が通っていなかった」

「こちらとしても、突然押し掛《か》けてきた身でした。部屋を貸していただけたのに、それ以上の贅沢《ぜいたく》を言うつもりはありませんよ」

兵士たちに話しかけ、何故部外者が砦内にいるのかという話になり、ごたごたとすること十数分。ようやく事態を把握《はあく》した騎士によって、俺はこの砦の指揮官の部屋まで通されていた。

これだけの規模の砦を任されているのだから、それなりに立場のある人間だろう。権力に偏《かたよ》った存在であったらどうしたものかと思っていたが——どうやら、この人物は実力で選ばれた指揮官であるようだ。

「ようこそ、ノースガード砦へ。私の名はグラード……グラード・セプテンスだ。この砦の指揮官を務めている」

「俺はクオン、しがない異邦人の一人ですよ。挨拶《あいさつ》が遅《おく》れて申し訳ない」

「なに、こちらが呼びつけた身だ。しかし、『しがない』などとは謙遜《けんそん》するものだな。君の話は既《すで》に団長殿《どの》から聞いているとも」

くつくつと笑う指揮官、グラードの言葉に、俺は軽く肩《かた》を竦《すく》めて返した。まあ、王都では色々と大立ち回りを演じてしまったのだ。騎士団長から色々と伝わっていても不思議ではないだろう。

「さあ、座《すわ》ってくれ。片付いていなくて悪いがな」

「いえ、状況が状況ですから」

悪魔の襲撃は、そう遠い話ではない。と言うより、もうかなり間近に近づいてきているだろう。この砦とて、無関係でいられる筈《はず》は無い。何故なら、悪魔の襲撃はこの世界の全域で発生するからだ。

我々異邦人が肩入《かたい》れできるとは言え、このように離《はな》れた場所を守護する余裕があるとは思えない。まず、防衛力は王都に集中することになるだろう。

「さて、俺に聞きたいことがあるという話でしたが？」

「ああ。勿論《もちろん》、悪魔どもの話だ」

グラードは、眼を細めてそう口にする。予想通りと言えば予想通りだ。拠点を預かる者が、これから起こる問題を無視できるはずもない。

問題は、そんな状況に置かれた彼らが、どのような対処をするのかということだ。

「悪魔の襲撃については、我々も既に聞き及んでいる。問題は、この砦における対処だ」

「ふむ……と言うと？」

「率直《そっちょく》に聞こう。君は、我々がこの砦を護《まも》り切れると思うかね？」

中々、言いづらいことをはっきりと聞いてくる御仁《ごじん》だ。思わず小さく嘆息して、眼を細める。この砦の指揮官である彼にとっては、確かに死活問題なのだ。聞きたくなる気持ちも分からないではないが――まさか部外者にそのようなことを聞いてくるとは。

とは言え、俺が悪魔の戦闘《せんとう》能力を身を以《もっ》て経験しているのは事実。それを本に情報を纏《まと》めようとするのは、悪い判断ではないだろう。

「貴方の実力、そしてこの砦の兵士たちの練度……それらを加味して、半々以下と言った所でしょう」

「……はっきりと言ってくれるな」

「誤魔化《ごまか》しの言葉など、求めてはいないでしょう」

苦い表情のグラードに、俺は肩を竦めてそう返す。

この砦の兵士が結構優秀《ゆうしゅう》であることは、彼らの動きを見ていれば分かる。並の魔物《まもの》相手であれば、苦労せず撃退《げきたい》することができるだろう。

だが——正直なところ、悪魔の戦力は未知数だ。

「正直なところ、未知数の部分が多すぎて何とも言えないが……爵位《しゃくい》級が現れる可能性はかなり高いでしょう。数も不明だが……軍勢を相手にする可能性は十分にある」

「……確かに、分が悪いな」

「そして、もしも敗北すれば、離れた位置にあるこの砦の人員は間違いなく全滅《ぜんめつ》する。文字通りの、皆殺《みなごろ》しという意味で」

ゲリュオンや、デーモンナイトと相対した時のことを思い返し、俺はそう口にする。

奴《やつ》らは人間を敵視している。どのような理由なのかは知らないが、人間を生かす理由は無いだろう。捕虜《ほりょ》にされる可能性は低く――王都から離れたこの砦では、一人残らず殺される可能性は高い。

「差し出がましいことではありますが、俺は撤退《てったい》すべきであると進言しましょう」

「……我々に、この砦を放棄《ほうき》しろと？」

「この砦の目的は、あくまでも国境の監視《かんし》である筈だ。であれば、悪魔に対してこの砦を用いる意義はそこまで強くはない」

「しかし、砦を奪《うば》われれば――」

「厄介《やっかい》であることは事実。だが、貴方がたという戦力を王都の防衛に用い、その後砦の奪《だっ》還《かん》に動いた方が、結果的に被害《ひがい》は少なくなるだろうと判断しました」

まだ、悪魔という戦力の性質については把握しきれていない。であれば、慎重《しんちょう》に動いた方が後々の行動の幅《はば》も広がることになるだろう。

とは言え、軍の行動に口出しできるわけではない。俺にできるのは、この提案までだ。

「どのように動かれるかは、そちらにお任せします。俺に言えることは、悪魔の戦力は大きく見積もるべきである、ということだけですので」

「……承知した。こちらでも、検討してみることとしよう」

グラードも、納得《なっとく》し切れてはいない様子だった。だが、意見を求めてきたのは彼の方であるし、俺の言葉を頭ごなしに否定することは出来ないだろう。俺としては撤退して欲《ほ》しい所ではあるが、それを決めるのはあくまでも彼らだ。

「ありがとう、参考になった」

「いえ、大したお役にも立てず、申し訳ない」

「まさか、貴重な意見だったとも。できれば、また会えることを祈《いの》ろう」

どこか懐《なつ》かしさを覚えるような、グラードの別れの挨拶。その言葉に、俺は僅かに視線を伏《ふ》せながら頷いて、この部屋を辞去したのだった。

第九章　イベントへ向けて

グラードとの話を終えた俺は、緋真《ひさな》たちを捜《さが》して砦の中庭まで移動した。

中庭では兵士たちが訓練を行っており、彼らの練度の高さを窺《うかが》うことが出来る。そんな中庭の隅《すみ》の方で、緋真とルミナは互《たが》いに木刀を向け合いながら構えていた。どうやら、ルミナに自由に打ち込ませ、その打ち込みの型を矯正してやりつつ、流水《りゅうすい》を間近で見せているらしい。剣を振るう速度にしても、ルミナに合わせているのか非常にゆっくりだ。

「どんなもんだ、緋真？」

「ああ、先生。いい感じですよ……っと。ルミナちゃん、続けて！」

「っ、はい！」

ルミナの木刀を軽々と受け流しながら、緋真は細かくルミナの動きを観察している。

ただの素振りならば精密に振れても、動きながら正しく剣を振るうということは困難だ。

それこそ、俺であってもそれは変わらない。実戦においてどこまで訓練通りに戦うことができるのかは、剣士にとっては永遠の命題であると言える。戦場における理想と現実の乖《かい》離《り》は、中々もどかしいものだ。

ルミナの動きは、まだ拙《つたな》いものである。直線に振り下ろすだけならばそれなりのものだが、他の動きはまだまだであるし、動きながらであるため型の崩《くず》れが見える。まあ、実際に動きながら剣を振るのはこれが初めてのようなものだ。様々な構えからの素振りをやらせていたため、一応体勢を整えてからの攻撃《こうげき》はできているし、最初としては十分だろう。

「そう……攻撃の後、自分がどんな風に動くのかをイメージして動かなきゃダメだよ。でも、それを過信しすぎるのもダメ。相手の動きによって体勢を崩されることもあるからね」

「わかり、ました！」

振り下ろした一閃を流水で受け流され、ルミナはバランスを崩してたたらを踏む。今の崩しを重心移動でバランスを崩さずに耐《た》えられるようにならなければ、久遠神通流《くどうじんつう》相手に戦うことはできない。

とは言え、歩き方はできているのだ。重心の移動も、今緋真が教えていることもあり、転ぶことなく耐える程度はできるようになっている。やり方さえ教えれば、ルミナは素晴《すば》らしい学習速度で術理を吸収していく。稽古《けいこ》をつけている緋真の方も、随分と楽しそうな様子だ。俺も、緋真に――明日香《あすか》に教え始めた頃《ころ》は、その吸収力に舌を巻いたものだ。

まあ、こいつの才能は吸収力とは別の所にあったわけだが。

「ふむ……お前たち、切りのいい所までやったら出発するぞ。そこそこ経験も積めただろう」

「あ、はい。じゃあルミナちゃん、もう1セットやったら終わりにしようか」

「はいっ！」

それぞれの構えからの打ち込みを再度教えていく緋真たちの様子を眺《なが》めながら、今日の予定を組み立てていく。ワールドクエストの開始まで、現実世界の時間では今日を含《ふく》めてあと四日。それまでに、可能な限りの成長をしておきたいところだ。

特にルミナは、中途半端《ちゅうとはんぱ》な実力のまま戦場に出すことは避《さ》けたい。久遠神通流を名乗れるレベルまで——と言うのは流石に高望みのし過ぎだが、それでも前衛を張れる程度までは成長させるべきだろう。それにはまず、ルミナのレベルアップによる特性を利用した急成長を狙わなくてはならない。

（この成長にしても、いつまで続くのか分からんしな。レベルアップで身長が伸びている間は続きそうな気もするが……いつまで続くんだかな）

流石に、いつまでも続くようなものではないと思われる。であれば、どの辺りまでを目標としておくべきか——まあ、時間の許す限りやっておけばそれ以上のことはないか。

というわけで、イベントまでの日数は積極的に魔物を狩《か》りに行くことにする。ただの妖《よう》精《せい》であったルミナが、果たしてどれほどの剣士になるものか……それは、少し楽しみだ。

ちなみに、現実世界の方で明日香にそれを話した時、『ゲーム内初のテイム妖精が何でそんなことになったんでしょうね』と皮肉を言われたが、こいつも共犯である。

「よし……とりあえず、今はここまで。お疲《つか》れ様《さま》、ルミナちゃん」

「ありがとうございました！」

向かい合って礼をする二人の様子に頷きつつ、俺《おれ》はそちらへと近づく。それなりに時間はかかったが、おかげでルミナも実際の動き方を学ぶことができただろう。

とは言え、それを実戦で再現できるかどうかはまた別の問題だ。今から、それを確認《かくにん》せねばなるまい。

「よし、準備はいいな？　それじゃあ、出発するぞ」

「はい、先生。今日はどっちに行きます？」

「とりあえずは国境の関所を確認しに行く。その後は……良さそうな所で狩りだな」

昨日まで回ってきた所もそれなりだったが、できるだけ敵が強い場所の方がいいだろう。関所の方がどうなのかは知らないが、一度確認しておく価値はある筈だ。そう会話をしつつ、俺たちは砦《とりで》の外へと移動していく。

俺たちを迎《むか》え入れてくれた門番に軽く挨拶をしつつ外へ出れば、既に日は高い。天気はいいし、いい修行日和《しゅぎょうびより》であろう。

「じゃ、行くとするか。確か……ここから東寄りだったな」

「はい、頑張りましょう！」

「んっ！」

歩くのもこなれた様子のルミナを引き連れ、俺たちは街道《かいどう》を外れた道を進んでゆく。向かう先は、国境となっているという山脈。緩やかに傾斜《けいしゃ》が始まっている方面へ、俺たちは足を踏み入れていった。

＊　＊　＊　＊　＊

『レベルが上昇《じょうしょう》しました。ステータスポイントを割《わ》り振ってください』

『《刀》のスキルレベルが上昇しました』

『《死点撃《う》ち》のスキルレベルが上昇しました』

『《MP自動回復》のスキルレベルが上昇しました』

『《収奪《しゅうだつ》の剣》のスキルレベルが上昇しました』
『《テイム》のスキルレベルが上昇しました』
『テイムモンスター《ルミナ》のレベルが上昇しました』

どうやら、進む方向としては正解だったようだ。山脈方面に向かってから、出現する敵は徐々《じょじょ》に強くなってきている。以前に出会ったブラックベアーに加え、ストライクビーという蜂《はち》、そしてフォレストエイプという大きめの猿《さる》が主に出現するのだ。

この蜂と猿が中々に厄介で、結構な頻度《ひんど》で仲間を呼んでくる。それによって、ある程度近場にいる同種の魔物たちが反応し、延々とこちらに向かってくるのである。

と言っても、結局はその範囲内《はんいない》のものまでしか呼べないため、無限に出続けるというわけではないようだが。

「狩場《かりば》としては中々いい効率だな」

「ドロップ品は正直大したことないですけどねぇ……蜂の針と、猿の毛皮ですし。これ、何に使えるんですかね」

「さてなぁ。その辺は、エレノアの所の職人が考えるだろう」

エレノアのクランであるエレノア商会は、店を持たない多数の生産職を雇《やと》い入れて一大マーケットを形成している。彼女《かのじょ》の名声はプレイヤーの間どころか現地人にも広まっており、その本店に並ぶアイテムは売れ筋の商品として認識《にんしき》されているのだ。特に、その本店にはショーウィンドウが配置されており、その中に保管されたアイテムは看板商品として多くの衆目を集めている。

ちなみにこの看板商品であるが、所属する生産職たちが週に一度渾身《こんしん》の作品を持ち寄ってコンペティションを開いており、そこで最も票を集めたアイテムが置かれることになるのだ。名声を得たい生産職たちは、我こそはとばかりに腕《うで》を磨いているのである。

あそこに渡《わた》しておけば、何かしら面白《おもしろ》いものが出来上がるかもしれない。

「まあ、修行にはちょうどいいかもしれんな。ほれ、ルミナのレベルがもう上がったぞ」

「早くも二つ上がりましたしね。確かに効率はいいかも」

レベルが二つ上がったことで、ルミナはまた大きくなっている。前の時と比べれば、およそ一年分ぐらいの成長になるだろうか。そろそろ小学校の中学年ほどかと思われる姿となったルミナは、久遠神通流としての動きもかなり上達してきていた。刀の振り方《かた》、そして刀を使った立ち回りも覚え、下位の門下生程度の実力は備えてきたことだろう。

「緋真。体も安定してきたし、そろそろルミナをお前の隣で戦わせてもいい。重心移動について詳《くわ》しく教えてやれ」

「分かりました。そこが終わったら、そろそろ一人で戦えますかね」

「終わるまでに流水を使えるようになっていたらな」

流水を使えるか否《いな》かで、生存確率は大きく変わるだろう。久遠神通流にとっては命綱《いのちづな》となる業だ。これが編み出されなかったら、久遠の家は遥《はる》か昔に滅《ほろ》んでいただろう。それだけ、危険に首を突っ込み続けてきた家系なのだ。

「さて、そろそろ関所も見えてくるころだろうが――――ッ！」

ルミナに指導を始めた緋真から視線を外し、進む先へと視線を向けたその瞬間《しゅんかん》、背筋の粟立《あわだ》つ感覚に咄嗟《とっさ》に体を傾《かたむ》けた。その直後、飛来した水の飛礫《つぶて》が、俺の顔面があった場所を貫《つらぬ》いてゆく。魔法《まほう》による攻撃だ。しかし、これまで出会った敵の中には、魔法で攻撃してくる相手はいなかったのだが――

「――新手ってわけか」

太刀《たち》を構え、魔法が飛来した方へと向けて走り出す。同時、ひり付くような感覚と共に、再度飛来する水の弾丸《だんがん》――だが、見えているものであれば問題は無い。

「《斬魔《ざんま》の剣《つるぎ》》」

カーブを描《えが》きながら飛来する、三つの水の弾丸。加速しつつ前に出ながら、俺に当たる一つのみを斬り捨て、更に前へと進んでいく。

今の魔法の発射地点、そこにいたのは――宙に浮遊《ふゆう》する、小さな人型の生命体。見間違《みまちが》えるはずもない、以前のルミナによく似た姿の存在だった。

■マッドハイフェアリー
種別：魔物
レベル：23
状態：アクティブ
属性：水・闇《やみ》
戦闘位置：空中

その名は、狂《マッド》ったハイフェアリー。どのような理由かは知らないが、魔物に堕《お》ちた妖精ということだろう。ともあれ――

「キヒヒヒヒッ！」

「はっ、その様で妖精を名乗るなよ、薄汚《うすぎたな》い羽虫が」

放ってくる魔法を《斬魔の剣》で散らしつつ妖精へと接近するが、相手は空を飛んでいる。俺は遠距離《えんきより》攻撃《こうげき》手段を持っていないので、正直厄介なのだが――まあ、森の中ならばどうとでもなる。

俺は地を蹴《け》り、更《さら》に木の幹を蹴って垂直に駆《か》けのぼり、妖精の頭上を取った。邪悪《じゃあく》に歪《ゆが》んでいたはずの妖精の顔は、今は驚愕《きょうがく》に目を見開いて、茫然《ぼうぜん》とこちらを見上げる表情へと変わっている。その顔面に叩《たた》き付けるつもりで、俺は全身の回転で太刀を振るった。

「――《生命の剣》」

黄金の燐光《りんこう》を纏う太刀が、虚空《こくう》に軌跡《きせき》を描きながら振り下ろされる。狙い違《たが》わず妖精の顔面に命中したその一閃は、小さな体躯《たいく》を一撃《いちげき》で真っ二つに斬り裂《さ》いていた。

レベルが高いとはいえ、所詮《しょせん》は貧弱な体力しか持たない妖精。この一撃に耐えられるはずも無く、HPは完全に尽《つ》きていた。空中でぐるりと回転した俺はそのまま回転を活《い》かしつつ地面に転がり、体勢を整えながら落下の勢いを殺す。

一応警戒《けいかい》はしたが――どうやら、敵は一匹《ぴき》のみだったようだ。

『《斬魔の剣》のスキルレベルが上昇しました』

「ふむ……面倒《めんどう》な相手だが、魔法を使ってくるのはこいつぐらいか」

《斬魔の剣》を鍛《きた》えられる相手は中々貴重だ。プレイヤーから飛んでくる魔法を斬るのでもいいのだが、それでは魔法を使う側の方はスキルのレベルが上がらないらしい。流石《さすが》にそんな作業をやらせるわけにもいかんし、こういう魔法を使ってくる相手は貴重なのだ。

「……さて、目的地はあそこか」

先ほど高く跳躍《ちょうやく》した時、木々の間から建造物のようなものが目に入っていた。どうやら、あそこが目的地である関所のようだ。

俺は、追いかけてくる緋真たちのことを待ちながら、目的地の方へぼんやりと視線を向けていたのだった。

第十章　山間の関所

山と山の間、谷のようになっている場所に建設された、巨大《きょだい》な門。それは、このアルファシア王国と、隣国《りんごく》との境となる国境の関所だ。

両側はかなり険しい山となっており、そちらを通り越《こ》すのは中々に困難な地形となっているだろう。少数ならば無理とは言わないが、軍勢で通り越せるような山ではない。そういう意味では、この関所は両国にとって重要な施設《しせつ》であると言えるだろう。

だが――

「閉まってますね」

「ああ……人の気配もないな。関所だって言うなら、誰《だれ》かしら居るかと思ったんだが」

俺たちの前に姿を現した関所は、その重厚《じゅうこう》な門を閉ざしたまま沈黙《ちんもく》していた。恐《おそ》らくは両国の兵士が存在しているものだと思っていたのだが、生憎《あいにく》と人の姿は全く見受けられない。しかしながら、何かの事件が起こったという気配も感じられない。戦いの気配や痕跡《こんせき》も感じ取れないのだ。

ただ単純に、閉ざされた門があるだけ――そんな印象を受ける光景である。

「んー……まだこの先は実装されてない、ってことなんですかね」

「あん？　ああ……こういうゲームだとそういうこともあるのか？」

「って言うか、ゲームならよくあることですよ。条件満たさないと先に進めないなんて、普通《ふつう》ですって」

まあ、ゲームに慣れている緋真《ひさな》がそう言うのならば、そういうことなのかもしれないな。少なくとも、争いの気配がないことだけは確かだ。であれば、この場で俺にできることもあるまい。無理やり潜《くぐ》り抜《ぬ》けることに対するメリットも、あまり感じないしな。

とりあえず、関所のことはいいだろう。何か起こる気配も無いし、放置する他無い。当初の目的はこれで果たせてしまったわけだが――ならば、後は修行に集中すべきだろう。

「よし、なら山籠《やまご》もりだな」

「……ちょっと、いきなり何言ってるんですか先生」

「元々、イベントまでのレベル上げも目的の一つだ。なら、ちょうどいいだろう？　敵はそれなりに強く、数も多い。ついでに言えば、この関所の周囲は魔物の気配も少ないから、休憩拠点《きゅうけいきょてん》も確保できる。いい立地じゃあないか」

「えーと……あ、でも、確かにそうかも？」

半眼でこちらを見つめていた緋真であるが、改めて考えて、ここが狩場として使い易《やす》いことに思い至ったのだろう。何しろ、まだ他のプレイヤーの気配がない地域だ。この場を独占《どくせん》できれば、ルミナの成長にも拍車《はくしゃ》がかかるだろう。

まあ、山籠もりの難易度としては随分《ずいぶん》と低いものではあるが。身一つで山奥《やまおく》に放置されるのと比べれば、ただのハイキングのようなものだろう。

「というわけだ。ルミナ、今日はログアウトするまでひたすら修行だぞ、覚悟《かくご》しておけ」

「はいっ、がんばります！」

「終わったら関所のすぐそばで野営ですね。ま、人が来るまでに稼《かせ》げるだけ稼いでおきますか」

どうやら、緋真も乗り気になってきたようだ。反対意見がなくなったのであれば話は早い。時間を無駄《むだ》にせず、さっさと修行に入るとしよう。

差し当たっては――

「とりあえず、狙《ねら》いは猿と蜂だな」

「まあ、時間効率はいいですよね。素材単価は低そうですけど」

「問題は、夜になったらどうなるかだな。出現パターンが変わるだろう？」

平地にいた頃も、日が沈《しず》んでからは出現する魔物の種類が変化していた。主に、スケルトンやウィスプなど、アンデッド系の魔物が出現するようになるのだ。だから、この山の中でも何かしらの変化があるかもしれない。

まあ、アンデッドが出てくるぐらいならば大した問題ではないのだが。光属性の魔法を扱えるルミナなら、アンデッドなど物の数ではない。

「アンデッドか、それとも夜行性の動物？　あんまり厄介なのは勘弁《かんべん》してほしいですね」

「悪辣《あくらつ》さを持たない相手の方がつまらんだろう。ま、獣《けもの》相手にそれを期待しすぎるのも間《ま》違《ちが》いだが」

「アンデッドも今の所頭悪いですしね」

まあ、今の所は基本的に動く死体ばかりだからな。ウィスプについては若干《じゃっかん》異なるが、どちらにしろ獣と大差ない動きだ。もうちょっと頭の良い敵が出て来て欲しい所である。

とりあえず森の中まで足を踏《ふ》み入れ、関所に続く街道から離れていく。マップで位置は確認済みだ。戻《もど》ろうと思えば、簡単に元居た場所に戻れるだろう。

「じゃあルミナちゃん、私の隣《となり》で戦ってね。先生、しばらく安定志向で行きますから、先生のペースには合わせられませんよ」

「分かってるよ。お前はルミナの面倒を見てろ――」

緋真の言葉に肩を竦めつつ、俺は飛来した石を篭手《こて》で払《はら》う。

こちらの頭を狙ってきたそれには、確かな害意が込められていた。それが飛来した元にいるのは、グレーの毛皮を持つ、体長1メートルほどの猿。フォレストエイプという名の、この辺りを代表する魔物であった。

「――俺は、適当に暴れるからな」

その姿を確認し、俺はフォレストエイプへと向けて突撃《とつげき》した。そんな俺に対し、猿は地面を叩きながら威嚇《いかく》の声を上げている。だが、ここで気を取られ過ぎれば、少々厄介なことになるのだ。

歩法――烈震《れっしん》。

前傾姿勢《ぜんけいしせい》となって地を蹴り、一気に加速する。その瞬間、俺の体は前方の猿へと向けて突撃し――それとほぼ同時に、俺が居た場所に二体の猿が降ってきた。この猿共は、こうして奇襲《きしゅう》を仕掛《しか》けてくる場合があるのだ。まあ、気配は掴《つか》めているし、その程度の奇襲に引っかかることは無いのだが。

とりあえず、落ちてきた二匹は緋真たちに任せ、俺は前方の猿へと攻撃を加える。この時、一撃で殺してしまわないことが重要だ。

「しッ！」

「ギキィッ⁉」

振《ふ》り下ろした一閃《いっせん》が、猿の左腕《ひだりうで》を肩口《かたぐち》から斬《き》り落とす。こいつらは、個体で見れば大した強さは無い。若干頭は回るものの、ただそれだけの敵でしかない。一匹のみで見れば、ルミナの練習相手にはちょうどいい程度の強さであると言えるだろう。

だが――

「キキャ――――――――アッ!!」

猿の口から、劈《つんざ》くような絶叫《ぜっきょう》が響《ひび》き渡る。その声は、山の中に文字通り山彦《やまびこ》のように木《こ》霊《だま》して、遠く周囲へと響き渡ってゆく。瞬間、周囲の森から、大量の敵意が一斉《いっせい》にこちらへと向けられていた。

これこそが、フォレストエイプの持つ仲間呼びの能力。敵が際限なく現れるわけではないのだが、効果範囲内にいる猿たちは全《すべ》てこの声のもとに集まってくるらしい。

「クク……さあ、来い来い。楽しい乱戦の始まりだ」

「分かってましたけど、先生!? こっちルミナちゃんの様子見ながらだから、あんまり余《よ》裕《ゆう》ないですからね!?」

「分かってるさ。大半は俺が相手をする。お前らは零《こぼ》れた奴だけでいい」

緋真の抗議《こうぎ》に返答している内に、敵の第一陣《じん》が到着《とうちゃく》する。真っ先にやってきたのは、木の上を飛ぶようにして移動してきた猿だった。先ほどの奇襲のように、木の上から飛び降りた猿は、頭上から俺に拳《こぶし》を叩きつけようと腕を振るい――

打法――天陰《てんいん》。

対する俺は拳を回転させながら突《つ》き上げ、相手の一撃を逸《そ》らすように受け流しながら、降ってくる相手の眼窩《がんか》に親指を突き入れた。そのまま相手の体勢を崩し、頭から地面へと叩き落とす。脳に致命的《ちめいてき》なダメージを受けた猿は、抵抗《ていこう》の間も無く絶命した。

これは元々、天井裏《てんじょううら》から奇襲してきた相手に対する迎撃《げいげき》手段として開発された術理である。あまりにもニッチな条件であり、習得しながらも使い所などまず無いと思っていたのだが、人生とは分からないものである。そう胸中で零して苦笑《くしょう》しつつ、俺は地面に突き刺《さ》していた太刀を抜き放ち、そのまま周囲を薙《な》ぎ払った。

「さあ、来い！　テメェらの仲間の仇《かたき》はここにいるぞ！」

全方位に向かって威圧《いあつ》しない程度に殺気を放ち、猿共を挑発《ちょうはつ》する。

流石に、これだけの数は今のルミナには厳しかろう。あまり向こうに行き過ぎぬよう、調節してやらねばなるまい。まあ、あまり行かなすぎるのも良くないので、そこは適度に流すとしよう。

薙ぎ払った際に斬った二体の猿は、流石に急所を斬った訳ではないため、それだけで死ぬことは無かったようだ。相手の数は多い。殺すのに手間をかけていたら、あっという間に群がられることになるだろう。ここは効率よく行かせて貰《もら》うとしようか。

「――【アイアンエッジ】」

武器の攻撃力《こうげきりょく》を高め、横から走り込んできた猿の飛び掛《か》かりを避けながら首を撫《な》で斬る。

猿共の攻撃は、基本的に体当たりと手による殴打《おうだ》。後は組み付いたのちの噛《か》みつきと言った所だろう。

つまるところ、こいつらの攻撃のリーチはかなり短い。投石という遠距離攻撃手段もあるが、狙いはそれほど正確ではないし、複数が一斉に投げてくるということもない。こちらに武器がある以上、有利に渡り合える相手だった。

斬法――剛《ごう》の型、鐘楼《しょうろう》。

傷の浅かった猿に高速の斬り上げを叩き込み、その胸を深々と斬り裂く。直後、摺《す》り足《あし》で回転するように体を回しながら刃《やいば》を振り下ろせば、その一閃が殴《なぐ》り掛かってきていた猿を肩口から両断していた。

斬法――剛の型、鐘楼・失墜《しっつい》。

骨が細いためなのか、この猿共は中々に柔《やわ》らかい。武器を強化しておけば、両断することはそれほど難しくはないのだ。あまり急所を狙わずとも一撃で斬れる、というのは中々にありがたい話である。

「くはははっ！　どうした、そんなもんか⁉」

脇《わき》構えに構えた太刀を横薙ぎに一閃、二体の猿の胴《どう》を深く裂きながら、俺は哄笑《こうしょう》と共に猿たちを挑発する。迫《せま》りくる数は数えきれないほど。先ほども似たようなことをやったのに、少し置いただけでこれなのだ。本当に、狩場として優秀な場所だろう。

さて、ここでどこまで成長させられるか――楽しみだ。

＊　＊　＊　＊　＊

『レベルが上昇しました。ステータスポイントを割り振ってください』

『《刀》のスキルレベルが上昇しました』

『《強化魔法》のスキルレベルが上昇しました』

『《死点撃ち》のスキルレベルが上昇しました』

『《収奪の剣《つるぎ》》のスキルレベルが上昇しました』

『《生命の剣》のスキルレベルが上昇しました』

『《ＭＰ自動回復》のスキルレベルが上昇しました』

『《テイム》のスキルレベルが上昇しました』

『テイムモンスター《ルミナ》のレベルが上昇しました』

　さて、あの後蜂の大軍も相手にしたことで、随分と経験値を稼ぐことができた。おかげで俺もレベル20に到達《とうたつ》し、スキルスロットを一つ増やすことができたのだ。

　まあ、随分と戦闘が長引いたおかげで日も落ちてきてしまったわけだが。

「はぁ……まあ、いいですけど。蜂の時は魔法も鍛えられますし」

「突撃してくるから落とすのは簡単なんだが、ああも群れてるとな。流石に、お前たちの魔法の方が効率はいいな」

　ストライクビーは、その針を使ってこちらに突撃してくるという攻撃方法を取る魔物だ。だから、飛んでいる魔物ではあるものの、刀による攻撃で落とすことも難しくはない。

　だが、一匹ずつ落とすとなると中々時間がかかってしまうのは紛《まぎ》れもない事実だった。

　そういう時に役立つのが、緋真やルミナの持っている攻撃魔法《こうげきまほう》である。特に、緋真は魔法の消費ＭＰを増やす代わりに威力《いりょく》を高める《スペルチャージ》というスキルを持っている。これと《火属性強化》によって増幅《ぞうふく》された緋真の魔法は、火に弱い蜂共を落とすには十分な火力を持っていた。あれが無ければ、さらに多くの時間がかかっていただろう。

「まあいいですけど。こっちも色々上がりましたし……ルミナちゃんも、結構上達しましたしね」

「打ち込みもかなり正確になってきたな。重心移動はまだ拙いが、最低限は行けるようになったか。引き続き教えてやれ」

「流水《りゅうすい》も、ですよね。分かってますよ。それより、先生のスキル枠《わく》はどうするんですか？　普段《ふだん》から《採掘《さいくつ》》を入れておくわけではないですよね？」

「ああ、取るスキルはもう決まってるんだ」

緋真の言葉に頷《うなず》き、俺はスキルの習得画面を表示させる。何のスキルを取っていくかは、もう以前から決めてあった。と言うのも、今後のスキル強化のために何を取っておいた方がいいかということは、以前に助言を貰っていたからだ。そう、他でもない、この世界の住人達から。

■《生命力操作》：補助・パッシブスキル

HPを消費するスキルを効率化させる。

効果はスキルレベルに依存《いぞん》する。

この説明を読むだけではよく分からないが、《生命力操作》のスキルを習得することにより、《生命の剣》で使用するＨＰの量を操作できるようになる。

まあ、今のレベルではそれほど期待できるものではないだろうが、それよりも重要なのは、上位スキルである《練命剣》を覚えるのに必要であると言われたことだ。

いずれはあの魔剣《まけん》を覚える為《ため》にも、このスキルは育てておきたい。

「まーた変なスキル取って……いやまぁ、先生のスキル構成なら有用なんでしょうけど」

「使えるんだから構わんだろう？　早速試《さっそくため》したいところだが――」

その時、感じた違和感《いわかん》に、俺は視線を横へと向けた。

敵意や殺意とは異なる、だがどこか異質で冷たい気配。これまで感じたことの無い気配に、俺は即座《そくざ》に警戒態勢へと移行していた。

「おとうさま？」

「構えろ。何かが来ているぞ」

緋真とルミナに警告し、太刀を構える。ルミナの作った魔法の光源によって、視界は確保されている。その先から現れた影《かげ》は――大量の、地を蠢《うごめ》く生物たちだった。

■アバター名：クオン
■性別：男
■種族：人間族《ヒューマン》
■レベル：20
■ステータス（残りステータスポイント：0）
STR：20
VIT：16
INT：20
MND：16
AGI：13
DEX：13
■スキル
ウェポンスキル：《刀：Lv.20》
マジックスキル：《強化魔法：Lv.14》
セットスキル：《死点撃ち：Lv.15》
《MP自動回復：Lv.10》
《収奪の剣：Lv.12》
《識別：Lv.13》
《生命の剣：Lv.13》
《斬魔の剣：Lv.5》
《テイム：Lv.8》
《HP自動回復：Lv.7》
《生命力操作：Lv.1》
サブスキル：《採掘：Lv.1》

称号《しょうごう》スキル：《妖精の祝福》

■現在SP：16

■アバター名：緋真

■性別：女

■種族：人間族《ヒューマン》

■レベル：22

■ステータス（残りステータスポイント：0）

STR：22

VIT：15

INT：19

MND：17

AGI：15

DEX：14

■スキル

ウェポンスキル：《刀：Lv.22》

マジックスキル：《火魔法：Lv.17》

セットスキル：《闘気：Lv.16》

《スペルチャージ：Lv.11》

《火属性強化：Lv.13》

《回復適正：Lv.8》

《識別：Lv.13》

《死点撃ち：Lv.12》

《格闘《かくとう》：Lv.14》
《戦闘《せんとう》技能：Lv.14》
《走破：Lv.13》
サブスキル：《採取：Lv.7》
《採掘：Lv.4》
称号スキル：《緋の剣姫《けんひめ》》
■現在SP：22

■モンスター名：ルミナ
■性別：メス
■種族：スプライト
■レベル：8
■ステータス（残りステータスポイント：0）
STR：16
VIT：12
INT：28
MND：19
AGI：16
DEX：14
■スキル
ウェポンスキル：なし
マジックスキル：《光魔法》
スキル：《光属性強化》

《飛翔《ひしょう》》
《魔法抵抗《まほうていこう》：大》
《物理抵抗：小》
《ＭＰ自動大回復》
《風魔法》
称号スキル：《精霊《せいれい》王の眷属《けんぞく》》

第十一章 闇夜の襲撃

夜の森の中、無数の気配が近づいてくる。

黒く、地を這《は》う無数の生物——ルミナの発生させた光源に照らされたその姿は、見覚えのある昆虫《こんちゅう》だった。ただし、一匹一匹が、1メートルほどの大きさを持っていたが。

■レギオンアント・ポーン
種別：魔物《まもの》
レベル：20
状態：アクティブ
属性：土
戦闘位置：地上・地中

その名の通り、蟻《あり》である。黒く、硬《かた》そうな外殻《がいかく》に身を包んだその虫は、数えきれないほ

どの物量を以《もっ》てこちらに殺到《さっとう》してきていた。

闇の向こう側から黒い虫の群れが迫ってくるのは、中々に背筋が寒くなる光景である。

「うひぃ⁉　ぞわっと来た、ぞわっと来ましたよ先生！」

「まあ、分からんでもないな……これは俺《おれ》も流石に引く」

これほどの数が集まってくるのは、現実のサイズの虫でも中々に悍《おぞ》ましい光景だろう。それが、更に最大で１メートルほどの大きさになっているのだ。虫嫌《ぎら》いの人間にとっては、悪夢としか呼べない光景だろう。

我ながら少々珍《めずら》しい動揺《どうよう》を感じている内に、一匹の蟻がこちらへと向かって突撃してくる。カチカチと顎《あご》を鳴らし、その顎で噛みつこうと向かってきた蟻へ、俺は即座に太刀の刃を振り下ろした。

「ギ――――！」

頭部へ振り下ろした切っ先は、硬い感触《かんしょく》と共にその頭を真っ二つに叩き割《わ》る。どうやら、その一撃でＨＰは尽きたらしく、ごろりと転がって屍《しかばね》を晒《さら》していたが――その程度では、まるで数が減っている気配はない。明りで見えている範囲《はんい》だけでも、山のように群がっているのだ。

果たして、あの先にどれほどの数がいるのか――俺は、思わず顔を顰《しか》めた。

「チッ……拙《まず》いな、こいつは」

一匹倒《ぴきたお》されても、まるで怯《ひる》んだ様子が無い。と言うより、仲間を殺されても何も感じていないようだ。昆虫らしいというか何というか……こういう、感情らしい感情が無い相手は少々苦手だ。何しろ、殺気らしい殺気が無い。こいつらは、ただ機械的にこちらを狙ってくるばかりだ。

蜂《はち》の方はまだ、その針の切っ先に攻撃《こうげき》の意思が集《つど》っていたように感じたのだが、こいつらはただひたすら群がってこようとしているだけのようである。こいつら相手には、本気で威嚇してもそれほど効果は無いだろう。

「お前たち、下がるぞ！」

「えっ⁉」

「先生、逃《に》げるんですか？　珍しい……」

「阿呆《あほう》、退《ひ》きながら戦うんだ。こいつらに囲まれたら終わりだぞ！」

視界の悪い夜の森の中、黒い体色をした虫の群れが群がってくるのだ。いつの間にか周囲を囲まれてしまっていたとしても不思議ではない。圧倒的《あっとうてき》に数で負けているこの状況《じょうきょう》下、せめて包囲されることだけは避《さ》けたいのだ。

一匹一匹が弱くとも、この数に群がられれば死は免《まぬが》れまい。であれば、距離《きょり》を取りながら少しずつ片付けていくのが得策だろう。

「緋真《ひさな》、壁《かべ》だ！」

「分かってますよ――《スペルチャージ》、【フレイムウォール】！」

後方へと向けて走り出しながら、緋真が魔法で炎《ほのお》の壁を発生させる。森の中を赤く照らし出した炎の壁は、しかし木々を燃やすことなく、その奥《おく》から殺到しようとする蟻のみを的確に燃やしていた。

だが、それでもなお、蟻たちの歩みが止まることはない。体を燃やされながらも、連中はこちらへと向けての殺到を続けていた。

「チッ……俺が殿《しんがり》だ。お前たちは左右から来る敵に対処しろ。ルミナ、お前は魔法を使え」

「え、でも……！」

「阿呆、あのサイズの敵には慣れていないだろう。無茶《むちゃ》をせずに魔法で対処しろ！」

ルミナはそれなりに修練を繰《く》り返してきはしたが、それでも実戦に堪《た》えるレベルというわけではない。緋真の隣で戦うことはできるだろうが、一人で戦わせるにはまだまだ不安が残るレベルだ。

だが、魔法使《まほうつか》いとしてのルミナは十二分に優秀《ゆうしゅう》である。

飛行能力も相まって、あの程度の蟻の群れに後《おく》れを取ることは無いだろう。ルミナの腰《こし》を叩き、先行させる。ふわりと浮《う》かび上がったルミナは、若干躊躇《じゃっかんためら》いつつも己《おのれ》の周囲に光の玉を発生させていた。さて、飛んでいるならルミナはあまり心配はない。むしろ――

「こっちの方が危険、か！」

問題は、俺の方だ。《強化魔法《まほう》》を発動しながら、殺到してくる蟻の群れを斬り払う。まあ、殿を引き受けた以上仕方ないことではあるが、俺にかかる負担が一番多い。尤《もっと》も、火の壁を潜り抜けてダメージを受けているため、倒《たお》すことはそれほど難しくはないのだが。

「先生、大丈夫《だいじょうぶ》ですか⁉」

「気にするな、お前は自分の心配をしておけ！」

回り込もうとしてきた蟻を斬り払いながら叫《さけ》ぶ緋真に、そう声を上げる。

緋真の方も、それほど問題は無いだろう。横手であるため、蟻共の数は少ない。緋真の腕《うで》ならば対応は難しくはないはずだ。後は――

「苦手な相手だが――く、はは！　これはこれで面白《おもしろ》いな！」

殺気が無い相手はどうもやりづらい。相手の攻撃を察知しづらいからだ。とは言え、この蟻共の攻撃は接近して噛みついてくる程度しか攻撃手段がない。脅威《きょうい》と呼べるものは、この数程度だろう。まあ、それが最大の問題であるわけだが。

炎の壁もそろそろ消えるだろう。ダメージを受けている蟻共は簡単に蹴《け》散《ち》らせるが、無傷の相手にはそうはいかない。さて、どうしたものか――

（あの蜘蛛《くも》と言い、こんなでかい虫との戦闘経験なんざねぇからなぁ）

それでも、蜘蛛の方は確かな戦意があったため、対処はし易かったのだが。この、冷たい機械のような蟻共はやり辛い。

群がってくる蟻を踏みつぶし、足の関節を太刀《たち》で斬り払いながら、俺は滑《すべ》るように後退していく。足を止めれば、たちまち多くの蟻を相手せねばならなくなるだろう。

ある程度ならばいいが、流石に全方位囲まれると手が足りない。

「先生、どっちに逃げます⁉」

「山道だ。視界が広い方がいい」

この暗い中で木々にぶつかるのは勘弁してほしいところだ。

炎の壁も消え、殺到する蟻の数は増えている。太刀で薙ぎ払い、怯んだ蟻を後続の蟻が踏み越え、飲み込んでゆく。そのまま殺到してくる蟻たちへと、俺は足を振り降ろした。

打法――槌脚《ついきゃく》。

直撃《ちょくげき》を受けた蟻が砕《くだ》け散り、迸《ほとばし》った衝撃《しょうげき》が、周りにいた蟻共を吹《ふ》き飛ばす。すり鉢《ばち》状に陥没《かんぼつ》した地面には、ぽっかりと穴が開いたように蟻の姿が消え去っていた。軽いおかげか、吹き飛ばすことはそれほど難しくはないようだ。

納得《なっとく》して頷き——その刹那《せつな》、背筋が粟立《あわだ》つ感覚に視線を上げた。同時、頭上の枝の上から落ちてきたのは、二匹《ひき》の蟻の姿。

「チッ……！」

降ってきた蟻の一匹を左手の篭手で打ち払い——もう一匹には対処しきれず、蟻は俺の肩口へと噛みついていた。鋭《するど》い痛みに顔を顰めつつ、俺は左手でその首から下をへし折り千切り取る。どうも、まともなダメージを受けたのは久しぶりな気がするな。

痛みと、同時に感じる怒《いか》りの熱に、しかし思考は冷たく研《と》ぎ澄《す》まされてゆく。

「先生っ！」

「魔法だ、撃《う》て！」

「っ……《スペルチャージ》、【ファイアボール】！」

「ん……ッ！」

緋真の放った炎が爆《は》ぜ、同時に更《さら》に広い範囲で閃光《せんこう》が炸裂《さくれつ》する。その衝撃によって、蟻共はまとめて吹き飛ばされていた。範囲攻撃《はんいこうげき》は、やはりあると便利だな。まあ、今は使えるスキルも無いし、仕方が無いのだが。

蟻共が吹き飛ぶのと同時に、俺たちは木々の間から抜けて山道へと躍《おど》り出る。

「関所の方へ向かえ。少しずつ削《けず》っていくぞ」

「分かりましたけど、大丈夫ですか？」

「大したもんじゃない、行くぞ」

手傷を負ったのは久しぶりであるが、かすり傷程度だ。この程度ならば、動くことに支障はない。むしろ、痛みで意識が鋭敏《えいびん》になっている。尤も、大したダメージ量ではないため、《収奪《しゆうだつ》の剣》を使えばさっさと治るだろう。

やはり、一体の攻撃によるダメージは大したことは無いようだ。俺のＨＰは一割も減ってはいない。まあ、あの数で噛みつかれればそんなことも言っていられないだろうが。

「俺が向こうの動きを制限する。その間に魔法を叩《たた》き込んでおけ」

「了解《りようかい》です。でも、気を付けてくださいよ？」

「馬鹿弟子《ばかでし》、誰に言ってる」

視界が広がったおかげで、近寄ってくる蟻共の気配も掴みやすくなった。少なくとも、この場ならば頭上からの奇襲はあり得ない。であれば、対処することはそう難しくはないだろう。

襲《おそ》い掛《か》かってくる蟻を脛当《すねあ》てで蹴《け》り飛ばし、太刀の刃で薙ぎ払って足を斬り飛ばす。俺がトドメを刺す必要はない。動けなくさえすれば、後は――

「【ファイアボール】！」

「きえてっ！」

爆炎と閃光が、山を閉ざす暗闇《くらやみ》を斬り裂《さ》く。その光の中に吹き飛んでゆく影はかなりの数だ。やはり、あの数を相手にするならばこれが最も効率が良いだろう。

後退しながら接近してくる敵を蹴散らし、その間に二人が放った魔法で消し飛ばす。姿さえ捉《とら》えられているのであれば、それほど問題はない。俺だけでは全滅《ぜんめつ》させることは難しいが、時間を稼ぐ程度ならば十分だ。

「いいぞ、その調子だ！」

吹き飛ばされたことで数を減らしたが、それでも残った蟻たちはこちらへと向かってくる。相変わらず機械的な反応だ。働《はたら》き蟻には、高度な思考力を持たせる必要も無いということか。正直、殺気で相手の攻撃を察知しづらいのは面倒《めんどう》だが、視界が確保できている状況ならば対応は難しくはない。数も減ってきているし、後は――

「そろそろ、叩き潰《つぶ》すとするか」

「関所まではまだありますよ？」

「そこまで行かなければならん理由も無いだろう。そら、さっさと潰すぞ」

山道に姿を晒した蟻たちの数は、既《すで》に数えられる程度には減ってきている。未《いま》だに多いことは多いが、それでも最初に比べれば雲泥《うんでい》の差だろう。この程度の数ならば、片付けることも難しくはない。

相も変わらず接近してくるだけの蟻共を斬り裂き、蹴り飛ばし、踏み潰す。攻撃してくるのが足だけであるため、流水《りゅうすい》での反撃《はんげき》はできないが回避《かいひ》することは不可能ではない。

「――《収奪の剣》」

ついでに、減ったＨＰを回復しておく。肩《かた》の傷が癒《い》え、痛みも消え去るが、それでも鋭敏になった意識だけは維持《いじ》し続ける。踏み込みと共に踏み潰し、脇構えに構えた刃を振るう。

斬法――剛の型、鐘楼《しょうろう》。

振り上げた刃で蟻の顎を斬り飛ばし、そのＨＰを消し飛ばしながら吹き飛ばす。そしてその先の蟻には目もくれず、次なる標的へと刃を振り下ろしていた。

斬法――剛の型、鐘楼・失墜《しっつい》。

胴から真っ二つになった蟻を尻目《しりめ》に、次なる標的を踏み潰す。そうしている間にも、緋真は炎を纏《まと》う刀で焼き斬り、ルミナは上空から光の矢を放って射抜《いぬ》き続ける。

そして、再び詠唱《えいしょう》が完了《かんりょう》した二人の範囲魔法《はんいまほう》が炸裂し――蟻の群れは、ようやく全滅していた。

『レベルが上昇《じょうしょう》しました。ステータスポイントを割り振ってください』

『《刀》のスキルレベルが上昇しました』
『《識別》のスキルレベルが上昇しました』
『《テイム》のスキルレベルが上昇しました』
『テイムモンスター《ルミナ》のレベルが上昇しました』

第十二章　ルミナの成長

『レベルが上昇しました。ステータスポイントを割り振ってください』
『《刀》のスキルレベルが上昇しました』
『《MP自動回復》のスキルレベルが上昇しました』
『《収奪の剣》のスキルレベルが上昇しました』
『《HP自動回復》のスキルレベルが上昇しました』
『《生命の剣》のスキルレベルが上昇しました』
『《生命力操作》のスキルレベルが上昇しました』
『テイムモンスター《ルミナ》のレベルが上昇しました』
「……疲《つか》れたんですけど」
「ふむ。今回ばかりは俺も同意だな。流石《さすが》に、蟻と猿《さる》の混成はやりすぎだったか」
ぐったりと地面に座《すわ》り込んだ緋真《ひさな》の言葉に、俺は苦笑交じりに頷いた。
この戦いに付き合っていたルミナも、すっかり疲労困憊《ひろうこんぱい》な様子で、大の字で転がっている。経験値稼《かせ》ぎにはちょうど良かったのだが、流石に猿に乱入された時は全滅の危機を感じたものだ。

まあ、そのおかげかかなりハイペースで経験値を稼ぐことができただろう。ルミナも既にレベルが上がっている。苦労はするが、やはり稼ぎ所としては優秀なようだ。

「何なんですかね、あの蟻たち……」

「うーむ。あっち側のエリアに近づくと襲い掛かってくるようだが」

山道から離《はな》れ、山の奥へと足を踏《ふ》み入れたエリア。

あの蟻共は、あちら側に近づくと必ずその姿を現し、集団で襲い掛かってくるのだ。その習性を考えるに、夜だけの出現ということではないだろう。恐《おそ》らくは、あのエリアに足を踏み入れることが条件であると考えられる。

「しかもあの名前ですよ、名前」

「ん？　名前がどうかしたのか？」

「ポーンって書いてありましたよね。あれ、チェスの駒《こま》ですよ？　ってことは――」

「ああ……成程《なるほど》、上位種がもっと存在しそうってことか」

上位種が存在すると仮定すると、ポーンということは、最も下位の存在ということか。あの蟻共に対処できているのは、個体の強さがそれほどでもないためだ。それが上位種になってしまったら、流石に手が足りなくなるだろう。

「ふむ……あのエリアの奥に蟻共の巣があり、そこにはもっと上位の蟻が存在するかもしれない、と」

「あり得なくはないと思いますよ。まあ、現状じゃ確かめようがないですけど」

「確かにな……ポーンを蹴散らしながら前に進めるようじゃなけりゃ、その奥までは行けんか」

緋真の言葉に頷きつつ、肩を竦《すく》めてそう返す。今の状況では、ポーンを相手に退避《たいひ》しながら戦うしかない。とてもではないが、戦いながら前進することは不可能だ。

そこに更に上位種が出てくる可能性があるとなれば、現状での攻略《こうりゃく》はまず不可能だろう。

「まあ、今は仕方あるまい。別に、そこを攻略することが目的というわけでもないしな」

「そうですね。それで先生、そろそろ――」

「あっ！」

緋真が問いかけようとしたその瞬間《しゅんかん》、起き上がったルミナが唐突《とうとつ》に声を上げる。弟子《でし》と揃《そろ》って目を丸くしながらそちらを見れば、立ち上がったルミナが唐突に素振《すぶ》りを始めていた。そして、その動きを目にして、俺たちは思わず息を飲む。ルミナの剣閃は、体運びまで含《ふく》めて明らかに上達――否、進化と言えるレベルで変貌《へんぼう》していたのだ。

これまでもレベルアップによって一気に成長を見せていたが、これは段違《だんちが》いだ。

「どうした、ルミナ。いきなり随分《ずいぶん》と上達したが」

「お父さま、スキルが使えるようになりました！」

「何、スキル？」

滑舌《かつぜつ》もはっきりしてきたルミナの言葉に、思わず首を傾《かし》げる。だが、スキルと言うからには、恐らくルミナ本人のスキルのことだろう。

そう判断し、俺はルミナのステータス画面を確認《かくにん》した。

■モンスター名：ルミナ
■性別：メス
■種族：スプライト
■レベル：10
■ステータス（残りステータスポイント：0）
STR：18
VIT：12
INT：28
MND：19
AGI：17
DEX：15
■スキル
ウェポンスキル：《刀》
マジックスキル：《光魔法》
スキル：《光属性強化》
《飛翔》
《魔法抵抗：大》
《物理抵抗《ていこう》：小》
《ＭＰ自動大回復》
《風魔法》
称号スキル：《精霊王の眷属》

表示ついでにステータスを割り振《ふ》り、改めてスキルを確認する。

見てみれば、変化は明らかだろう。これまでは所有していなかったウェポンスキルに、俺と同じ《刀》のスキルが発生している。どうやら、レベル10に到達したことにより、新たなスキルを習得したようだ。

これまでは進化によって新たなスキルを習得していたが、どうやらレベルアップでも同様の事象が発生するらしい。偶然《ぐうぜん》このタイミングだったのか、それともレベル10という節目だからなのかは、判断が付かなかったが。

「確かに、《刀》のスキルを習得してるな。今のレベルアップで習得したのか」

「各構えからの斬撃もかなり上達してますね。それどころか、重心移動も一気に上手《うま》くなってますし……これがスキル習得の効果なんでしょうか？」

「俺は最初からできていたからな……スキル習得による差は感じなかったが」

「ですよね。まあでも、ルミナちゃんの底上げにはなったんじゃないですか？」

「ふむ……まあ、勝手に別の型を教え込まれるのは困るが、教えた分しかできていないようだし、問題はないか」

単純に熟練度が上がったということであれば、これまでのレベルアップと大差ない。これまでのようなレベルアップによる成長と、スキル習得による成長。それら二つが合わさったことによって、この大幅《おおはば》な躍進《やくしん》を遂《と》げたのだろう。

何にせよ、これで久遠神通流《くどうじんつう》としてはともかく、一剣士《けんし》として戦えるぐらいの実力は手に入れただろう。

「いい具合だな。これならば、猿一匹ぐらいが相手ならば一人でも問題は無いと思われる。

「いい具合だな。よし、ルミナ。次からは、お前も一人で戦っていい。ただし、それはこちらがいいと言った相手だけだ」

「あ……は、はいっ！」

「緋真、こいつにあまり負担が行き過ぎない程度にはしておけよ。だが、お前が隣《となり》についている必要もない」

「分かってますよ。ちゃんと観察しつつ、加減して修行《しゅぎょう》させますって」

まあ、正直甘《あま》い訓練ではあるのだが、それでも以前のように過保護な扱《あつか》いをする必要は無いだろう。元より一人で戦えるだけの技量を持たせるための修行を行っていたのだ。既に、緋真の隣で戦闘を行わせ、接近戦における心得も叩き込んでいる。今のルミナならば、一人でも十分立ち回ることができるだろう。

まずは、自分自身で戦うことの経験を積ませるべきだ。

「まあ、ともあれ――おめでとう、と言っておくか」

「え……？」

「そのスキルが出現したのは、間違《まちが》いなくお前の努力の賜物《たまもの》だ」

《刀》というスキルが出現したのは、決して偶然ではないだろう。ルミナがこれまで、真剣《しんけん》に剣術《けんじゅつ》に打ち込んできたからこそ、このスキルを習得することができたのだろう。こいつの努力と熱意は、間違いなく本物だ。

スプライトという種族の特性のおかげとは言え、あの熱意が無ければここまで来ることは不可能だっただろう。

「よく頑張《がんば》ったな、ルミナ」

「あ……ありがとう、お父さま。本当に、ありがとう」

僅《わず》かに視線を伏《ふ》せたルミナは、小太刀《こだち》を鞘《さや》に納めて俺の傍《そば》へと近寄る。

小学校の中学年から高学年程度まで大きくなったルミナは、そのまま俺の服を掴《つか》んで額を腹へと寄せてくる。その声は僅かに震《ふる》え――けれど、強い信頼《しんらい》の念が込められていた。

「本当に……ありがとう、ございます。お父さま、感謝しています」

「……どうした？　随分と大げさだな、ルミナ」

「お父さまが、わたしを育ててくれたから……わたしのやりたいことを認めてくれたから、ここまで成長できました」

その言葉に、俺は僅かに目を見開き、そして苦笑《くしょう》を零《こぼ》す。

確かに、始まりはルミナの我《わ》がままであっただろう。あの小さな妖精《ようせい》が、剣《けん》を振るうなど正気の沙汰《さた》ではない。普通《ふつう》ならば、却下《きやつか》してそれで終わる場面であったはずだ。

けれど、俺はその在り方を許容した。真剣に夢を見て、その未来を願った——その姿は、俺にとって好ましいものであったが故《ゆえ》に。

「お前が、覚悟《かくご》を持って選んだ道だ。俺はただ、認めることしかしていない。お前が自分の手で掴み取った力なんだ、胸を張って誇《ほこ》っていろ」

「ん……分かりました、お父さま」

顔を上げたルミナは、嬉《うれ》しそうににこりと笑う。そんな見た目相応の姿に苦笑しつつ、俺は緋真の方へと向き直った。

「さて、今日はここまでにしておくか」

「あれ、いいんですか？　もう1セットとか言い出すかと思ったんですけど」

「ここの連中は相手をするのに時間がかかるからな。それに、多少は稽古《けいこ》もしてやった方がいいだろう？」

「あー、まあ、それもそうですね」

ここまで成長してきてはいるが、まだルミナの成長の機会は残されているだろう。であれば、訓練の機会を見逃《みのが》すのは勿体《もつたい》ない。先ほどのレベルアップの効果も見ておきたいし、稽古をつけてやるのも有用だろう。

「よし、さっさと関所の所まで戻《もど》るぞ。道を塞《ふさ》ぐのはいかんだろうが、関所の傍で野営するぐらいならば問題ないだろう」

「人もいませんでしたしね。あそこは敵も寄ってこないみたいですし、テント張るにはちょうどいいですよ」

「だな。あそこで稽古つけてやれ」

先ほどまで後退しながら戦っていたおかげで、関所自体はすぐ傍だ。夜になってしまっているせいでその姿は見えないが、少し歩くだけで到着《とうちゃく》できるだろう。

傍にいるルミナの頭をぐりぐりと撫《な》で、俺は二人と共に関所へと足を進めた。光源はルミナの出している光の魔法だけであるが、山道ならば十分に視界を確保できる。そんな光に照らされた山間には、数分の内に建造物の影《かげ》が見え始めていた。

「先生、今日は何を教えますか？」

「とりあえず流水《りゅうすい》の確認をしろ。そうしたら歩法だな。とりあえず烈震《れっしん》、それからどうせだから穿牙《せんが》も教えておけ」

「そうですね、あれは結構使い易《やす》いですし。けど、流石に難易度が高いですよ」

「容易《たやす》く覚えられたらこっちの立つ瀬《せ》が無いからな。まあ、しばらくは練習になるだろう」

攻撃手段としては、俺もよく使う烈震と穿牙だ。距離を詰《つ》めながら攻撃する手段としてはかなりの速度と攻撃力《こうげきりょく》を持っており、かなり優秀な攻撃だ。まあ、体重を攻撃力に利用するような攻撃であるため、今のルミナではそれほど威力《いりょく》は出ないだろうが。だがあれは、重心制御《せいぎょ》が非常に重要となる。そうそう簡単にはいかないだろう。

「まあ、何はともあれ、まずは流水の確認だ。あれをある程度習得すれば、重心制御も上達するからな。烈震と穿牙はそれからだ」

「そうですね。そっち無しに烈震は無理ですし」

あれは、倒れるほどの前傾《ぜんけい》姿勢を取る歩法だ。重心を制御できなければその場で倒れるか、或《ある》いは停止に失敗して盛大に転倒《てんとう》するかのどちらかとなるだろう。重心の制御を向上させるのには非常に有効な修行なのだが、生傷が絶えないとも言える。

そのため、子供たち相手にはもう少し斬法と打法を教えることになるのだが——優秀な学習能力を持つルミナには、これを覚えさせて重心制御を向上させたいのである。緋真と合意しつつ関所まで戻り、俺たちはようやく野営の準備を始めていた。

「じゃあ、テントはこっちで張っておくから、お前はルミナに稽古をつけてやれ」

「了解です。ルミナちゃん、流水の練習だよー」

「はい、緋真姉さま！」

門の前辺りで木刀を向け合う二人の様子を横目に見ながら、アイテムであるテントを張り始める。

これは、フィールド上でログアウトする際に使用するアイテムだ。ただし、これだけではログアウト中に魔物に攻撃を受け、テントが破壊《はかい》される可能性がある。それを防ぐのが、魔物避《まものよ》けの香《こう》と呼ばれるアイテムだ。

まあ要するに、これらが両方揃っていないとフィールド上でログアウトすることは不可能だということだ。

「あの時はテントなんて上等なものは無かったがな……」

クソジジイに山に置き去りにされた二度の経験を脳裏《のうり》に浮かべながら、二つのテントの設営を終える。魔物避けの香は一つでそれなりの範囲をカバーできるらしいため、とりあえず消費は一つで問題ない。

ルミナの様子は——かなり上達しているが、あと少しと言った所か。今日は烈震の稽古には移らず、流水の完成度を上げることに集中すべきだろう。

ログアウトの時間までひたすら稽古に励《はげ》む様子を、俺はぼんやりと眺《なが》めていた。

第十三章　近づく戦い

俺の日常生活は、ほぼ同じ作業のルーチンワークであると言える。

朝五時に起きると、まずは自己鍛錬《たんれん》を行う。走り込みで街を三周したのち、素振りを行って動きの微修正《びしゆうせい》。その後、一族揃って朝飯を食った後、師範代《しはんだい》たちとの乱取りが始まる。

四人の師範代に明日香《あすか》を加えた五人を相手に、俺一人で戦う訓練だ。この五人も中々上手い連携《れんけい》をしてくるのだが、それでも俺が全力で戦うには至らない。一人崩《くず》すまではそれなりに苦労するが、その後はそれほど難しくはないのだ。それ以降にも戦力を維持するのがこいつらの課題だろう。

乱取りが終わった後は、師範代たちは門下生の稽古へと移行する。当主であり師範である俺が直接指導をするのは、明日香と師範代たちのみであり、門下生たちに稽古をつけることはない。多少様子を見る程度のことはするが、それも最初のみ。その後、俺は明日香の直接指導へと入る。これこそが、俺の最も重要な仕事であると言えるだろう。

「ぜー……はー……」

「よし、今日はこんなもんだろう」

床《ゆか》で仰向《あおむ》けに倒れている明日香に告げて、俺は木刀を降ろす。

新たな術理を教えるときは、まず明日香をその標的にすることが多い。いかなる術理にも隙《すき》はあり、それを理解するには目の前で見ることが何よりも重要だ。まあ、その相手をしなければならない明日香にとってはかなりの負担であることは事実だろうが。

「剛《ごう》の型は……本当に怖《こわ》いですってば」

「だからこそ本気になるだろう？　流水《りゅうすい》で対応できれば当たりはしない、そこはこっちも気を付けてるさ」

「まあ、それは分かってますけど……でも、何でこの業――白輝《びゃっき》を？　正直、私にはまだ早いと思ってますけど」

「確かにな。それに、今からやってもイベントには間に合わんだろうし」

白輝とは、奥伝《おくでん》には及《およ》ばないものの、剛の型の中でも特に高い破壊力《はかいりょく》を持つ一撃《いちげき》だ。他の流派によっては、それこそ奥義《おうぎ》にも分類されることがあるようなそれは、当然ながら習得の難易度も高い。明日香では、しばらく覚えることは難しいだろう。

だがそれでも――

「お前はどうも、小技《こわざ》に頼《たよ》る所があるからな。小技を崩しに使うのはいいが、その後の殺し技が少ない。強い一撃を当てるタイミングというものを考えておけ」

「あー……分かりました、色々とパターンを考えてみます」

こうは言ったものの、明日香の持つ才能はかなりのものだ。明日香は守破離の内、破と離に秀《ひい》でているという性質を持っている。つまるところ、こいつは一度覚えた技を自分の身に適応させることが非常に上手いのだ。

久遠神通《くどうじんつう》流の業は、単純に形をなぞれば使えるというものではない。その状況に応じて、最適な力で放たなければ、正しい効果を発揮しないのだ。そして明日香は、それを直感的にこなすことができる。これは、久遠神通流として――そして、師範である俺が教える直《じき》弟子《でし》として、非常に適した才能であると言えた。

「……？　何ですか、じっと見て？」

「いや、何でもない。休んだら汗《あせ》を流して来い、そうしたらログインだ」

「はーい……先生も、すっかりゲームにはまりましたね」

揶揄《やゆ》するように笑《え》みを浮かべる明日香に対し、俺はじろりと半眼を向ける。まあ、否定はできないだろう。あのゲームの世界に、俺は並々ならぬ魅力《みりょく》を感じている。

そして同時に――戦意と、殺意を。

かつて抱《いだ》いていたものと同じ感覚に、思わず苦笑を零す。ゲームに本気になっていることは、紛《まぎ》れもない事実であった。

「先生？」

「ほれ、息が整ったのならさっさと行け。イベントまで、もうあまり時間が無いからな」

イベントの発生は、今日を含めてあと三日。一日前には王都に戻っておきたいから、修行に割《さ》けるのは今日と明日程度だろう。それまでに、可能な限りの成長をしておきたい。

イベントで、どこまで強力な悪魔《あくま》が出てくるかは分からない。できることはしておくべきだろう。あの赤毛の悪魔が出てくるとなると、流石に厳しい戦いとなるだろうが――

「やってやるさ。ああ……これほど、俺《おれ》の剣が使える場面もあるまい」

疲労《ひろう》した様子のまま大浴場へと向かう明日香の背中を見送り、俺は小さく呟《つぶや》く。

これまで、まともな戦場で剣を振ったことは無かった。クソジジイに連れられて渡《わた》り歩いたのは、戦いとは呼べぬような殺し合いの現場ばかりだったのだ。

無論、それが無駄《むだ》であったとは言わない。数年に亘《わた》って続いた戦場巡《めぐ》りが、俺を今の領域まで押《お》し上げたことは紛れもない事実だ。だが、あの戦いは――死兵を少しずつ削り取るばかりであったあの戦場は、敵味方とも少しずつ己《おのれ》を磨《す》り減らし続ける地獄《じごく》だった。

「本質的には何も変わらんだろうがな……だが、銃《じゅう》を持った軍勢が相手じゃないだけ気が楽だ」

苦笑する。今思えば、自分が生きていること自体が奇跡《きせき》のようだ。そして、そうでありながら、俺は戦場に身を置くことに高揚《こうよう》を覚えている。

俺もまた、あのジジイに毒されているということだろう。

「……さて、俺も汗を流してくるとするか」

どのような戦いになるかは、始まってみるまで分からない。俺の望むようなものであるかは不明だが、それでも銃弾《じゅうだん》の雨に晒《さら》されることは流石に無いだろう。

いかなる戦場になるものか想像を巡らせながら、俺は明日香の背中を追うように浴場へと向かったのだった。

＊　＊　＊　＊　＊

さて、さっと汗を流してログインした先は、昨日ログアウトしたテントの中。外を覗《のぞ》いてみれば、昨日と変わらぬ関所の風景が広がっていた。

どうやら、昨日と同様に、関所の中に人の気配は無いようだ。いつも通り軽く体を動かし、違和感《いわかん》がないことを確認してから、俺は従魔結晶《じゅうまけっしょう》となっているルミナを呼び出した。

「ん……おはようございます、お父さま」

「ああ、おはよう、ルミナ。今日もしっかり鍛《きた》えていくぞ」

「はい、お願いします！」

気合十分な様子のルミナに満足しつつ、俺はインベントリから取り出した木刀を渡しておく。するとルミナは、我が意と得たりとばかりに素振りを開始した。

その様子を見ながら、俺はインベントリの中身を確認する。インベントリは百の枠《わく》が用意されており、それぞれの枠に九十九個のアイテムを保持することが可能だ。普段使《ふだんづか》いするアイテムもここに入るため、あまり枠の無駄遣《むだづか》いをできるものではないが、それでも普段から整理していれば余裕《よゆう》のある量だ。

しかしながら、ここ最近はそうも言っていられない。何しろ、大量のドロップアイテムが入ってきているのだ。無駄に数ばかり多い猿と蜂《はち》と蟻《あり》。現在、俺と緋真《ひさな》のインベントリはそのドロップアイテムによって埋《う》まっていた。まあ、全《すべ》ての枠が埋まっているというわけではないが。

まだ多少は余裕があるのだが……それでも、このペースで埋まると飽和《ほうわ》するだろう。

「ふむ……全部が全部回収してるってわけじゃないんだがな」

あいつらは数が多いし、戦闘《せんとう》もかなり混戦となるため、場合によっては放置している素材も多い。しかし、それでも供給が多すぎる。このペースを続けていると、いずれインベントリの枠が圧迫《あっぱく》されることになるだろう。まあ、必要なアイテムというわけでもないし、回収しなければいいのだが。

その辺りは、回収しきれなくなったら考えることとしよう。そう結論付けたところで、隣のテントから動く気配が発生していた。

「よいしょっと……おはようございます、先生」

「おはようと言うのも変な話だがな。とりあえず、ルミナの調子を見てやれ」

「了解です。行けそうだったら次の稽古始めちゃいますね」

「ああ、頼《たの》んだぞ」

少々遅《おく》れてログインしてきた緋真をルミナの許《もと》へと向かわせ、その様子を眺める。

まあ、今回はログアウト中ずっと修行させていたわけではないので、ログアウト前と変化は無いだろうが。とは言え、スキルを手に入れたことでルミナの刀捌《さば》きは劇的に向上している。この調子ならば、次の修行に入っても問題は無いだろう。

「緋真、分かってるな？」

「勿論《もちろん》ですよ。さあ、ルミナちゃん。次の修行だよ」

「はいっ、緋真姉さま！」

次にルミナへと伝授するのは、予定していた通り烈震《れつしん》と穿牙《せんが》だ。

まあ、これらの難易度はこれまでの業とは段違いであり、ここからが久遠神通流習得の本番であると言える。これを習得するころには重心制御の技術もかなり向上することになるため、習得可能な術理もかなり増えることになるのだ。尤《もっと》も、そこに至るまでが非常に大変なのだが。門下生たちも、そこに至るまでに八割方が挫折《ざせつ》して辞《や》めることになる。

竹別《たけわかち》と流水だけ覚えて久遠神通流を覚えた気になっているのは少々気に入らないが、外部の人間にそこまで求めるつもりも無かった。逆に言えば、久遠一族の出であれば死んでも覚えてもらわねば困るのだが。

「じゃあルミナちゃん、まずは前に倒《たお》れながらギリギリでバランスを保つ練習だよ」

「ぎ、ぎりぎり？」

「そう、こんな感じ」

言いつつ、緋真は前のめりに転倒するように体を傾《かたむ》ける。そのまま、緋真は地面スレスレまで体を倒し——倒れる直前、地面を蹴って体を前に出すことでバランスを安定させ、あっさりと体を起こしていた。バランスを崩すと、あっさりとその場に倒れてしまうだろう。地を蹴った瞬間に崩れたら目も当てられない状況《じょうきょう》になる。

流石に、顔面を傷だらけにする様は見るに堪《た》えない。気を付けて貰《もら》いたいところだ。

「これで移動する距離《きょり》を長くしたのが烈震。まずは、これぐらいの短い距離で始めるんだけど……」

「まだ無理です」

「ま、そうだよね。とりあえず、今ルミナちゃんにできる限界がどこなのかから確認していこうか」

そんな説明と共に、烈震の訓練が開始される。

とりあえず、ルミナは前のめりに倒れ、バランスを保てるギリギリの所で前に出て立ち上がるを繰《く》り返す。この時、俺たちの修行では、指導する者が前に立って受け止めてやるようにするのだが――ルミナの場合、それは必要なかった。何故《なぜ》なら、ルミナは精霊《せいれい》。何もしなくても浮遊《ふゆう》することができるからだ。バランスを崩して倒れたとしても、その前に浮遊が間に合えば地面に激突《げきとつ》することはない。

まあ、そのおかげなのか、前のめりに倒れることを恐れないのは思わぬ幸運だったたが。

(烈震はともかく穿牙は難しいかと思っていたが……この調子なら、習得も間に合うか？)

ルミナのレベルが上がる度《たび》に確認をしておいた方がいいだろうが、これならば穿牙の習得も視野に入る。穿牙は単純に高い攻撃力を持つ斬法だ。隙も大きいため過信することはできないが、殺し技としては十分な威力を持っている。刀を使えるようになったルミナの手札となることだろう。

そうなると、どこまでこのレベルアップによる成長が持つのかということだが――これは、次の進化までなのではないかと予想している。まあ、それが何レベルなのかはよく分からないが。

（レベル10になっても進化はせずにスキルが増えただけだったしな。次はいくつになるんだか……20か？）

そうなると、流石にイベントまでに次の進化は難しくなってしまうのだが。とは言え、ここの所集中的にレベルアップをしたおかげで、ルミナのレベルはかなり高くなってきている。そのルミナが進化していないのであれば、次の進化をしているテイムモンスターはまだ存在しない可能性もあるだろう。次の進化の情報を持っているプレイヤーが、果たしているのかどうか。

そういえば、雲母水母《きららくらげ》たちはシェパードとかいうプレイヤーが《テイム》に詳《くわ》しいと言っていたが――さすがに、話に聞いただけの人物と接触《せっしょく》するのは難しいだろう。本気で接触するつもりなら、顔の広いエレノアに頼めば可能かもしれないが、そこまで手間をかけるような話でもないだろう。

「……まあ、なるようになるか」

烈震の稽古をしている二人の様子を眺めながら、俺は小さく呟く。

今日のレベル上げは、この稽古が終わってから開始することとしよう。

第十四章　逃げてきた男

『レベルが上昇《じょうしょう》しました。ステータスポイントを割《わ》り振ってください』

『《刀》のスキルレベルが上昇しました』

『《強化魔法《まほう》》のスキルレベルが上昇しました』

『《HP自動回復》のスキルレベルが上昇しました』

『《生命力操作》のスキルレベルが上昇しました』

『テイムモンスター《ルミナ》のレベルが上昇しました』

ログイン直後の稽古を終えた後は、いつも通り猿や蜂を相手にした修行だ。

相も変わらず大量に襲《おそ》い掛《か》かってくる連中だが、繰り返し戦っていると対処にも慣れてくる。こちらのレベルが上がって攻撃力が上がっているのもあり、割とあっさりと片付けられるようになってきているのだ。

緋真《ひさな》曰《いわ》く、レベルアップに要求される経験値も増えてきているが、戦闘効率も上がっているからまだ狩場《かりば》として使えるとのことらしい。個人的には、あまり面白《おもしろ》い相手ではなくなってきているのだが、今は効率よく成長を重ねておくべきだろう。

「しかし、割とでかくなってきたな、お前は」

「……？」

レベルが上がるごとに体が成長するルミナの頭に手を置けば、その大きさが随分と変わってきていることを実感できる。

王都を出発する前はまだ幼児レベル、肩車《かたぐるま》していてもまるで違和感のない子供だったというのに、今では小学校高学年ぐらいの大きさになっている。どうやら精神的にも成長しているらしく、ますますスプライトの生態がよく分からない状況だ。

まあ、剣を扱う以上はいつまでも子供のままでいられるのも困る。そういった精神的な面においても、こいつがどこまで成長するのかは楽しみだった。

「緋真、ルミナの調子を確認しておけ。ここからは1レベルごとにやっていくぞ」

「了解《りょうかい》です。索敵《さくてき》で敵を見つけても襲いに行かないでくださいよ？」

「向こうから来たなら話は別だぞ？」

「まあ、そりゃ仕方ないですけど」

半眼を向けてくる緋真の言葉に、くつくつと笑いながら返す。とは言え、こちらから攻《こう》撃《げき》するような真似《まね》はしないつもりだ。ルミナの成長度合いの確認は、それだけ重要なものなのだから。

若干《じゃっかん》不安そうにルミナの状態を確認し始める緋真の様子を眺めながら、俺は周囲に感覚を広げて索敵を開始する。尤も、猿《さる》や蜂たちは周囲に存在している同種の魔物《まもの》を呼び寄せるため、一度戦うと周囲の魔物が大幅に数を減らすことになる。そのため、効率よく戦うには時間を置くか、移動してから戦わなければならないのだ。つまり、今この周囲には殆《ほとん》ど敵は存在しない。そこまで警戒《けいかい》する必要は無いだろう。

「じゃあ、ちょっと一通り見せてもらうからね」

「はい、お願いします、緋真姉さま」

そんなやり取りと共に、緋真はルミナの習熟具合を一通り確認していく。烈震《れっしん》だけではなく、純粋《じゅんすい》な体捌き、竹別《たけわかち》や流水《りゅうすい》の熟練度まで含めた確認だ。基本的な動きについては、それなりに習熟してきたと言えるだろう。見た感じでは、一般的《いっぱんてき》なプレイヤー相手にはもう十分通用するレベルだ。恐らく、雲母水母ほどの相手であれば拮抗《きっこう》し得るだろう。正直、既《すで》に妖精だった頃《ころ》の戦闘スタイルの面影《おもかげ》は無い。

まあ、まだ小柄《こがら》であるため、刀で戦うにはあまり適さない状態ではあるのだが、そこはもう数レベル上がれば解決するだろう。

「……今更《いまさら》ながら、何でこんなことになったんだろうな？」

魔法特化型であったはずの妖精が、いつの間にかプレイヤーに劣《おと》らない前衛戦闘能力を手に入れている。俺もルミナを《テイム》したのはその場のノリと勢いだったのだが、このような展開になるとは思ってもみなかった。

尤も、そこはルミナが選んだ道であるし、否定するつもりも無いのだが。

ともあれ、ルミナはかなり上達してきている。烈震についても、ごく短い距離に関してはそれなりに形になってきたようだ。尤も、今の距離程度では到底《とうてい》実戦投入できるレベルではない。これは、もうしばしの習熟が必要になるだろう。

しかし、ある程度は形になっていることもまた事実。これまでのレベルアップによる成長を考えると、次なる術理の稽古もつけておくべきだろう。

「先生！　穿牙《せんが》も教えたいんですけど、いいですか？」

「ああ、構わんぞ。俺もそろそろだと思っていたところだ」

ルミナの習熟度的に、本来はまだまだ先と言った所だが、レベルアップによる成長を考えれば早めに教えておいて損はない。基礎的《きそてき》な部分だけでも教えておけば、レベルアップによって一気に習熟するのだ。ある程度教えておけば、レベルアップの特性を有効に利用することができるだろう。

穿牙は、簡単に言ってしまえば動作の大きい突《つ》きの攻撃だ。一般的には前進しながら放ち、その運動エネルギーを切っ先に集中させることによって高い攻撃力を発揮する。

この時難しいのが、切っ先の一点に無駄なく威力を伝えることだ。少しでも軸《じく》がぶれれば威力はガタ落ちするし、下手をすれば刀が折れる。握《にぎ》りから切っ先までを一直線に、それだけではなく腕《うで》から肩《かた》、腰《こし》から足まで、全身の連動を余すことなく伝えなければならないのだ。重心制御とはまた異なる、肉体制御——運動エネルギーの効率的な運用を求められる一撃だ。これに関しては、初めてでは外から見ていても中々理解しがたい感覚である。覚えさせるにもなかなか時間がかかりそうであるし、先に教えておくのは有効だろう。

「……ん？」

緋真が体の連動のさせ方について手取り足取り解説している様子を視界の端《はし》に置きながら、俺はふと視線を起こした。

だいぶ離《はな》れているが、これまでは聞いていなかったような音が聞こえる。これは——

「獣《けもの》の唸《うな》り声《ごえ》、か？　聞いたことの無いタイプだな」

かなり離れているが、聞き覚えの無い動物の声だ。この辺りで動物と言えば、猿と熊《くま》程度だ。だが、この声はそのどちらでもないように聞こえる。どちらかと言えば、獰猛《どうもう》な肉食動物の吠《ほ》える鳴き声。これまでに聞いたことの無い声だった。

この辺りで、まだ会ったことの無い魔物が存在していたのだろうか。しかし、あれだけ戦闘を繰り返していたのに会わないというのは少々考えづらい。一体何がいるのだろうかと耳を澄《す》ませ――その瞬間《しゅんかん》、森の中に甲高《かんだか》い声が響《ひび》き渡っていた。

『キキャ――――――――アッ‼』

「っ、今のは……！」

先ほどの声と違《ちが》い、こちらにはこれでもかと言う程《ほど》聞き覚えがある。間違いなく、猿共の仲間を呼ぶ声だ。ということはつまり、この森の中に、俺たち以外にあの猿と戦っているものが存在するということか。

「先生、今の――」

「待て、緋真」

今の声は流石《さすが》に聞こえたのだろう、目を見開いた緋真が、こちらへと駆《か》け寄ってくる。しかし、それを手で制して、俺はこいつに対して告げていた。

「まだ離れてる。今は気にせず、そいつの稽古に専念しろ」

「あー……ついに他のプレイヤーがここまで入ってきたってことですかね。分かりました」

どうやら、あの叫《さけ》び声にかなり神経質になっていたようである。だが、他のプレイヤーの戦闘によって起こったことであれば、基本的にはこちらから介入《かいにゅう》する理由は無い。

確か以前に、よほどのことが無い限り横殴《よこなぐ》りはマナー違反《いはん》であると聞かされているし、あえて手を出す必要は無いだろう。

俺の言葉に頷《うなず》いた緋真は、若干声の方角を気にしつつも、ルミナの稽古へと戻っていた。

「しかし……他のプレイヤーがやって来るとなると、流石に効率が落ちるか」

周囲の敵をひたすら集めまくるという性質を持つこの付近の魔物だが、広範囲《こうはんい》にその効果を及ぼすだけに、複数のプレイヤーが集まると効率が大きく落ちることが予測できる。

とは言え、この場の占有権《せんゆうけん》が俺たちにあるわけではないし、この辺りに入ってくることを制限できるわけでもない。住み分けをしてもある程度効率は落ちるだろうし、どうしたものか。

「……？」

もう一度気配を探《さぐ》り、俺は眉根《まゆね》を寄せる。先ほどより、気配がこちらに近づいてきているのだ。まあ、こっちは関所に近い方であるし、向かってくることはそれほど不思議ではないのだが――

「……何か、逃げてきてないか？」

わらわらと群れている気配と、それらに対して牽制《けんせい》しながら後退してくる気配。これはどうも、俺たちが蟻を相手に取っている戦法に近い動きのような気がする。

問題は、その気配がまとめてこちらに近づいてきていることだろう。既に、戦闘音がこちらまで響いてきている。どうやら、この気配の主たちは戦いながらここまで押し込まれてきているらしい。

「ふむ、緋真」

「はい、逃げてきてるみたいですね」

軽く肩を竦《すく》めながら太刀《たち》を抜《ぬ》き放ち、近づいてくる気配の方へと構える。こちらに魔物どもを押し付けようとしているのであれば問題だが、単純に逃げているだけとも考えられる。まあどちらにせよ、敵が向こうから来てくれるのであれば対処すれば済むだけの話だ。

既に気配はかなり近い。そしてそれが近づくと共に、男の声が聞こえてきていた。

「ロウガ、一番近い奴《やつ》の足を！　ガオウは悪いが左の二匹《ひき》受け持って！　リオン、ガオウの援護《えんご》！」

若い男の声だ。矢継《やつ》ぎ早《ばや》に指示を飛ばしているが、それに応《こた》えている声は無い。代わりに、獣の唸り声がその言葉に対して返答を返していた。

響いてくる声に、隣で構えている緋真が驚《おどろ》いた様子で声を零す。

「あれ、この声ってまさか……」

「知り合いか？」

「……面識はある、っていう程度ですけど。ただ、この人は結構有名人です」

言いつつ、緋真は手元でウィンドウを操作し始める。何をやっているのかは分からないが、敵を前にしてやり始めたのだ、何かしら必要なことなのだろう。そう判断しつつ再び前方へと向き直り――ようやく、そこでその姿を視認《しにん》した。

目に入ったのは、青い髪《かみ》をした男の姿。どこかの遊牧民のような独特な衣装に、手に持っているのは杖《つえ》と竪琴《たてごと》だろうか。そんな特徴的《とくちょうてき》な姿をした青年であったが、それよりも目立つのは、彼《かれ》が指示を飛ばしている仲間が全て人間ではなく、魔物であったということだ。

「やっぱり……シェパードさん！　ミニレイドの申請《しんせい》を送ります！　承認《しょうにん》してください！」

「ッ――緋真さんか！　了解、お願いします！」

青年――シェパードの言葉に対し、緋真は待ってましたと言わんばかりに素早《すばや》く手元のウィンドウを操作する。その瞬間、俺の目の前には、緋真の手元と同じようにシステムウィンドウが表示された。

『パーティメンバー《緋真》より、レイド申請が発行されました。受理しますか？』

「先生っ！」

「あいよ」

何のシステムなのかはよく分からんが、緋真がこのタイミングでやったことだ、疑うようなことはない。俺は躊躇《ためら》うことなくその申請を受理し――その数瞬《すうしゅん》後、俺の視界にはメンバーの表示以外に、見慣れぬ『レイド結成中』という表示が浮《う》かび上がった。

「大丈夫《だいじょうぶ》です！　先生、行ってください！」

「了解、いつも通りにいくぞ」

「はいっ！」

緋真の言葉と共に、俺たち三人は躊躇うことなく前方へと向けて飛び出していく。

ルミナも既に慣れたものではあるが――他のプレイヤーと共に戦うのは久しぶりだ。どの程度の者であるかお手並み拝見、と言いたい所ではあるが、どこからどう見てもこの男は変わり種だ。しかも、緋真はこいつのことを『シェパード』と呼んでいた。その名は正しく、興味を抱いていた《テイム》専門のプレイヤーとやらだ。となると、こいつが連れているこの魔物たちは、全て《テイム》で仲間になった存在なのだろう。これはまた――

「思った以上に面白そうな奴だな」

二本足で立ち、二匹の猿からの攻撃を受け止めている熊《くま》の横をすり抜けながら、俺は笑みと共に小さく呟く。敵の殲滅《せんめつ》と、シェパードの戦い方。その両方に興味を抱きながら、俺は刃《やいば》を振《ふ》るった。

「しッ！」

「やあああっ！」

でかい熊が押さえ込んでいた二匹の猿を、緋真《ひさな》とルミナが一匹ずつ斬《き》り捨てる。その様子を気配で感じ取りながら、俺はその先にいる猿の群れの中へと飛び込んでいた。

斬法――剛《ごう》の型、扇渉《せんしょう》。

スライディングと共に放った一閃《いっせん》が、猿共の胴《どう》や足を薙《な》ぐ。動きを鈍《にぶ》らせた猿共へと追《つい》撃《げき》を与《あた》えようとし――俺は、後ろから近づいてくるものの気配に目を見開いた。

「ロウガ、リオン！　あの人の援護を！　ミーアは緋真さんたちに魔法支援《まほうしえん》！　チーコは上空待機！」

後方から響いた声と共に、猿共を相手に戦闘を行っていたテイムモンスター――狼《おおかみ》とライオンが俺に追従するように向かってくる。どうやら、トドメを刺《さ》す手間は省けるようだ。

この猿共相手には、いかに効率よく敵を倒すかが重要となる。一匹一匹トドメを刺して回るのは、正直な所あまりよろしくはない動きだ。そこを受け持ってくれるというのであれば、遠慮《えんりよ》なくその助力に頼るとしよう。

「さて、となれば――」

動きを止めるだけでいいのであれば、面倒《めんどう》さはかなり軽減される。

殴《なぐ》りつけてくる猿の攻撃を回避《かいひ》しながらアキレス腱《けん》を斬りつけ、その動きを止めて奥《おく》へ。

この猿共は数で押してくるが、接近戦における連携というものは無い。精々が、波状攻撃で押し込もうとしてくる程度だ。HPも大して高くはないため、一匹一匹を確実に対処できれば囲まれても問題はない相手なのだ。殴りつけてきた拳《こぶし》を流水《りゆうすい》で受け流しつつ斬りつけ、腕を押さえたところで側頭部へと柄尻《つかじり》を叩《たた》き付ける。

「《生命の剣《つるぎ》》ッ！」

気絶した猿はそのままに、強引《ごういん》に振り抜くように刃を横薙ぎに振るう。放たれた一閃は、猿の脇腹《わきばら》に食い込んで、そのまま両断する。《生命の剣》で強化された一撃ならば、猿のHP程度ならば一撃で削《けず》り切ることが可能だ。急所を狙《ねら》えばそこまでせずともいいのだが、混戦ではそうも言っていられないのが実情だ。

「《収奪《しゆうだつ》の剣》」

とは言え、《生命の剣》ならば一撃で斬れるというのは実に楽である。減ったHPは《収奪の剣》で回復すればいいし、実質減少するのはＭＰだけだ。

黒い靄《もや》を纏《まと》った一閃が猿を袈裟懸《けさが》けに斬り裂《さ》き、返す一刀が胴を薙ぎ払《はら》う。それでＨＰが尽《つ》きた猿は、崩れ落ちるようにその場に倒れる。敵の数は、普段俺《ふだんおれ》たちが戦う時よりは少ない。これならば、それほど苦労もしないだろう。

既に緋真たちも前線に出てきている。最早《もはや》、苦戦するような要素は無い。

「んじゃ、さっさと終わらせるとするか」

駆け回る猛獣《もうじゅう》たちの動きを観察しつつ、俺は残りの猿の処理へと移ったのだった。

＊　＊　＊　＊　＊

『《ＭＰ自動回復》のスキルレベルが上昇しました』

『《生命力操作》のスキルレベルが上昇しました』

移動しながら戦っていたためなのか、妙《みょう》に多く引っかかった猿共を片付け、一息つく。

慣れた相手とは言え、知らぬ連中の隣《となり》で戦うのは少々気を遣《つか》うものだ。しかも、戦いを共にしていたのは大半がテイムモンスターだったからな。間違《まちが》えて攻撃しないように気をつけねばならなかった。

一方、ここまで逃げてきた当の本人はと言えば、何やら竪琴を弾《ひ》いてスキルを発動させていた。

「《呪歌》――【ヒーリングサウンド】」

竪琴が涼《すず》やかな音を鳴らすと共に、周囲に緑の燐光《りんこう》が舞《ま》い、それに触《ふ》れている俺たちのＨＰが徐々《じょじょ》に回復していく。どうやら、楽器を使って効果を発揮するスキルであるようだ。楽器を鳴らしている間はずっと効果があるらしく、彼の連れているテイムモンスターたちのＨＰもまとめて回復している。範囲《はんい》で、持続的に回復するというのは中々に面白い効果だと言えるだろう。

「スキルを使いながらで失礼。ご迷惑《めいわく》をおかけしました、皆《みな》さん」

「いえ、突然《とつぜん》このエリアに来たらああなっても仕方ないですよ」

「確かに、最初は面食らうわな、あれは」

緋真の言葉に、俺は肩を竦めて同意する。

数の力というものは恐《おそ》ろしいものだ。どれほどの実力があったとしても、手が足りなくなれば圧殺されるのだから。しかし、そんな環境《かんきょう》に放《ほう》り込まれながら、初見であれだけ対処できたのは中々のものだろう。戦闘中に飛ばしていた指示は中々に的確だった。決して、名前だけが先行したプレイヤーというわけではないらしい。

青年は、改めて申し訳なさそうに頭を下げてから、俺たちへと自己紹介《しょうかい》を行っていた。

「クオンさんと、そこの彼女《かのじょ》とは初めてお会いしますね……僕《ぼく》はシェパード。《テイム》をメインにしてるプレイヤーです」

「テイマーの第一人者とも言われてる人ですよ。戦闘スタイルは……まあ、さっき見ていたから分かりますよね」

「ああ、随分《ずいぶん》と忙《いそが》しそうではあるが、堂に入ったもんだった。有名なのも納得《なっとく》だな」

《テイム》一本で食っている、という話を聞いたことがあったが、その変わったスタイルを実現できるだけの実力があることは間違いないだろう。本人が魔法と《呪歌》によって支援《しえん》を行いながら、テイムモンスターたちが戦闘を行う。実に分かりやすいスタイルだ。

シェパードが連れているのは、狼、熊、ライオン、猫《ねこ》、鳥という組み合わせだ。《識別》して見えた種族は、それぞれホワイトウルフ、ファイティングベアー、アサルトレオン、マギキャット、エアロファルコンだ。正直、見たことがあるのはエアロファルコンしかいない。実に興味深い陣容《じんよう》だった。

先ほどの戦闘を見るに、狼とライオンは前衛で攻撃、熊は敵の攻撃を受け止めて動きを止め、猫と鳥は魔法による援護を行う、といった所か。中々、バランスの良い組み合わせであるのだろう。

「それでお前さん、俺たちに何か用事でもあるのか？」

「え？」

「お前さん、さっきから俺やルミナに随分と注目しているみたいだからな。ルミナに興味があるのは分かるが、俺にまで興味があるというのは、何かしら用事があるのかと思ってな」

シェパードの意識は、先程《さきほど》から俺とルミナに向けられている。特に、ルミナよりも俺に対する興味の方が強いようだ。だが、この男の性質からして、ルミナよりも俺に興味を持っているのは少々おかしな話である。

俺の問いに対し、シェパードは苦笑《くしょう》を浮かべる。どうやら、図星であったらしい。

「参ったな……まさかいきなり見抜《みぬ》かれるとは」

「ほう、誤魔化《ごまか》しはしないんだな」

「ええ、この状況で誤魔化しても意味はないでしょう？　僕は確かに、貴方《あなた》に会うためにここまでやってきました」

「ふむ。となると、理由はルミナに関してか？」

「ルミナ……その妖精《ようせい》、いや精霊ですね？　ええ、その通り。僕は妖精の情報を聞かせてもらいたくて、貴方のことを追いかけてきたんです。まあ、それで身《み》の丈《たけ》に合わないエリアに足を踏《ふ》み込んでしまったわけですが」

自嘲《じちょう》するシェパードの言葉に、軽く肩を竦める。

否定はできまい。俺たちが手を出さなければ、あの猿共に負けていたかもしれないのだから。尤も、シェパードの腕ならば何とか勝つことも可能だったかもしれないが――それでも、このエリアでの連戦は難しいだろう。賢《かしこ》い選択《せんたく》とは言えないが、あの猿の性質を知らなければ無理からぬことでもある。

「無茶《むちゃ》をしたもんだな。まあ、話をするぐらいなら構わんが――情報をただで渡す、というわけにもいかんぞ？」

「それは勿論。それに、助けていただいた借りもありますから……情報には情報で、僕の持つ情報をお譲《ゆず》りします。テイマーとしての情報なら、誰《だれ》よりも持っている自負がありますよ」

シェパードが胸を張って言い放った言葉は、大言壮語《たいげんそうご》というわけではないのだろう。実際、プレイヤーの中で最も《テイム》に関するノウハウを持っているのは彼で間違いあるまい。であれば、確かに俺にとっても有効な情報を有していることだろう。

しかし、こちらからの貸しか。それについては、少し考えていたことがあるし——協力して貰うこととしよう。まあ、俺《おれ》は元々、あまり自分の持っている情報を利益に替《か》えようとは思っていない。必要な情報さえ知れれば、あとは向こうがどう情報を使おうと気にするつもりは無かった……尤も、《妖精の祝福》の称号《しょうごう》効果を求めて人が群がってきても困るから、それは制限させて貰うつもりだが。

「じゃあ、情報交換《こうかん》と行くか。まず、何を聞きたい？」

「……そうですね」

俺の問いに対し、シェパードはしばし黙考《もっこう》する。どうやら、どのように質問するか悩《なや》んでいるらしい。まあ、別にそこまで意地悪な返答をするつもりは無いのだが。

「……では、僕でも妖精を《テイム》できる方法はご存じでしょうか」

「ああ、知っているぞ」

元々、それを問われるだろうとは予測していた。そもそも、この青年が俺に質問するとしたら妖精関連以外には存在しないだろう。とはいえ、俺が妖精を《テイム》した方法はあまりにも特殊《とくしゅ》過ぎるし、それをそのまま教えることに意味はない。小さく苦笑しつつ、俺はシェパードに対して返答した。

「俺はルミナを《テイム》した際、《妖精の祝福》という称号スキルを取得した。その効果で、俺の周囲では妖精を可視化することができる」

「っ……成程《なるほど》、称号スキルでしたか。何かしら得ているとは思っていましたが、まさか称号だったとは」

「アレには俺も驚いたがな。つまり、俺の周囲であれば妖精の《テイム》が可能というわけだ。とは言え――この称号を持っているプレイヤーが少ない状態で、これに関する情報が広まることは望まない。それは理解できるな？」

「ええ、それは勿論です。僕も、称号では少し苦労しましたから」

少々視線を強めて告げれば、シェパードは深く頷いていた。確かこの青年も、他にはない特殊な称号を有しているのだったか。その苦労を経験しているのであれば、下手な真似はしないだろう。

「では、次はこちらから質問するぞ。テイムモンスターの進化についてだ」

「進化ですか。貴方の精霊も、妖精から進化したのでしょう？」

「まあな。俺が聞きたいのは二度目の進化のタイミングについてだが……まだ、お前さんのテイムモンスターも、そこまでは行っていないか」

「それはまあ、確かに。けれど、次がいつなのかは知っていますよ」

その言葉に、俺は僅《わず》かに目を見開く。まだそのレベルに達していないというのに、果たしてどこでその情報を手に入れたというのか。そんな俺の疑問を読み取ったのだろう、シェパードは小さく笑いながら続けていた。

「王都には、テイマーのギルド——現地人の互助《ごじょ》組織があったんですよ。そこの人と話をしたら教えて貰えました」

「成程、現地人からの情報か。それなら情報としても信頼《しんらい》できるだろうな」

「ええ。二回目の進化に必要なレベルは16であるとのことですよ。今から楽しみです」

「ふむ、レベル16か」

今のルミナのレベルは11だ。ペースが落ちることも考えて、まあギリギリ間に合うかと言った所だろう。ルミナの修行《しゅぎょう》もあるため、ペースは考えなければならないだろうな。とはいえ、目標ができたのはいいことだ。進化でどのような姿になるのかも気になるし、目指してみるべきだろう。

しかしこいつ、テイマーギルドという有用な情報まで話してくれているな。本人は気づいていないようだが。

「では、次の質問、というよりお願いですが……クオンさん。僕は、妖精を《テイム》したいと思っています。それには、クオンさんの協力が必要不可欠です」

「まあ、そう言うだろうとは思っていたさ。協力してほしいんだろう？」

「はい……お願いできますでしょうか」

じっと、こちらを見つめてくるシェパードの瞳《ひとみ》に、俺は僅かに眼を細める。

さて、協力することには別に否は無い。先ほど意図していない追加の情報まであったわけだしな。とはいえ、折角《せっかく》の機会だ。見所のありそうな青年であるし、少し注文を付けてみるとしよう。

「そうだな、いくつか条件がある」

「条件、と言うと？」

「まず、俺が協力するのはお前さんだけだということだ。他のテイマーに協力する義理は無いからな」

「……分かりました」

自分の意思で面倒を見る分にはいいのだが、不特定多数に押《お》しかけられるのは気に入らない。俺はどうも、自分のやりたいことを邪魔《じゃま》されることが苦手なのだ。

この青年のことは多少気に入ったから面倒を見ることに否は無いが、流石に何人も面倒を見るつもりは無い。もしもこいつが称号を得られたら、後は全《すべ》て任せるつもりだ。得られなかったとしたら――まあ、気が向いた時程度は協力するか。

「そして、もう一つの条件だが――」

にやりと口元を歪《ゆが》め、俺は告げる。

それこそが、彼を助けたことに対する対価。その言葉に、シェパードは表情を引き攣《つ》らせていた。

第十六章　シェパードの妖精

シェパードとの取引を成立させた俺は、その足で森の中へと出発した。

向かう先は、先程シェパードが逃げてきた方向だ。別にそちらでなければいけないという理由は無いのだが、今の状況《じょうきょう》で敵に絡《から》まれるのも面倒だ。敵が減っているそちらの方向へと向かった方が楽だろう。

「しかし、いいんですか？　緋真《ひさな》さんたちを連れてこなくて」

「まあ、別にいいだろう。時間を無駄《むだ》にもできんしな」

緋真には、ルミナに対する稽古《けいこ》を続行するよう言い渡《わた》している。ルミナのレベルを16にすることを目指す以上、稽古の時間は無駄にはできないのだ。まあ、こちらでやることは妖精を見つけるだけであるし、それにわざわざ付き合わせることも無いだろう。ルミナがいた方が見つけやすいかもしれないが、称号の効果があればいなくても何とかなる。

「それにお前さんも、ルミナの進化は見てみたいだろう？」

「ええ、それはまあ……明らかに特殊進化ルートですからね」

あれから移動の間に、シェパードとはいくつかの情報交換を行った。

妖精から精霊《せいれい》への進化、そして精霊のレベルアップの特性と武器スキルの取得。シェパードからは様々なテイマー関連の情報を得ている。シェパードが連れているテイムモンスターについての情報や、テイマーギルドで購入《こうにゅう》できるアイテムの話。特に、騎乗《きじょう》可能なテイムモンスターの話はなかなか興味深かった。

このアルファシアの隣にある、あの関所の先にある国。ベーディンジアと呼ばれるその国では、特に騎馬《きば》や騎《き》兵《へい》で高名であるらしい。その国では、非常に優秀《ゆうしゅう》な騎乗モンスターを購入することも可能らしく、シェパードも馬を《テイム》していなかったら購入したかったらしい。確かに、優秀な足が手に入るというのは、中々に魅力的《みりょくてき》な話だ。今も長距離《ちょうきょり》の移動にはなかなか時間がかかっているしな。今のパーティは半分しかメンバーを埋《う》めていないわけだし、騎乗用の魔物を《テイム》するのも悪くはないだろう。

しかし、こいつは本当に、テイムモンスターに関しての情報を持っているな。どうやら、少々凝《こ》り性《しょう》な所もあるらしく、妖精の進化ルートについてはかなり気にしているようだ。そもそも、精霊まで含《ふく》めるとかなり分岐《ぶんき》するだろうし、それを全て把《は》握《あく》するのは難しいだろうが。

「精霊への進化……しかし、精霊化だけで近接型になるわけではなく、魔法の能力が高いまま。けれど、武器の習熟を進めてウェポンスキルを手に入れる……これ、明らかに特殊進化ルートですよ」

「まあ、我ながら変わったことをしている自覚はあるがな」

元々、ルミナは俺にできない後衛としての役割を果たしてもらうつもりだった。ステータスは完全に後衛型であり、前に出て戦うようなものではなかったしな。

しかし何の因果か、元々積極性のある性格をしていたルミナは、俺の剣に憧《あこが》れて剣に生きる道を選んだ。しかも並大抵《なみたいてい》の覚悟《かくご》ではなく、妖精女王との繋《つな》がりを断《た》ち切ってまで掴《つか》み取った道だ。今となっては、最早ルミナの選んだ道を違えるような選択肢《せんたくし》は存在しない。

「そのルートも興味はありますが、僕にできるかどうかは微妙《びみょう》なところですね。本人……というか本妖精の意志もありますし」

「……ま、そいつが望んだら考えてやればいいと思うぞ。お前さんが自分で教えずとも、いくつか方法はあるだろうさ」

ファウスカッツェにも剣術《けんじゅつ》を教えている道場があったのだ。やりようはあるだろう。まあ、このようなスタイルを目指す妖精は変わり種も変わり種だろうが。

さて、そこそこ森の奥まで足を運んできた。普段《ふだん》はあまり気にしていないが、妖精というものは割とそこら辺に存在しているものらしい。

妖精たちは、基本的に好奇心旺盛《こうきしんおうせい》で、同時に警戒心《けいかいしん》が強い。そんな性格をしているためか、あいつらは基本的に人里には姿を現さず、こういった自然豊かな場所に出没《しゅつぼつ》するのだ。そして、木々の間などから、遠巻きにこちらのことを眺《なが》めている。時々近づいてくる奴もいるが、戦闘《せんとう》を行っている場合は離れていくため、結局接触《せっしょく》する機会はあまりないのだ。

ともあれ、今回はそんな妖精を発見することが目的だ。今は魔物の数も減っているし、見つけやすい状況であるだろう。実際、既に周囲から敵意の無い視線を感じている。詳《くわ》しく探れば、妖精の位置を掴むことができるだろう。

「……気配が増えてきたな。この辺りで待っていれば、寄ってくると思うぞ」

「成程。それなら――」

頷いたシェパードは、近くに横たわっていた倒木《とうぼく》に腰かけ、その商売道具である竪琴を取り出した。俺は音楽には詳しくないが、先程聞いた腕前《うでまえ》はそこそこに良かった気がする。ゲーム的なアシストもあるのだろうが、現実でも似たような楽器に触れているのではないだろうか。そんな俺の考察を他所に、シェパードは竪琴の弦《げん》を爪弾《つまび》き始めていた。

「《呪歌》――【マーチ】」

竪琴の繊細《せんさい》な音でありながら、紡《つむ》がれる音色は軽快なメロディー。その音の流れの中に、歌詞を伴《ともな》わぬシェパードの歌声が色を添《そ》えていた。ステータスを確認《かくにん》してみると、どうやらこれはＡＧＩを強化する効果を持つ《呪歌》であるようだ。

その軽快で楽しげな音色に誘《さそ》われてか、周囲からは無害な動物や虫たち――そして、遠巻きにこちらを観察していた妖精たちも集まってくる。それどころか、音色に乗せられた妖精たちは、空中で輪になって踊《おど》り始めていた。以前、妖精郷で見た妖精たちのような、そんな楽しげな姿に苦笑を零《こぼ》す。

「だが、これなら行けそうだな」

妖精は気分屋だ。機嫌《きげん》が良ければ、その分だけこちらに対する態度も気軽になってくる。既に妖精たちはノリノリだ。この音色を奏《かな》でるシェパードに対しても、大きな関心を抱《いだ》いていることだろう。

そんな、目を輝《かがや》かせている妖精たちの様子を眺めている内に、シェパードの歌は終了《しゅうりょう》した。ゆっくりと目を開けた青年は、空中に集う妖精たちの姿を見上げ、僅かながらに笑《え》みを浮かべながら声を上げる。

「こんにちは、妖精のみんな。僕はシェパード……僕の演奏を聞いてくれて、どうもありがとう」

一応、妖精たちもこちらの言葉はきちんと理解できているらしい。まあ、喋《しゃべ》ることはできないのだが。しかし妖精女王は喋っていたことだし、進化を繰《く》り返していればいずれは喋れるようになるのかもしれないな。

ともあれ、喋れない妖精たちは、大きく手を振ることでシェパードの言葉に応えていた。何匹《なんびき》か、臆病《おくびょう》な連中は逃《に》げ出していたようだが、それでもそこそこの数が残っている。これならば問題は無いだろう。

「僕は、僕と共に冒険《ぼうけん》をしてくれる仲間を探しているんだ。僕と仲良くしてくれる子がいたら、どうか僕の仲間になってほしい」

シェパードの言葉に、妖精たちは顔を見合わせる。そのまま、彼女たちはしばし、俺たちには聞き取れない声で相談を行っていたようだ。音が無いのに妙に喧々囂々《けんけんごうごう》としたやり取りを交《か》わし――やがて、その中の一匹が前へと進み出る。緑色の髪をした、どこか優《やさ》しげな風貌《ふうぼう》の妖精だ。活発な様子のルミナとは、また少々違った趣《おもむき》がある。その緑髪の妖精は、ふわりとシェパードの前に進み出て、彼の額に対して口づけを贈《おく》っていた。

「――っ、称号を……ということは、君が僕と共に来てくれるのかい？」

どうやら、シェパードも《妖精の祝福》の称号を取得したらしい。まあ、称号が無ければ妖精を見ることもできないわけだし、無駄な心配だったかもしれないが。というか、称号を与えるときに額に触れる動作、あれはキスをしていたのか。流石に気付かなかったな。

そんな俺の葛藤《かっとう》を他所《よそ》に、シェパードは笑顔《えがお》でその妖精を《テイム》していた。

「ありがとう。君は……風魔法《まほう》が得意なのか。じゃあ、君のことは『シルフィ』と呼ぶよ。いいかな？」

「――――♪」

緑髪の妖精――シルフィと名付けられたそれは、上機嫌《じょうきげん》に首肯《しゅこう》する。どうやら、その名前を気に入ったようだ。名前を気に入らなかったらどういう反応をするのかは知らないが、まあシェパードならばおかしな名前を付けることは無いだろう。

「うん、よろしくね、シルフィ。みんなも、話を聞いてくれてありがとう」

シェパードの言葉に妖精たちは頷き、そしてシルフィのことを祝福するように手を振りながら去っていった。その様子を見送って、シェパードは一息ついてから声を上げる。

「成功ですね。ありがとうございます、クオンさん」

「何、取引の結果だ。こちらにも益があるんだから、気にする必要はない」

こちらにも都合のいい約束を交わしているのだ、協力することに否は無い。尤《もっと》も、ここまで思い通りの展開になるとは思っていなかったが。

「それで、《妖精の祝福》は手に入ったのか？」

「はい。これで、僕でも同様に妖精を見ることができますね」

「さっきの様子を見るに、俺よりも効率的に妖精を見つけられるんじゃないか？」

「あはは……彼女たちにとって、《呪歌》は楽しいものであるみたいですね」

今は俺の持つ称号の効果もあるためあまり実感は無いだろうが、今のシェパードは一人でも妖精を目視できるようになっている。その上、あれほど妖精たちに人気を博した《呪歌》のスキルだ。その気になれば、どんどん新たな妖精を仲間にすることができるだろう。

まあ、そこまで多くなると管理しきれないかもしれないが。

「まあ、それが手に入ったのなら僥倖《ぎょうこう》だ。他のテイマーの面倒については――」

「勿論《もちろん》、僕の方でやりますよ。一度集会のようなものでも開けば、称号の取得者も増えるでしょう。けど、いいんですか？　この称号はかなりの発見ですよ」

「その辺りの裁量はお前さんに任せるさ。名声なんぞにはあまり興味は無いからな」

俺の目的はあくまでも実戦で剣を振るうことであって、金を得ることでも栄誉《えいよ》を得ることでもない。気が向いたら人助けもするだろうが、不特定多数の人間に良く思われることに魅力《みりょく》など感じていないのだ。むしろこちらの行動を阻害《そがい》されそうであるし、その辺りを押し付けられるなら万々歳《ばんばんざい》だ。

「さて、目的を果たしたなら一旦《いったん》戻《もど》るとするか」

「そうですね。けど……本当にやるんですか？」

「そういう交換条件だろう？　何、そっちにとっても有益だ」

「まあ、確かに……僕としてもレベリングは望むところではありますけど」

俺がシェパードに対して交換条件として提示したのは、彼を一時的にパーティメンバーとして加え、このエリアでの修行に参加させることだ。シェパードは支援に優《すぐ》れており、前衛ばかりに偏《かたよ》っている俺たちにとっては貴重な存在だ。当初は、先程戦闘《さきほどせんとう》した時のような『レイド』とやらを組んでみようかと思っていたのだが、あれはあまり効率が良くないらしい。

レイドというのは、緋真が言うにはパーティ同士で組むパーティのようなもののようだ。二つのパーティであればミニレイド、五個のパーティであればハーフレイド、十個のパーティであればフルレイド。それほどの大人数を管理できるようにするシステムのようだが——これには、メリットとデメリットの両方がある。まず、メリットとしては、パーティ全体にかかるタイプのスキルが影響《えいきょう》を及《およ》ぼすようになること。そしてデメリットとしては、取得できる経験値が減少することだそうだ。組んだパーティの数だけ減少率も上がるらしく、この人数であれば普通《ふつう》にパーティを組んだ方が効率がいいらしい。あの時は緊急《きんきゅう》時だったため、パーティを組みなおすよりも手っ取り早く行えるレイド結成をやったようだ。

「前衛は俺たちがやるんだ、そこまで気負う必要はない。お前さんは、後ろからしっかり援護を飛ばしてくれ。妖精も仲間になって、魔法支援の選択肢は増えただろう？」

「まあ、シルフィにとっては凄《すご》いパワーレベリングになりそうですけど……ええ、約束ですしね。微力《びりょく》を尽くします」

「ルミナの進化までは付き合って貰《もら》うぞ？　お前さんも気になるだろうし」

俺の言葉を受けて、シェパードは苦笑する。どうやら、その言葉を否定しきれなかったようだ。

今のペースで行けば、初の二段階目進化となるテイムモンスター。しかも、シェパード曰《いわ》く特殊進化のルートに乗っている存在だ。果たして、どのような姿になるものか――それは、俺としても楽しみであった。

「そら、戻《もど》るぞ。さっさとレベル上げだ」

「了解《りょうかい》です、クオンさん」

まずは、どの程度戦えるのか、調子を確かめる所からだな。

果たしてどこまで効率化できるか――それを楽しみにしながら、俺はシェパードを伴って緋真たちの方へと戻って行った。

第十七章 臨時パーティ

「さーて、それじゃあそろそろ始めるぞ」

「は、はい……」

緋真《ひさな》たちと合流し、準備を整えた俺たちは、再び森の中へと足を踏み入れていた。

普段の三人に加え、パーティにはシェパード、そして彼のテイムモンスターであるマギキャットのミーア、そしてフェアリーのシルフィが仲間に加わっていた。編成からも分かる通り、シェパードたちは完全に後衛だ。まあ、前衛戦力はもう十分であるし、加えるとしたらあの熊《くま》程度だっただろう。尤も、俺たちは壁《かべ》役をあまり必要とはしていないし、回復の手間もあるためこちらの方が都合が良かったのだ。

緊張《きんちょう》している様子のシェパードに、俺はにやりと笑いながら声を上げる。

「なぁに、お前さんは後ろで《呪歌》を使っていればいい。そこの猫《ミーア》は回復だけやらせておけ」

「ええまあ、分かっていますが……」

《呪歌》というスキルは、少々特殊なスキルである。

特殊な効果を持つ曲を奏でることにより、その音が届く範囲に効果を発揮するスキル。効果は演奏、歌唱のどちらでも発揮することが可能であり、両方を同時にこなすことでより高い効果を得ることが出来る。まあ、歌唱と言っても歌詞があるわけではなく、ただのハミングになるらしいが。

スキルを発動することで目の前に楽譜《がくふ》が表示され、その通りに演奏、歌唱することでスキルは効果を発揮する。この時、演奏についてはオートかマニュアルのどちらかを選ぶことが可能であり、マニュアルで上手《うま》く演奏するとより効果が高くなるそうだ。そして、シェパードの場合はマニュアルで、しかも歌まで追加しているため、中々に高い効果を発揮するのである。

また、奏でることのできる曲には限りがある。《呪歌》はスキルを取得した時点で一つ、その後はスキルレベルが5の倍数に達するたびに一曲ずつ選んで曲を習得できるとのことだ。シェパードの《呪歌》のスキルレベルは16であり、現在の所四つの曲を習得していることになる。尤も、最近覚えた曲はまだ練習不足であるらしい。そのため、高い効果を発揮できるのは三曲までということになるだろう。

既《す》に聴《き》いているのは回復効果を持つ【ヒーリングサウンド】と、AGI強化の効果を持つ【マーチ】。そして、まだ聞いたことの無い残りの一曲。これこそが、今回の作戦の要であった。

「……僕は【バラード】を使い続けます。その間はずっと敵の動きが鈍りますが、僕はそれ以外のスキルは使えません。僕自身の魔法支援はまず無いと思ってください」

「いや、それでいい。相手の動きが鈍るだけで十分だ」

シェパードがもう一つ習熟している《呪歌》が【バラード】だ。その効果は、敵対する存在のＡＧＩを弱体化するというもので、結果的に相手の動きを鈍らせることになる。それほど大きな効果があるわけではないのだが、目に見えて動きが鈍るだけでも十分と言えるだろう。連中を片付けるにも、その効果は助けになる筈《はず》だ。

「一度軽く戦って感覚を掴むといい。調子が出てきたら……本格的にやるとしよう」

敵の気配が近寄ってくる。目論見《もくろみ》通り、どうやら猿《さる》がまた群れを作り始めているようだ。練習相手としては、実にちょうどいい手頃《てごろ》な獲物《えもの》だろう。口元に笑みを浮《う》かべ、俺は太刀《たち》を抜《ぬ》き放つ。その直後、木々の間から猿が姿を現し――その瞬間《しゅんかん》、ルミナが光の弾丸《だんがん》を放った。薄暗《うすぐら》い森の中を斬り裂いた閃光《せんこう》は、瞬《またた》く間《ま》に猿の身へと直進し、その肩《かた》を撃《う》ち抜く。

剣術に傾倒《けいとう》してきてはいるが、それでも精霊としての魔法の能力は十分に高い。その一《いち》撃《げき》によって大きくダメージを負った猿は、いつも通り周囲へと響《ひび》き渡る叫《さけ》び声《ごえ》を上げた。

「キキャ――――――――アッ!!」

「よし……シェパード、準備だ」

「了解です」

頷《うなず》き、シェパードは竪琴《たてごと》を構える。それと同時に、森の奥からは何匹もの猿たちが姿を現し、こちらへと殺到《さっとう》してきた。全方位から襲《おそ》われないことはせめてもの救いだろう。その状況になったら、流石《さすが》にシェパードのカバーは難しい。まあ、来ない以上はその条件を利用させて貰うまでだ。

向かってくる猿共を迎《むか》え撃ち――それと共に、シェパードの演奏が響き渡る。

「《呪歌》――【バラード】」

それは、どこか物悲しいゆったりとした音色。音と共に響き渡るハミングは、この戦いの場にはそぐわぬ落ち着いた旋律《せんりつ》に色を加える。その音色が周囲を満たすと共に、向かってくる猿共の動きに変化が生まれていた。

「キ、キィ……?」

勢いづいて向かってきていた猿共が、その足並みを狂《くる》わせる。周囲に響く音を気にしているためなのか、連中はどこか集中力を欠いた様子で動きを鈍《にぶ》らせていた。

単純に動きが遅《おそ》くなるのかと思ったが、こういう効果になるのか。まあ、何にせよ――

「随分とやり易《やす》くなるな、これは」

「ですね」

「ん……っ」

集中力を欠いた猿へと肉薄《にくはく》し、一息にその首を斬《き》り落とす。動かぬ的に当てることなど容易《たやす》い。俺にとっては少々物足りぬ相手だが、まあルミナの練習相手にはちょうどいいかもしれない。とはいえ、効率が上がることは紛《まぎ》れもない事実だ。返す刀で別の一匹《ぴき》を逆袈裟に斬り裂きながら、俺は猿の群れの中へと飛び込んだ。普段であれば全方位を囲まれることはなるべく避《さ》けるが、この状況ならば十分に対処できる。

「動きが鈍っていると言っても、戦意を失っているわけではないか――」

打法――流転《るてん》。

殴《なぐ》りかかってきた猿の一撃を受け流しつつその勢いで投げ飛ばし、そのまま反対側にいた猿へと衝突《しょうとつ》させる。もつれるように倒《たお》れた二匹は踵《かかと》で踏み砕《くだ》き、その踏み込みと共に薙《な》ぎ払った横薙ぎの一閃《いっせん》でもう一体の首を刎《は》ねる。スキルを使わずともこの体《てい》たらくだ、動きが鈍っているとやはり物足りない相手だな。

次の獲物を睥睨《へいげい》しながら、俺は周囲の状況の気配を探《さぐ》る。緋真は一体倒し終わって次なる獲物に取り掛《か》かっており、ルミナももうじき一体倒し終わるといった所だ。やはり、以前よりも効率が上がっている。物足りなさはあるが、効率面でいえば上々であるようだ。

「ふむ……援護《えんご》は必要なさそうだな」

前の戦闘までは、まだルミナには不安要素があった。だが、今の相手ならばルミナでも十分に対処できている。一対一の戦闘経験を学ぶのであれば、ちょうどいい状況であると言えるだろう。

攻撃力《こうげきりょく》はまだ物足りない状況ではあるが、しっかりと相手を見て、動きを読み、そして体勢を崩《くず》すことなく確実に攻撃を重ねている。基本を押さえた、堅実《けんじつ》な戦い方だ。子供によくありがちな、無理に術理を使おうとする姿勢も無い。業とは使うものであって、使われるものではない。その辺りが分かっていない連中は中学生程度までならばそこそこの数いるのだが、ルミナはきちんと緋真の言いつけを守っているようだ。

（本当に素直《すなお》で優秀な生徒だな……妖精の頃《ころ》の好奇心《こうきしん》がそのままだったらどうしたものかと思っていたが）

まあ、今の練習状況は実に理想的だ。ルミナの方には余計な数が行かぬよう、こちらで受け持っておくべきだろう。

ひらひらと猿の攻撃を回避《かいひ》しながら斬りつけているルミナの方へは行かせぬよう、向こうへと視線を向けていた猿を横合いから斬り捨てる。そのまま、更《さら》に隣《となり》にいた猿へと一刀を放とうとし――その瞬間、横から飛来した風が、猿の体にいくつもの斬り傷を残していった。飛んできた方向へと一瞬《いっしゅん》だけ視線を向ければ、そこにあったのはシェパードの傍《そば》を飛んでいる小さな妖精の姿。どうやら、シルフィが風の魔法で援護をしてきたようだ。まあ、レベル１の妖精では大したダメージにはならなかったようだが、それでも注意を引くには十分だったらしい。

突風《とっぷう》のように駆《か》け抜けていった風の刃《やいば》は、その進路上の猿共に少しずつダメージを与《あた》えていった。結果、ルミナに意識を向けていた猿共は、今の攻撃に意識を取られ、シェパードたちの方へと向き直っている。無論、それをただ見送ることはない。進路上を遮《さえぎ》るように立ちはだかれば、猿共の敵意はあっという間にこちらに集まった。

「五匹か……さっさと来な、相手をしてやる」

挑発《ちょうはつ》が理解できているのか、歯を剥《む》き出しにした猿共は、一斉《いっせい》にこちらへと向かってくる。こちらに掴みかかろうとしてきた猿は袈裟懸《けさが》けに斬り伏《ふ》せ、身を沈《しず》めるようにしながら前へと足を踏み出す。それによって飛び掛かってきた二匹目の腹の下をすり抜け、同時にそれより後ろの連中の視界から外れながら、頭上を越《こ》えていった猿の足を掴んで地面に叩《たた》き落とす。そして、そのままそいつは一旦《いったん》放置し、こちらを一瞬見失って動きを止めた猿へと突撃《とつげき》する。

斬法――剛《ごう》の型、穿牙《せんが》。

放った突《つ》きは猿の心臓を貫《つらぬ》き、そして突き刺《さ》さった体を盾《たて》にしながら前進、太刀を引き抜きつつその死体を蹴《け》り飛ばす。水平に吹《ふ》っ飛んだ猿の死体は、そのまま後方にいた猿へと衝突、その動きを止めていた。

その様子を確認しながら太刀を振《ふ》るって血を払《はら》い、隣から迫《せま》ってきていた猿を返す刃で斬り伏せる。猿の首筋から血が噴《ふ》き出るのを横目に確認しながら、俺《おれ》は後方へと跳躍《ちょうやく》、地面に叩き付けられようやく起き上がってきていた猿の背中を蹴り飛ばしていた。

「本当に鈍くなっているな。あまり弱体化しすぎるのも考え物か」

再び地に伏した猿の頭を踏み砕き、俺は正面へと向き直る。

先ほど蹴り飛ばした猿の死体の下敷《したじ》きになっていた一匹は、ようやくその下から這《は》い出してきた所だ。無論、それをただ見守るつもりも無く、即座《そくざ》に肉薄した俺は、その首を一閃で刎ね飛ばした。そして即座に周囲を見渡《みわた》し――小さく嘆息《たんそく》する。どうやら、残りは緋真の受け持っている二体と、ルミナが相手をしている一体だけか。

最早《もはや》俺が手を出すまでも無く、戦闘は終わるだろう。小さく嘆息しつつ、それでも周囲の気配から意識を離《はな》さぬようにしながら、俺は二人の戦いを見守った。苦戦するような要素も無く、二人はあっさりと敵を片付け――そして、インフォメーションが耳に届く。

『《死点撃ち》のスキルレベルが上昇《じょうしょう》しました』

『《テイム》のスキルレベルが上昇しました』

『【テイマーズアイ】のテクニックを習得しました』

『《生命力操作》のスキルレベルが上昇しました』

『テイムモンスター《ルミナ》のレベルが上昇しました』

「おん？　【テイマーズアイ】？」

「あれ、クオンさん、《テイム》のレベルが10になったんですか？」

「む……ああ、そのようだな」

ステータスを確認すると、シェパードの指摘《してき》通り、《テイム》のスキルレベルが10に到《とう》達《たっ》していたようだ。それでこのテクニックとやらを覚えたようだが――何だこれは？

「あー、先生の三魔剣《さんまけん》ってテクニックは出ないタイプなんでしたっけ。それだとテクニックは初めてですか」

「え？　魔導戦技《マギカ・テクニカ》だってありますよね？」

「先生が取ってるマジックスキル、《強化魔法》ですから……えーと、先生。テクニックの習得っていうのは、魔法のスキルレベルが上がって、新しい魔法を覚えるような感じのものです」

「ふむ。そういうのを覚えるスキルもあるのか」

「モノによってですけどね。全てのスキルにテクニックが存在するわけではないみたいです」

まあ、確かに《生命の剣《つるぎ》》といったスキルではテクニックとやらが出現したことはない。俺の他のスキルはパッシブスキルが多いし、テクニックを習得する機会が少なかったのだろう。

「で、このテクニックはどんな効果なんだ？」

「簡単に言えば、《テイム》可能な魔物《まもの》を識別するためのテクニックですよ。僕《ぼく》は結構多用してます」

ふむ、確かにシェパードの場合は頻繁《ひんぱん》に使いそうな技ではある。だが、俺はあまりテイムモンスターを増やそうとも思っていないし、それほど有用なテクニックというわけでもなさそうだ。まあ、機会があったら使ってみる程度だろう。

「……よし、とりあえず一度休憩《きゅうけい》だな。シェパードのＭＰが回復したらまたやるぞ。緋真はそれまでルミナの稽古だ」

「了解です」

「ははは……シルフィのレベルもどんどん上がりそうですね、これ」

引きつった表情のシェパードには軽く肩を竦《すく》めて返し、俺《おれ》は緋真たちの様子を眺め始める。今の戦闘は、思った以上にいい調子だった。これならば、多少慣らしていけば、以前敗走することになったあの連中相手とも戦えるかもしれない。

俺は小さくほくそ笑みながら、脳裏《のうり》で戦略を組み立て始めたのだった。

第十八章　再戦

『レベルが上昇しました。ステータスポイントを割《わ》り振ってください』
『《刀》のスキルレベルが上昇しました』
『《MP自動回復》のスキルレベルが上昇しました』
『《HP自動回復》のスキルレベルが上昇しました』
『《生命の剣》のスキルレベルが上昇しました』
『《生命力操作》のスキルレベルが上昇しました』
『テイムモンスター《ルミナ》のレベルが上昇しました』

あれから、猿と蜂《はち》を二度ずつ相手をし、再びルミナのレベルが上がる。間に回復時間を挟《はさ》んではいるが、明らかに効率は上がっている。やはり、シェパードを仲間に加えたのは正解だったようだ。まあ、彼《かれ》は俺たちほど連戦に慣れているわけではなく、多少は休息を挟む必要があったが。

とは言え、レベルアップの合間にルミナへの稽古をつけたいこともあり、その休息時間はそれなりにありがたい。シェパードにとっても、集中してレベルを上げたいシルフィのMPを回復させるのにちょうどよい時間となっているだろう。

「さて……この休憩《きゅうけい》が終わったら、奥《おく》に行ってみるぞ」

「え……先生、もしかしてあいつらと戦うんですか？」

「あいつら？」

ルミナの調子を横で確認していた緋真《ひさな》は、俺の言葉に顔を引き攣らせながらこちらへと向き直る。その言葉にシェパードは首を傾《かし》げていたが、それには答えず、俺は口元を笑みに歪めて緋真へと返した。

「問題は無いだろう。連携《れんけい》も確認したし、以前よりも調子が出ていることは確実だ。今なら、あの連中相手にも十分戦えるはずだ」

「ええ……いやまあ、確かにそうかもしれませんけど、今度こそ倒し切るつもりなんでしょう？　本当に行けますかね？」

「何、厳しけりゃ前と同じようにやるだけだ」

「ええと……何か不気味な会話なんですが、何と戦うつもりなんですか？」

俺たちが苦戦したとも取れる話を聞いて、シェパードは警戒した様子で問いかけてくる。

そんな彼の様子に、俺はくつくつと笑い声を零した。

気持ちは分からんでもないが、今の退屈《たいくつ》な戦闘を幾度《いくど》も繰り返すつもりは無い。それに、以前の戦いは敗走にも近いものだ。何の手段も持っていないのであればまだしも、新たな施策《しさく》がある以上、試《ため》さずに終わらせる訳にはいかない。

今度こそあいつらに——あの蟻《あり》共に、目に物を見せてやるとしよう。

「戦うのは蟻の群れだ。まあ、今までの連中と同じく、数で押《お》してくる相手だな」

「はぁ……蟻、ですか。以前は、そいつらを倒し切れなかったと？」

「不本意ながらな。何しろ、連中は数が多すぎる。退却《たいきゃく》しながら戦って、何とか片付けたと言った所だ」

「……そんな連中相手に勝てるんですか？」

「負けはしない。少なくとも、三人で挑《いど》んだ時でも死にはしなかったからな。だが、あれは勝利ではなかった」

少なくとも、前と同じ戦法を取れば死ぬ可能性は低いだろう。初見の時とは異なり、連中に関する知識もある。以前に比べれば幾分《いくぶん》か楽になることは間違《まちが》いない。

蟻——レギオンアントの持つ強みは、何と言ってもその数だ。猿や蜂共とは比べ物にならないほどの物量による攻《せ》めこそが奴《やつ》らの武器である。俺たちが奴らを相手に敗走したのは、純粋《じゅんすい》に手が回らなかったからだ。奴らは数が多すぎて、俺たち三人では対処しきれなかったのである。だが、今は違《ちが》う。パーティメンバーの数だけで言えば純粋に倍、そしてシェパードの《呪歌》によって連中の足止めを行うことができる。あの進行速度が遅《おく》れるだけでも、こちらの取れる手段は多くなるのだ。幾《いく》らでもやりようはあるだろう。

「メンバーについては考慮《こうりょ》が必要だが……お前さんは前衛は出さない方がいいだろう」

「何故《なぜ》ですか？　数に負けたってことは、手が足りていなかったんですよね」

「前衛が三人から四人になった所で大差はない。出すのであればお前さんの護衛だな。下手な前衛では、蟻に群がられてあっという間に脱落《だつらく》するぞ？」

たとえ動きが鈍ったとしても、数が減っている訳ではないのだ。

あの蟻に複数取り付かれたら、その時点で脱出《だっしゅつ》は不可能だと考えた方がいい。その点を考えると、機動力に欠ける熊《くま》や防御《ぼうぎょ》の薄《うす》いライオンはあまり適さない。精々がスピードの速い狼《おおかみ》だろうが、あれの攻撃手段は爪《つめ》と噛《か》みつきだ。蟻を相手にするには距離《きょり》が近すぎるのである。できれば、遠距離《えんきょり》での広範囲《こうはんい》攻撃《こうげき》能力を持つテイムモンスターが相応《ふさわ》しいが、それに該当《がいとう》するであろう妖精《ようせい》はまだ未熟だ。長時間の戦闘に耐《た》えられるだけのＭＰが無い以上、シルフィを戦闘に出すのは難しいだろう。

「まあ、前を受け持つのは俺と緋真でやる。ルミナは……まあ、今なら多少回しても大丈《だいじょう》夫《ぶ》かもな。どちらかと言えば、魔法での殲滅《せんめつ》能力を当てにしたいところだが」

「結構ガチの戦法ですね……それだけヤバい相手なんですか？」

「単体で見ればただの雑魚《ざこ》なんだがな。地面を埋め尽《つ》くすほどの数は流石に脅威《きょうい》だ……しかし、やりようはある」

「それに、僕の《呪歌》が必要だと？」

「そういうことだ。何、やることはさっきとそれほど変わりは無いさ」

シェパードには《呪歌》を使って貰い、ひたすら蟻共の動きを鈍らせる。

猿や蜂に発揮されていた効果から考えて、この足止め効果があれば退却することなく蟻共を殲滅できるはずだ。前は退却せざるを得なかったあのエリアには、果たして何があるのか。その好奇心も含め、奴らとの戦いは待ち望んでいたものでもある。

「緋真、そろそろ出発するが、どんな調子だ？」

「いい調子ですよ。きっちり上達してます。まあ、実戦で使うにはまだ早い状況《じょうきょう》ですが」

「ふむ……まあ、とりあえずはそんなものか。よし、移動を開始するぞ」

蟻共の生息地は、関所の近辺から少し離れた程度の場所だ。到着《とうちゃく》まではそれほど時間はかからない。覚悟を決めた様子のシェパードも引き連れ、俺たちは蟻の生息地へと向けて出発した。

「ルミナのレベルもあと3か……そうしたら、王都まで戻るとするか」

「何とか間に合いそうですね。先に武器の耐久度《たいきゅうど》が無くなるかと思いましたよ」

「お前の戦い方に無駄《むだ》が多いんだよ。俺の太刀はまだ半分はあるぞ?」

「むしろ、先生は何であんな無茶《むちゃ》な戦い方してるのにそれだけ残ってるんですか……倒した数だと、私の倍近くは行ってますよね?」

嘆息する緋真に対し、軽く肩を竦めて返す。その理由は明らかだろう。単純に、手札の数が違うからだ。だがその言葉を返す前に、シェパードは納得《なっとく》した様子で声を上げていた。

「クオンさんって、結構殴る蹴るで攻撃してますよね。そのおかげじゃないですか?」

「え? あー……そっか、先生の打法ならこの辺りの敵は殺せますか」

「そういうことだ。まあ、お前はあまり、攻撃性《こうげきせい》の高い打法はまだ学んでいないからな。差が出るのも当然だろう」

緋真に教えている打法は、どちらかと言えば補助的な役割を持っているものの方が多い。まあ、こいつは俺に比べて筋力も体重も低い。どうしても打撃力《だげきりょく》が低くなることから、補助的な役割の技術を多く学ばせていたのだ。リーチが短いというリスクはあるが、それでもどのような状況下でも使える打法は中々優秀《ゆうしゅう》な戦闘技術だ。

緋真にも、いくつか打法を見繕《みつくろ》って覚えさせておくべきだろう。軽視する門下生も多いが、最後に信頼《しんらい》できるのは打法なのだ。

「まあ、私は二振り目用意してますけど……その辺は後で相談させてください」

「勿論だ、色々と教えてやるさ。まあ、それよりも今は――」

太刀を抜き、意識を研《と》ぎ澄《す》ませる。まだ蟻の生息領域には足を掛けた程度であるが、連中を相手には可能な限り先手を打てるようにしたい。だが、奴らは少々気配の掴《つか》みづらい存在だ。あらかじめ集中しておかなければ、奇襲《きしゅう》を受ける可能性もある。

感覚を広げ、気配を探り――森の奥に、無数に蠢《うごめ》く奴らの気配を察知する。まだ若干距《じゃっかんきょ》離《り》はあるが、それでもあまり時間的余裕《よゆう》は無いだろう。

「シェパード、入れ替《か》えは大丈夫か？」

「ええ、シルフィはチーコと交代です。風の魔法で援護して貰いますよ」

「ふむ、エアロファルコンか……突風で押し返すことはできるか？」

「それくらいなら問題ありません。指示しておきますか？」

「ああ、近づいたら吹き飛ばすように言っておいてくれ」

無理やり距離を空けさせられるのは非常に便利だ。特に、この蟻共が相手の場合は。効果のほどは実際に試してみなければ分からないが、途中《とちゅう》でガス欠になるよりはマシだろう。

「よし、前衛は俺と緋真。その後ろにルミナが付いて、抜けていく奴を片付けろ。シェパードたちは、後ろでひたすら援護だ」

「分かりました」

「はい、お父さま」

「了解です」

淀《よど》みのない了承《りょうしょう》の声と共に、隊列が形成される。今度は退くことを想定したものではなく、前から来る連中を押し留《とど》めるための構成だ。これによって、今度こそあの蟻共を殲滅する。その決意と共に、俺は仲間たちに指示を下した。

「魔法詠唱《まほうえいしょう》開始、そのまま前進だ」

その言葉に頷いた緋真とルミナは、揃《そろ》って魔法の準備を開始する。それを横目に見ながら、俺もまた《強化魔法》の詠唱《えいしょう》を始めた。詠唱完了《えいしょうかんりょう》のタイミングは既に把握《はあく》している。

俺はタイミングを合わせながら前進し――蟻共がこちらに反応したその瞬間に、即座に指示を飛ばした。

「放てッ！」

「【フレイムバースト】ッ！」

「光よっ！」

緋真とルミナの放った二つの魔法は、それぞれこちらに近づいてくる蟻共の両翼《りょうよく》で爆裂《ばくれつ》する。レベルが上がったこともあり、その威力《いりょく》は以前よりも大きく増しているのだ。

元より、個体のＨＰは低い蟻共に耐えられるはずも無く、その効果範囲内《はんいない》にいた蟻はまとめて消し飛ばされていた。

だが、仲間が消し飛ばされようとも、あの蟻共には一切《いっさい》の動揺《どうよう》はない。黒い波のような蟻の群れは、その両側を吹き飛ばされながらもこちらへと殺到してきている。だが――

「《呪歌》――【バラード】」

蟻たちが接近してきたその瞬間、シェパードの演奏が響き渡《わた》る。その瞬間、蟻たちの足並みが、突如《とつじょ》として迷走《めいそう》を始めていた。一斉にこちらへと向かってきていたはずの蟻のうち、いくつかがウロウロとその場で歩き回り始めたのだ。その結果、蟻たちの足並みは崩れ、その進行速度は一気に低下する。

予想通り――いや、予想以上の効果だ。やはり、シェパードを連れてきたのは正解であったらしい。

「よし……前進だ、行くぞ」

『はい！』

【アイアンエッジ】と【アイアンスキン】を発動しながら、前へ。以前は敗走することになった蟻共へ、今度はこちらから攻撃を仕掛《しか》けていく。ただし、囲まれないように注意しながら、だが。

「横は任せるぞ、ルミナ！　緋真、やれ！」

「了解です……二発目、【フレイムバースト】！」

緋真の発動した二度目の魔法が、足並みを崩した蟻共の中心で炸裂《さくれつ》する。吹き上がった炎《ほのお》によって千々に吹き飛ばされる蟻共の中、俺と緋真は飛び込むようにしながら刃を振った。踏《ふ》み込む足によって炎に巻かれていた蟻を粉砕《ふんさい》し、飛び散る火の粉と共に振るう刃が二匹の蟻を纏《まと》めて両断する。

その外殻《がいかく》は若干《じゃっかん》硬《かた》いが、それでも斬り裂《さ》けないという程《ほど》ではない。

「さて……今回はこちらの番だ。思う存分やらせて貰うとしようか」

後方で光の矢が閃《ひらめ》き、突風がうなりを上げる。その様子を気配で感じ取りながら、俺は冷たい殺意を向けてくる蟻共へと笑《え》みを向ける。

——戦いの高揚《こうよう》に歪《ゆが》む、その口元を。

第十九章　更に奥へ

「さぁて……まだまだ、終わりじゃねぇぞ」

辺りに散乱する蟻の死骸《しがい》を踏み越えて、俺は横薙ぎに刃を振るう。

今の攻撃力ならば、二体程度なら《生命の剣》を使う必要はない。とは言え、たまに抜けてくる攻撃もあるため、HPが一切減らないというわけではないのだが。まあ、その辺りは《収奪《しゅうだつ》の剣》を使えば済む話であり、それほど困ることはない。

（慣れてきたが……蟻共の数も減ったようには見えないな）

群がる蟻共を斬り飛ばし、蹴り飛ばし、とにかく近寄らせないように始末し続ける。シェパードの使う《呪歌》のおかげで、今の所戦いは安定している状態だ。相変わらず蟻共の数は多いものの、それによって押し込まれるようなことは無く、きちんと拮抗《きっこう》できている状態である。それどころか、戦闘《せんとう》に慣れてきたこともあり、徐々《じょじょ》にこちらから押し込むことも可能になってきた。これならば、少しずつでも前進することができるだろう。

「よし……前進だ、行くぞ」

「はい、了解です！」

力強い了承と共に、緋真《ひさな》とルミナの範囲魔法《はんいまほう》が放たれる。

それによって空いた空白地帯へと足を踏み入れ、再び襲い来る蟻共を押さえれば、少しずつながら前へと進むことができるのだ。

とはいえ、あまり踏み込み過ぎるわけにもいかない。下手に前進すれば、周囲全体を囲まれることにもなりかねないからだ。そのため、少しずつ前進しては、左右に広がった蟻共を片付けるという作業を行う必要がある。遅々《ちち》とした歩みではあるが――それでも、前に進めていることは紛れもない事実であった。

「しかし、こいつらは一体どこからここまで増えて来やがるんだ」

「蟻って言うからには、巣でもあるんじゃないですか……っと！」

「巣ねぇ……じゃあ、そこが空になるまではこいつらは出現し続けるってか？」

「分かりませんけど、こいつらが向かってくる方向に進めば、何かあるんじゃないですかね」

「成程《なるほど》な、試してみるとしよう」

緋真の言葉に頷きつつ、俺は頭上から落ちてきた蟻を真っ二つに断《た》ち割る。今の所、危険と言えばこの頭上からの落下攻撃ぐらいだ。一匹《ぴき》程度ならば喰《く》らっても大したことは無いのだが、それでも動きが鈍るのは少々面倒《めんどう》だ。そのため、頭上の連中を意識的に迎撃《げいげき》しながら、俺は前へと足を踏み出していく。

蟻共が進んでくる方向は一定だ。やはり、その向こうに何かがある可能性は高い。まあ、これだけ大きい蟻であっても、俺たちがその巣の中に入り込むことは不可能だろう。しかし仮に巣を見つけたとして、それを破壊《はかい》できるのかどうかは不明だが――まあ、やれるだけやってみるか。

（流石に、猿や蜂相手より負担は大きい……このままだと、いずれ息切れするか）

奴らを相手にしていた時とは違い、こいつら相手には派手に魔法《まほう》を使用している。シェパードの《呪歌》も、緩《ゆる》やかとは言えＭＰを消費しているのだ。この安定した状況も、いつまでも続けられるというものではない。こちらが息切れするよりも先に、この蟻の群れを始末しなければならないのだ。

しかし、未《いま》だ蟻の群れが途切《とぎ》れる気配はない。多少余裕があるとはいえ、いつまでもこの戦闘を続けることはできないだろう。そういう意味でも、前に進んだのは正解だった。

「だが……まだ終わらないか、ったく！」

打法――槌脚《ついきゃく》。

踏み込んだ足の衝撃《しょうげき》で吹き飛んでゆく蟻共の姿を眺《なが》めながら、舌打ちと共に刃を振るう。

視界が悪いこともあり、先の様子は見通せない。気配についても、こいつらは若干《じゃっかん》掴《つか》みづらいのだ。そのことだけに集中すれば何とかなるが、この戦闘中ではそれも難しい。あまり考えたくもないが、退却のタイミングも考えておくべきだろう。

――そう考えた、瞬間だった。

「ッ――!?」

斬法――柔《じゅう》の型、流水《りゅうすい》。

突如として、横から飛び掛かってきた蟻の一撃を、受け流して地面へと叩き落とす。そのまま足で踏み潰《つぶ》そうとしたが、機敏《きびん》に反応した蟻はそこから転がるように後退し、俺から距離を取っていた。これまでの、ただ我武者羅《がむしゃら》に向かってくる蟻とは全く異なる反応だ。よく見れば、大きさ自体も他の蟻より二回りほど大きい。どうやら、別の個体か、進化した個体であるようだ。

■レギオンアント・ナイト

種別：魔物

レベル：24

状態：アクティブ

属性：土
戦闘位置：地上・地中

「ナイト……上位個体か！」

どうやら以前予想していた通り、レギオンアントはチェスの駒《こま》に合わせて上位の種族が存在するようだ。最下位のポーンの群れだけでも厄介《やっかい》だというのに、戦闘能力の高い個体が出てくるのは拙《まず》い。

だが――その存在を予想していた以上、慌《あわ》てるということは無かった。

「緋真、火力を上げろ！」

「っ……《スペルチャージ》、【フレイムバースト】ッ！」

緋真が、威力を増した範囲魔法を発動させる。刹那《せつな》、吹き上がった炎が広範囲《こうはんい》を蹂躙《じゅうりん》し、距離を離していたナイトを含《ふく》めて吹き飛ばす。俺自身も若干炎《じゃっかんほのお》に煽《あお》られて後退しつつ、それでも油断せず視線を細めて炎の向こう側を睨《にら》み続けた。

今の一撃で結構な数のポーンが消し飛んだはずだが、果たして――

「っ、先生！　何か、見たことのない奴が！」

「……やはり、他にもいたか」

消えていく炎の中から姿を現したのは、ポーンと比べれば数倍の大きさを持つ巨大《きょだい》な二体の蟻だった。大きささえ無視すれば、他の蟻共とそれほど大きな差はない姿をしているが、そのゴツゴツとした外殻はいかにも頑丈《がんじょう》そうであり、周囲の炎を意に介《かい》した様子も無くこちらへと近づいてくる。

■レギオンアント・ルーク
種別：魔物
レベル：24
状態：アクティブ
属性：土
戦闘位置：地上・地中

やはり、ナイトがいるならば他の駒がいるのも当然か。どうやら防御に秀《ひい》でているらしいその個体は、巨大な顎《あご》をガチガチと鳴らしながらこちらへと近づいてきていた。そして、その後ろには先程《さきほど》のナイトの姿を確認《かくにん》することができる。どうやら、奴はルークの後ろに隠《かく》れて緋真の魔法を回避したらしい。

「他の連中と違って、知恵《ちえ》も回るか。だが――」

「お父さま、あの後ろ！」

「分かってる。どうやら、ゴールに到着したようだな」

緋真の炎によって照らされた木々の向こう側。そこに、ドーム状に盛り上がった物体がその姿を現していた。遠目で見えづらいが、どうやらその頂点に空いた穴から、蟻たちが姿を現してきているらしい。つまり、あれこそがこの蟻共の巣。俺たちの目的地というわけだ。であれば、やることは一つ。あの巣を潰して蟻共を殲滅するのだ。

「緋真、炎で巣穴を塞《ふさ》げ！　ルミナ、周りの雑魚は任せるぞ！　シェパード、猫《ねこ》にルミナの援護をさせろ！」

「お父さまは？」

「当然、あの三匹の相手をするさ」

ルミナの言葉に笑みと共に答え、俺は刃を構える。

あの三匹は、他の蟻に比べれば明らかに別格だ。数でばかりを相手にして、強敵に飢《う》えていた所には、格好の獲物《えもの》であると言える。無論、油断するつもりは無い。初見の相手だからこそ、全力で挑むまでだ。

「行きます、《スペルチャージ》【フレイムウォール】」

緋真の魔法が蟻の巣を包み、群がる蟻や、その中から出てくる蟻を纏めて燃やし始める。ルミナは肩《かた》に飛び乗ってきた猫と共に上空へと浮《う》かび上がり、木の上の蟻を刃で斬り裂きながら地上の蟻共を狙《ねら》い打ち始める。シェパードは変わらず《呪歌》を奏《かな》で、近づいてきた蟻はエアロファルコンの風によって吹き飛ばしていた。

そして俺は――緋真に注意を向けたルークへと向けて、瞬時《しゅんじ》に肉薄して刃を振るった。

「《生命の剣》ッ！」

金の燐光《りんこう》を纏う太刀《たち》が、その軌跡《きせき》を虚空《こくう》に描《えが》きながらルークの足へと叩き付けられる。狙うは足の関節、そこを裏から差し込むように刃を振るう。威力を増幅《ぞうふく》させたその一閃は――しかし、蟻の足を断ち切ることは叶《かな》わなかった。

（チッ……何て頑丈さだ）

刃を取られることは無かったものの、一撃《いちげき》で断ち切れなかったことは痛い。舌打ちしながら後退すれば、三匹の蟻の注意は全《すべ》てこちらに集まっていた。

想像以上の頑丈さだ。見た目からして防御に秀でていることは分かっていたが、まさか《生命の剣》を使った上で細い脚《あし》関節を断ち切れないとは。だが、それでも刃は通った。場所さえ選べば、攻撃が通じないということは無いだろう。

「――――ッ」

刹那、ルークの腹の下から影《かげ》が襲《おそ》い掛《か》かる。それは、その六つの足を霞《かす》むほどに素早《すばや》く動かして地を這うナイトだ。攻撃力と素早さに秀でたこいつは、中々にいやらしい動きをしている。防御力《ぼうぎょりょく》に秀でたルークを盾に動き回るその立ち回りは、実に理に適《かな》っており、それだけに厄介だが――

斬法――柔の型、流水・逆咬《さかがみ》。

『ギ――――!?』

足元から這い上がるように襲い掛かってきた一撃に、こちらの一閃《いっせん》を合流させる。それと共に相手の攻撃のベクトルを上向きにずらし――俺は、ナイトの体を空中へと放《ほう》り上げていた。いくら素早かろうと、羽の無い蟻では空中で動き回ることはできまい。

斬法――剛《ごう》の型、衝空《しょうくう》。

空中で身動きの取れぬ相手へと、天を衝《つ》くかの如き刺突《しとつ》を放つ。相手の落下の勢いと、地を踏みしめるこちらの勢い。その二つのエネルギーを合わせ、ナイトの頭部を一撃で貫いた。そしてそのまま、俺は体を回転させ、俺の胴《どう》へ噛みつこうとした蟻の一撃を躱《かわ》す。

「硬《かた》いが――ま、やりようはある」

打法――侵震《しんしん》。

ルークの頭部へと手を添《そ》えて、渾身《こんしん》の衝撃をその内側へと通す。それは、鎧《よろい》の上から相

手の肉体に直接ダメージを与える打法。肉体の内部に直接衝撃を与える寸哮《すんこう》とどちらを使うか悩《なや》んだが、この外皮の硬さだ、こちらの方が効果的だろう。

側頭部に直接衝撃を受けたためか、ルークは意識を朦朧《もうろう》とさせるかのように崩《くず》れながら地面を滑《すべ》る。その様子を横目に見つつ、刃に突き刺さったナイトを振り落としながら、俺は目の前のルークの足を足場に跳躍した。そしてその瞬間《しゅんかん》、俺が居た場所をもう一体のルークが通り抜《ぬ》ける。

「多少強力でも、所詮《しょせん》は虫か」

まあ、剣が通じ辛《づら》いだけでも厄介ではあるのだが、そういうのが相手の時に打法は便利だ。俺はそのままルークの上に着地し――それと共に、着いた右足へと全身の力を叩き付けた。

打法――槌脚。

その瞬間、凄《すさ》まじい衝撃音《しょうげきおん》と共に、ルークの頭がガクンと落ちる。ルークはその巨大な頭を地面に埋《う》めたまま、完全に動きを止めた。放り出された俺は近くの木を足場にして体勢を整えつつ着地し、ゆっくりとルークの傍に近付く。動けぬようではあるが、どうやらまだ生きているらしい。

「はぁ……ルミナ、こいつは片付けていいぞ。剣は通じんだろうから、魔法を上手《うま》く使え」

「分かりました！」

頷《うなず》きつつ、小太刀《こだち》に光を宿して向かっていく姿を見送り、俺はもう一体のルークの方へと視線を移した。こちらは、侵震を頭に食《く》らった程度。人間だったら死んでいてもおかしくはないが、この大きさの虫だ。どうやら、まだ戦う意欲はあるらしい。

尤《もっと》も――こちらにしてみれば、既《すで》に消化試合であるが。

「――《生命の剣》」

歩法――縮地《しゅくち》。

俺は蟻へと即座に肉薄《にくはく》し、刃《やいば》を横薙《な》ぎに振るう。その一閃によって、ルークの右前足は綺麗《きれい》に千切れ飛んでいた。がくりと体勢を崩すルークに対し、俺はその頭の下へと潜《もぐ》り込み――体の節を、思い切り蹴り上げる。

打法――柱衝《ちゅうしょう》。

相手の崩れた勢いを利用したその一撃は、蟻の首元へと突き刺さり、その外殻に確かな罅《ひび》を走らせる。

そして――

「《生命の剣》――これで終《しま》いだ」

黄金の光を纏う刺突は、外殻の罅を貫《つらぬ》き――その巨大な頭部の内側を、確実に抉《えぐ》っていた。その一撃には耐えられるはずも無く、ルークはその巨体《きょたい》をゆっくりと横たえる。
『《強化魔法》のスキルレベルが上昇しました』
『《死点撃《う》ち》のスキルレベルが上昇しました』
『《識別》のスキルレベルが上昇しました』
『《生命の剣》のスキルレベルが上昇しました』
『《生命力操作》のスキルレベルが上昇しました』
戦闘の終了《しゅうりょう》がインフォメーションによって告げられたのは、その直後のことだった。

「中々面倒だったが……これでリベンジ達成か」

「はぁ……ずっと歌いっ放しもきついですよ、クオンさん」

「何、中々いい稼《かせ》ぎにはなっただろう?」

残念ながらルミナのレベルはまだ上がらなかったが、それでも大きく経験を稼げたことだろう。数ばかりが多い面倒な敵ではあるが、塵《ちり》も積もれば何とやらだ。

それに、こうして巣まで辿《たど》り着ければ、多少は歯応《はごた》えのある相手もいる。いい加減慣れてきた猿《さる》や蜂共よりは、幾らか緊張感《きんちょうかん》のある戦いができたのだ。

俺はそれなりに満足しつつ、周囲をぐるりと見渡《みわた》した。

「しかし……また随分《ずいぶん》と倒《たお》したもんだな」

「これ全部回収するの面倒ですね……」

「私も先生も、インベントリがそろそろ圧迫《あっぱく》されてますよ。余裕があったらシェパードさんが回収しちゃってください」

「あー、あんなレベリングしてればそりゃそうなりますか。分かりました、王都で精算しましょう」

シェパードは緋真《ひさな》の言葉に対して苦笑《くしょう》を零《こぼ》し、周囲の蟻たちの素材を回収し始める。俺《おれ》たちとしては、蟻の素材はあまり使い所も無いし、正直扱《あつか》いに困るだけだ。こいつらの外殻は軽鎧の素材として使えるのではと考えているが、俺も緋真も鎧は装備していない。まあ、篭手《こて》があるので皆無《かいむ》というわけではないのだが、それならこちらのルークの素材を使った方がいいだろう。

そんなことを胸中で呟《つぶや》きながら、俺は目の前のルークから素材を回収した。

■《素材》群蟻鎧種《むれありよろい》の外殻

重量：6

レアリティ：4

付与《ふよ》効果：腐食耐性《ふしょくたいせい》

■《素材》群蟻鎧種の顎

重量：3

レアリティ：5
付与効果：腐食耐性

顎についてては予想外だったが、やはり目論見《もくろみ》通り、外殻を取得することができた。しかも結構でかいためか、数もそれなりに回収できている。一つ一つの大きさも結構なものであるし、一匹《ぴき》で二人分の鎧は作れるのではないだろうか。まあ、俺と緋真、そしてルミナの分の篭手や足甲《あしこう》を作っても十分余るだろう。残りは精算するか、新しい装備の料金代わりに売りつければ済む話だ。無駄にはなるまい。

ついでに、もう一つの上位種、ナイトの方であるが――

■《素材》群蟻騎士《ありきし》種の足刃
重量：2
レアリティ：4
付与効果：腐食耐性

■《素材》群蟻騎士種の軽殻

重量：2

レアリティ：4

付与効果：腐食耐性

どうやら、足についている刃と、その外殻であるらしい。

特徴《とくちょう》としては、どちらも非常に軽い。若干《じゃっかん》強度に不安はあるが、この軽さを考慮すれば有用性は十分にあるだろう。まあ、俺としてはあまり利用するメリットは感じないが……その辺についてはフィノたちに調べて貰《もら》えば済む話か。

しかし、この腐食耐性と言うのは一体どんな効果なのか。字面《じづら》の通りで見るのならば、腐食《ふしょく》による劣化《れっか》を抑《おさ》えるという効果なのだろうが、ゲーム的にはどのような効果が現れるのか。新しい素材について一通り見分し——そこで、突如としてシェパードが素《す》っ頓狂《とんきょう》な声を上げていた。

「あれっ⁉」

「ん、どうした、シェパード？」

「いや、この巣なんですけど……」

視線を上げてみれば、シェパードが困惑《こんわく》気味に蟻の巣を指さしていた。

見た目は、地面がドーム状に盛り上がったような物体だ。正直、日常生活の中で見かける蟻の巣とは似ても似つかないものである。まあ、見た目には変わっているが、そこから蟻が出現していたのだから蟻の巣に間違いはあるまい。

果たして、それに何があったのかと、俺たちは疑問符《ぎもんふ》を浮かべながらもそちらに接近した。俺たちの方へと振《ふ》り返ったシェパードは、困惑した様子のまま俺たちへと告げる。

「この巣、《採掘《さいくつ》》ポイントですよ」

「えっ!? ちょ、ちょっと待ってください」

その言葉に目を見開いた緋真は、急ぎ己《おのれ》のメニューを操作し始める。何をしているのかと覗《のぞ》き込んでみれば、どうやら自分のスキルを弄《いじ》っているようだった。何やらスキルを入れ替えた緋真は改めて蟻の巣を観察し——驚《おど》きと共に声を上げる。

「ホントだ……先生、この巣は《採掘》が可能みたいですよ」

「《採掘》? 蟻の巣からか?」

「ええ。何が掘《ほ》れるのかはよく分かりませんけど……何か、珍《めずら》しいアイテムがゲットできそうですね!」

楽しげな様子の緋真に対し、俺は顎に手を当てながら頷き、視線を巣へと戻《もど》す。

成程確かに、見た目はどこか岩のような質感だ。鶴嘴《つるはし》で掘ろうと思えば掘れるだろう。

しかし、蟻《あり》の巣から一体何が掘れると言うのか。その辺りの知識は無いし、皆目《かいもく》見当もつかない話だった。

「……まあ、試《ため》してみりゃ分かる話か」

「ですね。先生、ピッケルあります？」

「最初にフィノから譲《ゆず》って貰ったやつがな。ずっとお蔵入《くらい》りしたままだったが」

今まで流されるままに——と言うか、目の前の戦いに気を取られ続けていた結果、全く《採掘》を使ってこなかったのだ。ランダムで取得したスキルとは言え、我ながらどうかとは思う。とは言え、こうして使うタイミングを得ることができたのだ。決して無駄ではなかったのだろう。

試しに、俺もスキルを入れ替え、《採掘》をセットしてみる。するとどうだろう、目の前で盛り上がっている蟻の巣が、僅《わず》かに光を放ち始めた……いや、それによって周囲が照らされている様子は無いから、そのように見えているだけなのか。どうやら、これが《採掘》の効果であるようだ。

「さて、何が掘れますかねー」

「ここまで苦労したんだ。多少はいい素材であってほしいもんだな」

何しろ、蟻共を全滅《ぜんめつ》させなければ落ち着いて《採掘》などできないのだから。俺が言うのもなんだが、あの蟻共を全滅させるのは中々に骨が折れる。そこまで苦労した末のアイテムなのだから、その苦労に見合う素材であってほしいところだ。とは言え、《採掘》の勝手もよく分からんので、具体的なイメージの無い曖昧《あいまい》な願望でしかないのだが。

巣はそれなりに巨大だ。直径では10メートル近くあるかもしれない。それだけの大きさがあるため、俺たちは三方向から一斉《いっせい》に《採掘》を行うことができた。ピッケルを振り下ろせば、硬い音と共に火花が散る。どうやら一回振り下ろせばいいというものではないらしく、何度かそれを繰《く》り返し——そこで、一つのアイテムが転がり落ちてきた。

■《素材》蟻酸《ぎさん》鉱
重量：3
レアリティ：5
付与効果：腐食

「おお……こういう風に手に入るのか。しかし、何だこりゃ？」

「あ、先生も手に入りました？　この蟻酸鉱とかいう鉱石！」

「ああ。しかし、蟻酸で鉱石って何だ？」

「んー、私にもちょっと分からないですね。《鑑定《かんてい》》持ちが居たら詳《くわ》しく解析《かいせき》できるんですけど……まあ、フィノの所に持っていけば分かりますよ」

「でも、レアリティから見てかなり珍しい鉱石ですね。名前的にも、蟻の巣からしか手に入らないんじゃないですか？」

二人の言葉に、成程と頷く。鉱石の類ならば、フィノが扱えることだろう。それに、もしかしたら新しい刀を作ることができるかもしれない。まあ、付与効果の腐食とやらが少々気になるわけだが。

とは言え、流石《さすが》にこの鉱石を使った武器自体がすぐに腐食するという話ではないだろう。手に入れるのにここまで苦労したのだ、そんな笑い話にもならないような結末は勘弁《かんべん》してもらいたい。

「確か、鋼がレアリティ3でしたよね、緋真さん。だったら、かなり強い武器が作れるんじゃ？」

「可能性はありますけど、どっちかと言うとこの付与効果の影響《えいきょう》じゃないですかね？　鉱石の時点で付与効果が付いてるなんて、私聞いたことも無いですけど」

「それはそれで、武器に新たな付与効果が生まれるかもってことじゃないですか。まあ、僕《ぼく》は金属武器使いませんけど」

「腐食かぁ……何か、いまいち強そうな字面じゃないですけど」

首を傾《かし》げている緋真ではあるが、新しい刀そのものには興味を抱《いだ》いているらしい。尤も、それに関しては俺も例外というわけではない。やはり、新しい武器というのは心躍《おど》るものがある。とは言え、碌《ろく》な腕《うで》の無い鍛冶《かじ》の作品ではそれも興醒《きょうざ》めというものだが。現状、フィノの作品は満足できるものである。こいつを渡しても、彼女《かのじょ》ならばいい刀を仕上げてくれることだろう。

（……とはいえ、まだまだ名刀の領域には届いていないが）

腰《こし》にあるフィノの太刀に軽く触《ふ》れつつ、俺は胸中でそう呟く。

彼女の作った刀は、数打ちの武器としてみれば十分なものだ。俺も、かつて使い潰していた刀はこれぐらいの出来だったが故《ゆえ》に、中々手に馴染《なじ》んではいる。だが、俺は知っているのだ。名工の打った傑作《けっさく》を、真に名刀と呼ぶべき刀の存在を。それと比べれば、まだまだと言った所だろう……あれと比較《ひかく》してしまうのは、流石に彼女が可哀想《かわいそう》ではあるが。

『《採掘》のスキルレベルが上昇《じょうしょう》しました』

鉱石を掘っている内に、《採掘》のスキルレベルは面白《おもしろ》いように上がっていく。とは言え、毎回都合良く蟻酸鉱が出現するわけではないようだ。鉄鉱石であることもあるし、運が悪い時にはただの石ころという時もある。中々、確率はシビアなものだ。最初は全員手に入っていたことを考えると、もしかしたら初回のみは確実だったのかもしれないが。

そしてそれを繰り返している内に、いつしか蟻の巣が発していた薄《うす》い光は完全に消え去ってしまった。

「あー、《採掘》ポイント終了ですね。ちょっと数が物足りないかなぁ」

「そこそこ手に入ったと思っていたが、そうでもないのか?」

「武器にするにはまずインゴットにしないといけないですからね。その時点で結構数が減りますし……フィノの腕ならそうそう失敗することは無いと思いますけど、失敗できる量は無いかなぁ」

「……フィノさんでも、このレアリティの鉱石を一発成功は難しいんじゃ?」

「フィノの腕は信用してますから。でもまぁ、確実にとは言い切れないのは、私も否定できないかな」

どうやら、鉱石のレアリティが高いと、武器の作成に失敗する可能性があるらしい。苦労して持ち帰ったものを失敗で台無しにされるのは、俺としても避《さ》けたいところだ。

であるならば――

「……よし。ならばもう一回だ」

「はい、お父さま。戦いなら頑張《がんば》ります!」

「え？　いやいやいや……ちょっと、先生？　まさか、また蟻たちと？」
「マジですか……」
引きつった表情の緋真と、げんなりと嘆息《たんそく》するシェパード。確かに厳しい戦いであった
とはいえ、まだ一度しかやっていないのだ。少しはルミナを見習ってほしい所である。そ
れに、猿ばかりと戦っていても退屈《たいくつ》なだけだ。蟻共との戦いの方がまだ緊張感がある。見
返りも大きいのだから、こいつらを狙わない理由は無いだろう。
「そら、少し休憩《きゅうけい》したらまた次の蟻を探すぞ。それを片付けたら今日は終わりにするかね。
回復は済ませておけよ」
「はーい……ホント、戦闘だとタフなんですから」
半眼を向けてくる緋真に対してにやりと笑い、軽く肩を竦《すく》める。戦闘による疲労《ひろう》は、時
間よりも密度によるものが大きい。今回の場合、緊張するほどの戦いは最後の上位種との
戦闘《せんとう》程度だった。これでは、疲労するということは無いだろう。
「休憩すれば何とかなるだろ。目標は、俺たち三人の刀の分だ」
「分かってますよ……私も、新しい刀は欲《ほ》しいですしね」
まあ、なんだかんだ言って、緋真も俺と同じ性質の人間だ。新しい武器が手に入るとな
れば、興味を抱かずにはいられないだろう。そんな弟子《でし》の様子に苦笑しながら、俺は次な

る戦闘の構想を練り始めていた。

第二十一章　アルトリウスからの連絡

蟻の群れとの戦いの後、俺たちはもう二度ほど蟻の群れとの戦闘をこなした。

数こそ多いものの、一度戦った相手である以上、片付けるのはそこまで難しい話ではない。まあ、緋真とシェパードは疲労困憊《ひろうこんぱい》な様子ではあったが、その実入りは十分だったと言えるだろう。

上位種であるナイトとルークの素材、そしてその巣穴から採れる蟻酸鉱。特に、蟻酸鉱については作製の失敗を考慮《こうりょ》に入れても十分すぎるほどの量を確保することができた。

更《さら》に、その一度目の際にはルミナのレベルが14に上昇、これで進化まであと2レベルだ。その次の戦闘で大きく経験も稼げたであろうし、目標には大きく近づいたと言えるだろう。

それだけの戦いを重ねたこともあり、俺は実に満足しながらログアウトしていた。

そして、翌日――

「よし、こんなもんだろう」

『お、お疲《つか》れ様《さま》でした……』

師範代《しはんだい》たちとの乱取りを終えた俺は、上機嫌《じょうきげん》に彼《かれ》らの様子を眺めた。全員、這《ほ》う這《ほ》うの体《てい》と言った所である。まあ、今日は俺も調子が良かったから、少々やりすぎてしまったかもしれないな。明日香《あすか》はこの後、俺が直接稽古《けいこ》をつけてやるわけだから、ここで体力を使わせすぎるのも良くない。しかし、体力面を考えると、体を動かさずに実戦に近い経験が積めるあのゲームはやはり有用だ。

師範代たちは、それぞれ剛《ごう》の型、柔《じゅう》の型、打法、薙刀《なぎなた》術の高い技術を持った面々である。それぞれの得意分野に限って言えば、全員が奥伝《おくでん》まで修めた実力者だ。まあ、歩法の奥伝については柔の型の師範代しか使えないため、俺からすればまだまだと言った所なのだが。

ちなみに、俺も薙刀術は一通りの術理を修めた程度であるため、これに関しては師範代の方が技術は高い。薙刀術は元々、旧家の子女向けに門戸を開いている型であり、正直なところ戦場で扱う型という側面は若干薄《じゃっかんうす》い。それに、あのジジイに勝つならば刀でなければならないと考えていたため、薙刀術に関してはあまり積極的ではなかったのだ。

久遠神通《くどうじんつう》流が門戸を開いているのは、戦刀術、薙刀術、護身術の三種。しかし、身も蓋《ふた》もない言い方をしてしまえば、後ろの二つは久遠一族の資金繰《しきんぐ》りのために開かれているものだ。薙刀術は先ほど説明した通り。そして護身術は、柔の型と打法の一部のみを護身術として教えるという方法を取っている。

まあ、今時時代錯誤した剣術《けんじゅつ》を本気で覚えようなどという突飛《とっぴ》な人間はそうそういない。一族の運営のためにも、そう言ったハードルの低い指導が必要なのは理解できるが——久遠神通流の成り立ちを考えると、若干納得《なっとく》しづらい所だ。

「おい、本庄《ほんじょう》……師範《しはん》の奴《やつ》、一体どうしたんだよ？　何でこんな上機嫌な上に、腕まで上がってるんだ？」

「さ、さあ……私には何とも」

師範代たちから問い詰《つ》められている明日香の様子に苦笑しつつ、木刀で軽く肩を叩《たた》く。調子がいいことは間違《まちが》いない。久方ぶりの戦いで、実戦の勘《かん》を取り戻せてきている感覚がある。だからこそ、今度のイベントが楽しみなのだ。襲撃《しゅうげき》ともなれば、数多くの敵を相手にすることになるだろう。

まるで、戦国の世の合戦のような、命と命のぶつかり合い。銃《じゅう》で武装したゲリラ共を相手にするのとは訳が違《ちが》う。磨《みが》きぬいた業を思う存分振るえる戦場——それは、求めてもそうは手に入らぬものだ。

「ほれ、無駄話《むだばなし》は後にしろ。今日もいつも通りだ、特に用事もない。無駄な話をしてる暇《ひま》があったら稽古に移れ」

『はいッ！』

この通り、返事についてはいい調子なのだ。まあ、実力差についてはよく理解できているからだろう。こいつらも、若輩《じゃくはい》の俺に対して素直《すなお》に従ってくれるのだ。

「ほれ、明日香。今日も白輝《びゃつき》の稽古だ……死ぬなよ？」

「それならもうちょっと手加減してくださいよ!?」

「阿呆《あほう》、限界まで手加減してアレだ。これ以上力を抜いたら術理の体を成さんだろうが」

明日香を引き連れ、俺はいつも通りのルーチンワークをこなしていく。

――その退屈な日々に加えられたスパイスに、心を躍らせながら。

＊　＊　＊　＊　＊

再び山間の砦《とりで》からログインする。

イベント、《悪魔《あくま》の侵攻《しんこう》》の発生まで残り二日。正直、エレノアの所で装備を整えることを考えると、今日中には王都まで戻りたいところだ。幸い、ルミナのレベルは後２上げれば目標に達する。ある程度敵を倒したら、後は王都に戻りがてら敵を倒していけばいいだろう。そう判断して、俺は従魔結晶《じゅうまけっしょう》からルミナを呼び出した。

「ん……おはようございます、お父さま」

「ああ、おはよう、ルミナ。少ししたら緋真《ひさな》が来るから、また調子を確かめておけ」

「はい、それまでは素振《すぶ》りをしておきます！」

あの幼女だった頃《ころ》の子供らしさはすでになく、随分としっかりした受け答えである。

見た目については、既に中学生ほどにまで成長してきている。子供が成長するのは早い——というのとは、少々違うだろうか。まあ何にせよ、こいつが立派に成長してくれるのは喜ばしいことだ。勤勉なルミナの様子に満足しつつ、俺はインベントリから木刀を取り出し、ルミナに手渡《てわた》していた。

（さて……今日はどうレベルを上げたものか）

素振りを始めるルミナの様子をぼんやりと眺《なが》めながら、今日の計画を練り始める。

今日中には王都まで戻りたいというのもあるし、可能な限り効率的にレベル上げを進めたい。流石に、開始ギリギリになってフィノに作製を頼《たの》んでも、完成が間に合わなくなってしまうだろう。であれば、やはりまた蟻を相手にするべきか。フィノへの土産《みやげ》も多くなることだしな。

と——そう胸中で呟いているうちに、隣《となり》のテントの中に気配が生じていた。どうやら、緋真がログインしてきたようだ。

「お待たせしました、先生。ルミナちゃんは――ああ、もう始めてるんですか」

「まずは調子を見てやれ。進化までは微修正《びしゅうせい》でいいだろう」

「そうですね。穿牙《せんが》も多少は形になってきましたけど、実戦投入はまだ早いです」

「烈震《れっしん》はどうだ?」

「短距離《たんきょり》ならもう十分ですね。まあ、先生なら縮地《しゅくち》を使うような距離《きょり》ですけど」

「流石に、いきなりあれで長距離《ちょうきょり》を移動しろとは言わんさ。むしろよくやってる方だろうよ」

俺の苦笑交じりの言葉に、緋真は同じような表情で首肯《しゅこう》する。

学び始めてそれほど経《た》っていないというのに、これほどの完成度に到達《とうたつ》していること自体が異常なのだ。それを考えれば、あまり高望みするものではないだろう。

「じゃあ、稽古をつけてきますね」

「ああ。シェパードが来るまでは待ちだ、しっかりやってこい」

シェパードとは待ち合わせをしているが、彼がログインしてくる時間よりはいくらか早く来ているのだ。稽古の時間を確保するという理由もあったが、純粋《じゅんすい》にログイン時間の差でもある。現実世界よりも時間が早く過ぎるこのゲームの中では、待ち合わせというのは中々にやり辛いのだ。まあ、稽古に使えるのであればこの待ち時間も無駄にはなるまい。

「……穿牙と烈震は形になるか。その後は……進化の様子次第《しだい》だな」

やはり体格によって、術理の向き不向きというものはある。特に、己の体重を利用するタイプについては、女性には少々不利であることは否《いな》めないだろう。

今のルミナは成長してきているとはいえまだ子供であり、そういった術理を覚えさせるのは時期尚早《じきしょうそう》だろう。進化後の姿が大人になっているかどうか、それによって覚えさせる術理は変わってくる。果たして、どのような姿になるものか。そして、どのように成長させたものか。その様を想像し——その時、唐突《とうとつ》に耳元で電子音が鳴り響《ひび》いた。

「——っ⁉　これは……フレンド連絡か」

あまり使う機能ではないため忘れていたが、どうやらフレンド機能を利用したメッセージを受信したらしい。慣れない操作でフレンドリストを表示させてみれば、そこには確かに見覚えのある名前からのメッセージが表示されていた。

ただし、その名前は少々予想外なものであったが。

「アルトリウス……あいつが？」

同盟を結んだとは言え、このような形でメッセージを送ってくるとは思わなかった。

まあ、あの男のことだ、個人的な事情ということは無いだろう。そう予想しながらメッセージを開いてみれば、そこに記載《きさい》されていたものは、やはり事務的な連絡事項《れんらくじこう》だった。

どうやら、イベント時の配置について相談したいようだ。

「ふむ……『キャメロット』の本拠地《ほんきょち》で作戦会議ねぇ」

一応、地図についてはメッセージに添付《てんぷ》されている。位置は――どうやら、王都の大通りに近い位置の屋敷《やしき》を改装したようだ。しかしまぁ、通りに面した場所でないとはいえ、よくこの段階で大きな建物を借り受けられたものだ。エレノアほどでないにしろ、それだけの資金力は流石というべきか。

会議の目的は、実際のイベント時の配置、および作戦について。『キャメロット』のメンバーの内、上位のメンバー、つまりは幹部に相当する者たちを部隊長と呼称《こしょう》しているらしい。その部隊長の内、前線に出る予定の者たちと顔合わせを行うことも目的の一つのようだ。先日アルトリウスと顔を合わせた時、彼の後ろについていたメンバーがそれだろう。

見た感じ、そこそこの実力者は存在していた。どこまでやれるのかはもう少し見てみなければ分からないが、幹部として取り立てるからには相応の実力があるのだろう。

（しかし、俺の行動を制限するつもりは無いようなことを言っていたが……どうするつもりだ、あいつは）

大まかな方針程度ならば構わないが、細かな指示に従うつもりは無い。俺の目的は戦いを楽しむことだ。その邪魔《じゃま》をするつもりであるならば、同盟は破棄《はき》させて貰う所である。

だがまぁ、あのアルトリウスが、そのような浅慮《せんりょ》をするとは思えないが。

「……まあ、戦場を共にするんだしな。顔合わせぐらいはしておいた方が効率的か」

顔も名前も分からん奴と戦場を共にした経験はあるが、あれはどうにも効率が悪い。せめて、戦う前に顔合わせぐらいはしておかないと、誰《だれ》が何をやっているのか判別がつかないのだ。ああなると、有能な者でさえ足を引っ張り始める。やはり事前準備とは重要なものだ。

日時を確認《かくにん》すれば、指定されているのは現実時間で明日の午後三時。ちょうど、イベントが開始する二十四時間前である。まあ、この時間ならば行けないことは無いだろう。一応、無理であれば日時は調整すると言っているが、これで問題はあるまい。

とりあえず、その時間に伺《うかが》う旨《むね》を連絡し、画面を閉じる。さて、果たしてどのような話になるものか——それは、少しだけ楽しみでもあった。

(しかしそうなると、明日は準備に追われそうだな)

ログイン時間の全《すべ》てを使うとは言わないが、アルトリウスとの会合と、エレノア商会での装備の調整。他にも現場の確認やら何やらをやっておきたいし、あまり戦闘《せんとう》に出る時間は無いかもしれない。それに関しては少々残念ではあるが、それも戦いにおける準備のためだ。準備に手を抜くような真似《まね》をすれば、足を掬《すく》われる可能性は大きく増す。準備段階もまた、一つの戦いだと考えておこう。

「しかし……緋真を連れていけないのは、やはり残念だな」

稽古をつけている様子を眺めながら、俺はそう呟く。

戦場が分かれてしまうことは仕方がないことだ。そこは偶然《ぐうぜん》なのだし、文句をつけるつもりもない。だが――俺はまだ、本気の殺し合いというものを弟子に見せたことが無い。ジジイとの戦いはさんざん見てきたであろうが、あれはあくまでも殺し合いではなかった。弟子にはいずれ見せてやらねばならないと思っていたのだが……中々、ままならないものだ。

「……まあ、続けていればいずれは機会もあるか」

このゲームの中でなら、戦いはいくらでもある。そして都合のいいことに、幾《いく》ら潰《つぶ》しても問題はない、悪魔という敵対種族も。であれば、いずれはその機会は訪《おとず》れるだろう。

――久遠神通《じんつう》流の全てを懸《か》ける、その戦いを見せる時が。

第二十二章　女王蟻

『レベルが上昇しました。ステータスポイントを割《わ》り振ってください』

『《刀》のスキルレベルが上昇しました』

『《強化魔法《まほう》》のスキルレベルが上昇しました』

『《収奪《しゅうだつ》の剣《つるぎ》》のスキルレベルが上昇しました』

『《テイム》のスキルレベルが上昇しました』

『テイムモンスター《ルミナ》のレベルが上昇しました』

シェパードが合流した後、予定通り蟻の群れを殲滅《せんめつ》する。数が多く面倒《めんどう》ではあるが、既に相手にした連中だ。経験した相手であるならばそう苦労することも無い。まあ、上位種もルークが一匹のみであったし、どうやら巣の規模としては小さめであったようだ。それでも、雑魚《ざこ》に関してはかなりの数を相手にしたため、レベルアップには十分であった。この戦闘の前に猿共とも遭遇《そうぐう》していたし、ログアウト前にそこそこ稼いでいたおかげだろう。

「相変わらず面倒な相手ですけど……でも実入りはいいですよね」

「上位種の素材と蟻酸鉱か。必要分はあるが、フィノにはいい土産だろう」

ここでしか手に入らない素材なのだから、希少度は高いだろう。しかも、蟻の群れを相手にするのも中々大変だ。これを安定して手に入れることは難しい。これを見たエレノアがどうするのかは――――まあ、俺の考えることではないか。まあ、条件次第では取りに来ないでもないが、流石にシェパードの《呪歌》無しでこれをやるのは勘弁してもらいたいところだ。レベルも上がって火力も上昇してきたが、動きの鈍《にぶ》っていない蟻の群れを相手にするのは面倒この上ない。

まあ、エレノアの人脈を考えれば、《呪歌》の使い手ぐらいは斡旋《あっせん》してくれそうなものだが。

「……まあ、それは話が出てから考えることにするか」

「先生？　どうかしたんですか？」

「いや、別に。大したことじゃないさ」

手に入れた蟻酸鉱を軽く投げてはキャッチしつつ、俺はぐるりと周囲を見渡す。そして――――感じた違和感《いわかん》に、己の視線を細めた。

山奥《やまおく》の森の中、人の気配はないが、生命の気配には溢《あふ》れていたはずの場所。だが、今この周囲からは、あらゆる生物の音が消え去っていたのだ。

「…………こいつは」

「先生？」

「警戒《けいかい》しろ、何かがいるぞ」

手に持っていた蟻酸鉱をインベントリに放《ほう》り込み、即座《そくざ》にスキルの構成の中から《採掘》を外す。そのまま太刀《たち》を抜《ぬ》き放った俺は、周囲の気配により深く意識を集中させた。

この無駄に敵の数が多い森の中で、生き物の気配が消えることなど普通《ふつう》はあり得ない。もしも、それがあるとすれば――

「っ、上だ！」

耳に届いたのは、細かな羽音。一瞬《いっしゅん》、あの蜂《はち》共かと思ったが、その音の質が明らかに違う。どこか重く、重量感のある羽音。その羽ばたきの主は、空中から木々の間をこじ開けるようにしてこちらを睥睨《へいげい》していた。

その姿は、これまでも目にしてきた蟻共と近しい物。だが――これまで相手にしてきた蟻共とは、その存在感が決定的に異なっていた。その大きさは、ルークと比較してもさらに大きい。高さだけでも俺たちの倍はあるのではないかという程《ほど》の巨体《きょたい》だったのだ。

「でかっ⁉　何ですか、あれ⁉」

「飛んでる……？　羽蟻《はあり》までいたんですか⁉」

「いや、と言うよりは――女王蟻だろうよ」

■レギオンアント・クイーン
種別：魔物《まもの》
レベル：35
状態：アクティブ
属性：土
戦闘位置：？？？

《識別》で見えた結果に、寒気を覚えるとともに口角を吊《つ》り上げる。

明らかな格上、久方ぶりの強敵の気配に、俺は笑《え》みを浮《う》かべた。さて、いかなる条件で出現したのかは知らないが、こいつ相手には全力で当たる他ないだろう。女王蟻は、その半透明《はんとうめい》の翅《はね》を震《ふる》わせながら着地し――威嚇《いかく》するように、その翅を大きく広げていた。

そして、次の瞬間《しゅんかん》――

『キィィイイイイイイイイイイイイイイイイイッ!!』

「が――!?」

「きゃあ⁉」

突如《とつじょ》として迸《ほとばし》った衝撃波《しょうげきは》が、俺たちを纏《まと》めて吹《ふ》き飛ばしていた。

まるで、台風並みの風を叩きつけられたかのような衝撃《しょうげき》。その勢いにはさすがに立ち続けることはできず、後方へと弾《はじ》き飛ばされる。体勢を立て直して何とか着地しつつも、HPが二割ほど削《けず》られている事実に、俺は思わず戦慄《せんりつ》した。

魔法ではない、不可視の攻撃《こうげき》。それでこの威力《いりょく》となると――

「ッ……俺が押さえる！　緋真《ひさな》、ルミナ、その間に翅をなんとかしろ！　シェパード、お前はなんでもいいから援護《えんご》だ！」

「くっ、了解《りょうかい》です！」

「分かりました、お父さま！」

「僕だけ適当ですね⁉」

シェパードから抗議《こうぎ》の声がかかるが、構っている余裕《よゆう》はない。相手の手の内がほとんど分かっていない現状、有効な指示など出せる訳が無いのだ。

舌打ちしながらも、俺は即座に女王蟻へと向けて走り出した。今の衝撃波もそうだが、これまでの蟻の動きとは全く異なる行動を見せる可能性は十分にある。まずは、相手の手の内を分析《ぶんせき》していかなければなるまい。

『シィィ……！』

「ッ――！」

歩法――烈震《れっしん》。

近づく俺《おれ》を視認《しにん》してか、女王蟻はその上半身を持ち上げ、二本の前肢《ぜんし》を鎌《かま》のように振り下ろしていた。その巨体の体重が乗っている以上、流水《りゅうすい》でも受け流すことは困難だ。それ故に、俺は前へと飛び出し、女王蟻の体の下へと潜《もぐ》り込んだ。

斬法――剛《ごう》の型、扇渉《せんしょう》。

そのまま、俺はスライディングの要領で体を低く沈《しず》め、それと共に女王蟻の足へと刃《やいば》を走らせる。だが、刃越《やいばご》しに伝わるのは硬《かた》い感触《かんしょく》だ。まるで金属のようなその外殻《がいかく》には、軽く当てた程度の一撃《いちげき》ではまるで効果を発揮しなかったようだ。

舌打ちしつつも、俺は女王蟻の腹の下を潜《くぐ》り抜けて背後へと回り込み――その直後、光と炎《ほのお》が女王蟻の両翅へと襲《おそ》い掛かっていた。炸裂《さくれつ》する衝撃に、女王蟻の意識は二人の方へと向けられる。どうやら、俺の一閃《いっせん》よりも今の魔法の方が有効であったようだ。

「《呪歌》――【バラード】……！」

そして直後、シェパードの奏《かな》でる竪琴《たてごと》の音が響き渡《わた》る。その落ち着いたメロディは、これまでと同じように変わることなくその力を発揮し――けれど、女王蟻は変わった様子も無く、緋真の方へと向かって突撃《とつげき》していく。

「チッ……シェパード、その曲は効果が薄い！　別の支援《しえん》に切り替《か》えろ！」

「何なんですかこの化物は！　《呪歌》――【ヒーリングサウンド】！」

【マーチ】を利用するという手もあっただろうが、あちらは俺や緋真にはあまり効果を発揮しない。と言うより、自らの感覚と少しずれが生じるため、むしろやり辛《づら》くなってしまうのだ。そうであれば、持続回復を発揮する【ヒーリングサウンド】の方が有用だろう。いつ、あの衝撃波が来るか分からないのだ。防ぐことが難しい以上、回復手段を確保しておくに越《こ》したことはない。

ＨＰの自動回復速度が速まるのを確認しながら、俺は女王蟻に追いすがるように地を蹴《け》った。しかし、女王蟻の駆《か》ける速度は速い。この巨体でありながら、瞬《また》く間《ま》に緋真へと肉薄《はく》し――その衝突《しょうとつ》の瞬間、緋真は自らの足で地を蹴っていた。

斬法――柔《じゅう》の型、流水・浮羽《うきばね》。

相手の攻撃のベクトルに乗りながら衝撃を殺し、緋真は女王蟻の頭に手を突きながらその体に張り付いていた。そしてそのまま逆立ちの体勢になった緋真は、自らの腕で体を跳《は》ね上げる。体を捻《ひね》るようにしながら跳躍《ちょうやく》した緋真は、空中で脇《わき》構えに刀を構え――その瞬間、強い叫《さけ》びと共に告げていた。

「【炎翔斬《えんしょうざん》】ッ！」

直後、まるで冗談《じょうだん》のように空中で推進力を得た緋真は、空中に赤い軌跡《きせき》を描《えが》きながら更に上空へと跳ね飛ぶ。炎を纏うその一閃は、その軌道《きどう》上にあった女王蟻の翅に一筋の切れ込みを入れていた。今のは、炎の魔導戦技《マギカ・テクニカ》か。どうやらこの女王蟻には、炎による攻撃が有効であるらしい。

空中へと跳ね飛んだ緋真は、そのまま空中でくるくると回転し――そこに飛来したルミナとチーコによって回収された。咄嗟《とっさ》の判断だったようだが、良い決断力だ。

「済まんな、緋真。だが、ここからは出し惜《お》しみはしない……《生命の剣》ッ！」

こちらに注意を引かせられなかったのは痛恨《つうこん》の極《きわ》みだ。

だが、ある程度は相手の性質を理解することができた。この状況《じょうきょう》で攻《せ》める場合、どうしても緋真の方がダメージを稼《かせ》ぎやすいのだ。そうなれば、この女王蟻が狙《ねら》うのは、当然高い火力を発揮する緋真の方。恐《おそ》らく、どう攻めようともそれは変わらないだろう。

「――【アイアンエッジ】！」

ならば、相手にダメージを与《あた》える役目は緋真に譲る。俺がすべき仕事は、このデカブツの手札を削《そ》ぎ落としていくことだ。

斬法――剛の型、穿牙《せんが》。

放つのは、全ての勢いを乗せた刺突。その一撃を、俺は女王蟻《あり》の後ろ足の関節に突《つ》き入れた。堅《かた》い外殻《がいかく》があろうとも、その関節の内側まで硬質《こうしつ》では関節が曲がるわけがない。

俺の突き入れた一撃は綺麗《きれい》にその関節裏に突き刺《さ》さり――その足を貫通《かんつう》していた。

『ギッ⁉』

「ッ――――！」

そのまま、俺は即座に刃を捻り、傷を抉《えぐ》った上で刃を抜き取る。そして、すぐさまその場から跳躍しつつ後退した。直後、横薙《な》ぎに放たれる振《ふ》り向き様の薙ぎ払《はら》い。巨体から放たれた一撃の攻撃範囲《こうげきはんい》は広く、急いで後退しなければ間に合わなかっただろう。

ともあれ、今ので後ろ足の一つ、脚《あし》関節を破壊《はかい》した。あの傷では体重を支え切れないだろう。とは言え、こちらも無事というわけではない。《生命力操作》によってＨＰ消費を増やしたため、今ので二割ほどのＨＰを削ってしまった。それでも尚《なお》、関節を貫《つらぬ》くのがギリギリだったのだから、この女王蟻の頑丈《がんじょう》さは非常に厄介《やっかい》だ。

と――その直後、ふと鼻についた異臭《いしゅう》に、俺は眉根《まゆね》を寄せながらその発生源へと意識を向けた。

「な……⁉」

同時、目を見開いて驚愕《きょうがく》する。

太刀に付着したオレンジ色の液体――粘性《ねんせい》のあるそれは、蟻の体液か。ともあれ、それが付着した太刀が薄く煙《けむり》を発していたのだ。この刺激臭《しげきしゅう》、恐らくは酸によるもの。俺は咄嗟にその液体を振るい落とし、刃を袖《そで》で拭《ぬぐ》いながら、他の蟻共から手に入れた素材のことを思い出した。

付与《ふよ》されていた特殊効果《とくしゅこうか》は、腐食《ふしょく》や腐食耐性《ふしょくたいせい》といったもの。つまりは、この酸性の体液こそがその効果の大本なのだろう。

「クソ厄介な……」

どんな効果であるのかは正確には分からないが、少なくとも武器に良い効果があるものではないだろう。本当に酸であるとすれば、何度も受ければ太刀が使い物にならなくなってしまう。敵が目の前にいるこの状況で、武器を失うことは避けたいが――この外殻も含《ふく》めて、剣はあまり有効ではないと言えるだろう。

であれば――

「……緋真、お前が鍵《かぎ》だ。とにかく攻撃を当て続けろ」

「先生はどうするつもりですか？」

「正直なところ、やりたくはなかったが――こうするさ」

嘆息した俺は、改めて念入りに太刀を拭《ふ》き、それを鞘《さや》に納めた。そしてもう一つの武器である小太刀《こだち》を抜きながらも、それを構えずに拳《こぶし》を握《にぎ》る。

俺が奴にダメージを与える必要はない。俺はただ、こいつの動きを阻害《そがい》し続ければいいだけだ。火の属性によって最も効率よくダメージを与えられる緋真をメインとして、緋真が自由に動けるように奴の動きを撹乱《かくらん》する。まだ暴《あば》けていない手札もあるだろうが――武器を消耗《しょうもう》する以上、これは必殺のタイミングまで取っておかねばなるまい。

「さて、正念場だ……油断するな、何が来るか分からんぞ」

「っ……了解です、先生」

喉《のど》を鳴らしながら頷《うなず》く緋真に、こちらもまた首肯で返す。対する女王蟻は、どうやら痛《つう》痒《よう》を与えた俺たちに対してお冠《かんむり》の様子だ。尤《もっと》も、それで問題はない。こちらに来てくれるならば都合のいい状況だ。

足と翅に損害を与えつつも、未《いま》だ女王蟻のＨＰは健在。総量から比べれば、ほんの僅《わず》かに減っている程度だろう。未だ状況は不利であるが――それでも、俺は高揚《こうよう》を交えた笑みを浮かべていた。

第二十三章　女王蟻との死闘

光の尾《お》を引き、ルミナが宙を駆ける。ルミナの放つ光の弾丸《だんがん》、そして擦《す》れ違いざまに振るわれる光を纏う刃は、執拗《しつよう》に女王蟻の右翅を狙っていた。

だが、女王蟻の注意はルミナに向いてはいない。奴の意識は、ひたすら緋真《ひさな》へと向けられていたのだ。確かに、有効なダメージを与えられていたのは緋真だけであるが——

「本当に厄介だなこのデカブツは！」

打法——逆打《さかうち》。

先ほど穴を空けた脚関節へと蹴りを叩き込み、その部位を確実にへし折りながら、俺は悪態を吐《つ》く。この蟻の巨体を止めることは難しい。しかし、少しでも動きを止めねば緋真が自由に行動できず、そしてその状態では有効なダメージの蓄積《ちくせき》に届かない。

俺はへし折った足の残った部分に鉄棒の要領で体を持ち上げ、姿勢を保ちつつ蟻の背中へと駆け上がった。大きく振動《しんどう》するうえに、つるつるとしてバランスが悪い。できれば頭部の上まで行きたかったが、贅沢《ぜいたく》は言えないだろう。

「止まれ、化け物が！」

打法──槌脚《ついきゃく》。

全身の回転運動を、振り下ろす足へと収束させる。アスファルトすら踏《ふ》み砕《くだ》く一撃を受け、女王蟻の体は大きく沈み込んで地面へと叩き付けられていた。それでもあまり大きなダメージにはなっていない様子だったが、動きを止めるには十分だ。

「《スペルチャージ》、【ファイアボール】──しゃあああッ！」

歩法──烈震《れっしん》。

動きを止めた女王蟻へと、緋真は魔法を放ちながら肉薄する。蜻蛉《かげろう》の構えに握られた緋真の刀は、炎を吹き散らさんとするかのように女王蟻の顔面へと振り下ろされる。その一撃は狙い違《たが》わず直撃《ちょくげき》し──しかし、その表皮に僅かな傷を付けるに止《とど》まった。

『キィイイイイッ！』

「ッ──【焔一閃《ほむらいっせん》】！」

あまり痛痒を受けていなかった女王蟻は、当然とばかりにその強靭《きょうじん》な顎《あご》で緋真の胴《どう》を噛《か》み砕こうと迫《せま》る。だがそれを読んでいた緋真は、即座に魔導戦技《マギカ・テクニカ》を発動、刃に炎を宿しながら、一気に移動しつつ斬《き》りつけていた。狙ったのは女王蟻の左足。前肢は持ち上げられていたため狙えなかったが、その一閃は確実に二本目の足を削り取っていた。

（そういや、緋真の魔導戦技《マギカ・テクニカ》は称号効果《しようごう》で強化されているんだったな）

スキルで火属性を強化して、更に称号による強化を加えているのだ。弱点を突いているようでもあるし、それはよく効くことだろう。着地しながらその様子を観察していた俺は、すぐさま緋真と交差するように女王蟻へと肉薄した。

奴の意識はあくまでも緋真に向いている。体勢を立て直し、体の向きを変えようとして——その瞬間に、俺は己《おのれ》の肩甲骨《けんこうこつ》部分をこいつの腹に押《お》し付けた。

打法——破山《はざん》。

踏み込んだ足が、地面を擂鉢《すりばち》状に陥没《かんぼつ》させる。まるで爆弾《ばくだん》が炸裂したかのような衝撃音《しょうげきおん》が響き渡り、女王蟻の巨体は横倒《よこだお》しに転がっていた。

「先生の方が化け物じゃないですか⁉」

「やかましい、とっとと追撃《ついげき》しろ！」

尤も、言いながらも手は緩《ゆる》めていなかったようではあるが。

同時に女王蟻へと駆け寄りながら、俺は頭上を掛けるルミナの姿を目視する。脇構えを意識しているのだろう、体の横に小太刀を構えたルミナは、その刃に眩《まばゆ》い光を宿しながら飛翔《ひしよう》し、切れ込みの入った足を斬り飛ばしていた。

「光よッ！」

その直後、空中で身を翻《ひるがえ》したルミナはその左手を勢いよく振り下ろしていた。瞬間、空中に発生した光の槍《やり》が女王蟻の腹部へ次々と突き刺さる。

そこへと追撃を掛けるため、俺と緋真は突進《とっしん》し――

「――緋真、止まれッ！」

「え――きゃあっ⁉」

突如として、俺たちの足元から岩塊《がんかい》が隆起《りゅうき》し、容赦《ようしゃ》なく弾き飛ばそうと屹立《きつりつ》する。

俺はギリギリで反応が間に合ったが、緋真はそうもいかなかったようだ。岩に激突《げきとつ》して弾き飛ばされ、地面を転がり――それでも、跳ね起きるように体勢を立て直す。大きくダメージを受けはしたが、一撃で死ぬことは無かったようだ。

（だが、ダメージは大きいか――）

胸中で呟《つぶや》きながら、俺は再び地を蹴る。

眼前を塞《ふさ》ぐ岩塊、そしていつの間にか頭上に現れていた石の弾丸。間違いなく、これは魔法によるものだろう。女王ともなると、他の同種とは異なり魔法まで使えるようだ。

「《斬魔の剣》……ッ！」

こちらへと降り注ぐ石の弾丸を走って躱《かわ》し、道を塞ごうとする岩塊を小太刀の一閃で消《しょう》滅《めっ》させる。どうやら、《斬魔の剣》は岩であろうが魔法であれば斬り裂《さ》けるらしい。思わずオークスへと感謝しながら、俺はその先にいる女王蟻へと突撃した。

歩法――烈震。

隆起しようとする足元を強引《ごういん》に踏み越え、俺は女王蟻へと肉薄する。

振り下ろしてきた前肢を回避《かいひ》、その勢いで体を回転させながら、小太刀の切っ先を女王蟻の目へと叩き付ける。

「《生命の剣》ッ！」

黄金の輝《かがや》きを纏った小太刀の切っ先は、狙い違わず黒い眼球へと突き刺さり――しかし、深く刺さることなく停止する。やはりと言うべきか、この怪物《かいぶつ》は眼球まで頑丈極《がんじょうきわ》まりないようだ。舌打ちしながら刃を抜き取って、噛みつきから逃《のが》れるために後退し――

『シャアアアアアアアアアアアッ！』

「ッ――――！」

翅から発せられた衝撃波により、俺の体は容赦なく弾き飛ばされていた。どうやら、あれだけ翅にダメージを与えても、まだあの衝撃波は使えるらしい。再びＨＰを削られながら吹き飛ばされるも、転倒《てんとう》することだけは避《さ》けて膝《ひざ》を突きながら着地する。

――刹那《せつな》、俺の眼前へと岩の弾丸が迫ってきていた。

「っ――《斬魔の剣》ッ！」

咄嗟に反応し、青い燐光《りんこう》を纏う刃で岩の弾丸を斬り払う。しかし息を吐く暇も無く次の瞬間、俺は己の足元が不自然に蠢《うごめ》いているのを感じ取った。思わず舌打ちしながら無理やりに後方へと跳躍し――その直後、頭上から次の弾丸が迫ってきていた。

「ッ――！」

空中での回避は流石《さすが》に不可能だ。《生命の剣》と衝撃波によって削られたＨＰで、果たして耐《た》えられるかどうか。せめて被害《ひがい》を抑《おさ》えようと左腕《ひだりうで》で頭を庇《かば》い――その瞬間、シェパードの声が響き渡った。

「――【ウィンドバリア】ッ！」

その声と同時、どこからか吹き付けてきた風が、俺の全身を覆《おお》う。そして吹き荒《すさ》ぶ風に岩の弾丸が触《ふ》れた瞬間、その軌道は逸《そ》らされ、地面へと突き刺さっていた。

その現象に驚《おどろ》くものの、動揺《どうよう》している暇はない。着地した俺はすぐさま女王蟻から距離を取り、警戒態勢を取っていた。ルミナと猫《ミーア》から飛んでくる回復魔法を受け取りながら、俺は横手にいるシェパードへと問いかける。

「助かったが……今のは何だ？」

「風属性の防御魔法《ぼうぎょまほう》です。一回だけ、確定で相手の飛び道具を防げる魔法ですよ。かかったらしばらくは効果があります。まあ、今のは効果使っちゃいましたけど」

「成程《なるほど》、感謝する。ついでに、もう一度同じものを頼みたい」

「了解です、クオンさん。ただ、これの詠唱《えいしょう》には結構時間がかかるので……」

「ああ、考慮《こうりょ》しておくさ」

一度でもあの弾丸を防げるのならば儲《もう》けものだ。それだけで、もう何度かは攻撃を加えられるタイミングが増えるだろう。

さて、女王蟻であるが、あれだけ攻撃を加えたにもかかわらず、未だに健在。だが、足を二本奪《うば》い、左目も潰している。確実に追いつめつつあるだろう。

それに対し、奴《やつ》の手札自体は厄介であると言わざるを得ない。その巨体を生かした攻撃《こうげき》力《りょく》と防御力《ぼうぎょりょく》、酸だと思われる体液、翅から発せられる衝撃波、そして土属性の魔法。厄介なのは、ダメージを与えたうえにこちらを強制的に後退させてくる衝撃波だ。あれさえ無ければ、もう少し攻撃の機会を増やすことができるだろう。それに加えて、酸の体液も厄介だ。アレに武器を破損させる効果があるのであれば、そう幾度《いくど》も斬ることはできない。

幸い、緋真が斬った部分は焼き斬ったような状態となっており、体液が分泌《ぶんぴつ》されている様子はない。緋真が斬る分にはそれほど問題は無いようであるが――

（……何とか、可能な限り少ない攻撃で倒《たお》すべきか。であれば――）

俺は、眼を細めて女王蟻の顔面を注視する。

現在のところ、奴の顔についている傷は二つ。俺が突き刺した左目と、緋真が付けた額の傷だ。あの女王蟻であろうとも、頭さえ潰せば殺せるはず。

であれば──

「……緋真、ルミナ！　仕《し》掛《か》けるぞ、俺が攻撃した場所と同じところを狙え！」

「了解です……！」

「分かりました！」

さて、先《ま》ずは相手の動きを止めねばなるまい。俺は覚悟《かくご》を決め、前に倒れ込むようにしながら強く地を蹴った。

歩法──烈震。

爆《は》ぜるような音と共に急加速した俺は、降り注ぎ、隆起する岩を回避しながら女王蟻へと突撃する。その俺の頭上を通り越えるようにして、緋真とルミナの魔法が女王蟻の翅へと向けて殺到《さっとう》していた。狙うのはどちらも、緋真が魔導戦技《マギカ・テクニカ》で傷を付けた左翅。収束する魔法は──傷ついていた左翅を、今度こそ粉砕《ふんさい》していた。まるでガラスの破片《はへん》のように翅が飛び散る中、悲鳴を上げる女王蟻へと突撃する。

打法──討金《うちがね》。

突進の加速の勢いを乗せ、柄尻《つかじり》にて女王蟻の顎の横を殴打《おうだ》する。それだけの運動エネルギーは流石にこたえたのか、女王蟻はぐらりとその体を揺《ゆ》らしていた。

尤も、それだけで倒れるほど容易《たやす》い相手ではないが――

「崩《くず》れ、落ちろォ！」

打法――寸哮《すんこう》。

ずん、と地響《じひび》きのような音を立て、衝撃が走る。内部へと衝撃を伝えるその一撃は、体勢を戻《もど》そうとした女王蟻へカウンターとなる形で突き刺さっていた。

頭の中を直接揺らされ、まるで崩れ落ちるように頭を落とす女王蟻。ちょうどいい高さまで頭を垂れたその額へと向かい、俺は小太刀を鞘に納めて太刀の鯉口《こいぐち》を切った。そして、弓を引き絞《しぼ》るかのように深く体を捻りながら構え――その一閃を、弾丸のように撃《う》ち出す。

「――《生命の剣》」

斬法――剛《ごう》の型、迅雷《じんらい》。

それは、久遠神通流《くどうじんつう》には数少ない居合の業。本来太刀で使うものではないがやってやれないことも無い。

しゃん、とまるで鈴《すず》が鳴るような音を立て、しかし目にも留まらぬ速さで黄金の軌跡のみを残しながら撃ち放たれ――女王蟻の額についていた傷痕《きずあと》を、正確になぞり抉っていた。

「行きます、先生……【剛炎斬《ごうえんざん》】ッ！」

俺が刃を振り切り、その場から退避《たいひ》するのと同時、入れ替わるように緋真が飛び込み刃を振るっていた。大上段に構えられた刀には炎が宿り、その踏み込みと共に振り下ろされた一閃は、俺が抉った傷を焼き斬り、さらに深い物へと変貌《へんぼう》させる。

そして――

「はあああああああッ！」

斬法――剛の型、穿牙《せんが》。

上空から、ルミナが小太刀を構えながら突撃する。刃には眩い光が宿り、そして突き出す刃の型は紛《まぎ》れもなく穿牙のもの。己の体重の全てまでもを込めたその一撃は、正確に抉られた傷へと潜り込み――その光を、頭の内側で炸裂させていた。

『ギイイイイイィィィィ――――――！』

眩い閃光《せんこう》に頭の中を焼き尽《つ》くされ、女王蟻は甲高《かんだか》い悲鳴を上げる。しかし、急所を焼き尽くされてはひとたまりも無く、女王蟻はそのまま、ゆっくりとその場に崩れ落ちていた。

『レベルが上昇《じょうしょう》しました。ステータスポイントを割り振ってください』

『《刀》のスキルレベルが上昇しました』

『《強化魔法》のスキルレベルが上昇しました』

『《斬魔の剣》のスキルレベルが上昇しました』

『《HP自動回復》のスキルレベルが上昇しました』

『《生命力操作》のスキルレベルが上昇しました』

『テイムモンスター《ルミナ》のレベルが上昇しました』

『テイムモンスター《ルミナ》がレベル上限に達しました。《スプライト》の種族進化が可能です』

……どうやら、思わぬ形で目標を達成することになったようだ。

しかし、下手をするとこれまでで最も苦戦したかもしれない。俺は深々と嘆息《たんそく》しつつも、ウィンドウを開いてルミナの情報について確認したのだった。

第二十四章 二度目の進化

戦闘も終わり、回復を行いながら諸々《もろもろ》の戦後処理を行っていく。ルミナの進化は、処理が終わって落ち着いた状態で始めることとしよう。

とりあえず武器の状態を確認する。元々耐久《たいきゅう》が減りつつあった太刀は、今の戦闘で随分《ずいぶん》と削られてしまったようだ。どうやらあの体液は、武器の耐久度を減少させる効果を持っていたらしい。ということは、やはり蟻酸《ぎさん》鉱の腐食とは、相手の武器や防具の耐久を減らす効果を持っているのだろうか。まあ、今すぐに確認できるわけでもないし、それは気にする必要は無いだろう。

と——武器から視線を戻したその瞬間、緋真《ひさな》が素《す》っ頓狂《とんきょう》な声を上げていた。

「あれ⁉」

「ん、どうした？」

緋真の方へと視線を向ける。すると、視界に入ったのは舞《ま》い散る青い燐光だった。それは、横たわる巨大《きょだい》な女王蟻の死骸《しがい》から発せられているもの。その光の散り方に、俺は確かに見覚えがあった。

「これは……ボスを倒した時の演出か？」

「そう、みたいですね。今のでアイテムが配布されています」

「ボス扱《あつか》いだったんですね、女王蟻……あの強さにも納得《なっとく》ですよ」

補助に徹《てつ》していたとはいえ、後衛のシェパードにとってはプレッシャーの強い相手であっただろう。苦笑《くしよう》しつつインベントリを確認《かくにん》すれば、確かに女王蟻由来と思われる素材が放り込まれていた。まあ、他のアイテムで枠《わく》がかなり圧迫《あつぱく》されているため、探すのには少々手間取ったが。

■《素材》群蟻女王の外殻
重量：8
レアリティ：5
付与効果：腐食耐性

■《素材》群蟻女王の足刃
重量：5

レアリティ：5
付与効果：腐食耐性

■《素材》群蟻女王の体液
重量：1
レアリティ：4
付与効果：腐食

■《素材》群蟻女王の翅
重量：4
レアリティ：6
付与効果：腐食耐性

どうやら、素材一つ一つの大きさもかなりのものであるらしい。思わぬ収穫《しゅうかく》であったが、もう一度手に入れてくるには少々厳しいだろう。女王蟻の出現条件もまだはっきりしていないが、流石にこれ以上は武器が持たない。まあ、ボス扱いということで素材自体はプレイヤー全員に配布されたわけだし、数はそこそこ確保できているだろう。

「うーむ……こりゃまた、どうしたもんかね」

「量はそこそこありますし、フィノに防具にしてもらっては？　どうせ篭手《こて》と足甲《あしこう》だけですし」

「この比重なら多少は鎧《よろい》にしてもいいとは思うんだがな」

女王蟻の外殻は、大きさの割には軽い素材のようだ。これで作った防具であるならば、大きさ次第《しだい》では動きを邪魔《じゃま》することも無いだろう。

まあ、素材自体がかなり頑丈であるため、どう加工するのかは想像もつかないが。

「……ドロップしたアイテムは大体同じようだな」

「僕《ぼく》には翅は出てないですね……まあ、他のは全部出てますし、そこまで差はないか」

とは言っても、この翅の使い道もよく分からんわけだが。

ともあれ、これで取得したアイテムの確認は完了《かんりょう》した。ならば次は――

「よし……じゃあ、お待ちかねの進化と行くか」

「おお！　クオンさん、彼女《かのじょ》がレベル16になったんですか！」

「今の女王蟻はかなりの経験値になったようだな。さて、普通の進化は……ああ、パーティメンバーの画面でやるのか」

アイコンが点滅《てんめつ》しているメニューを開き、情報を確認する。するとそこには、二種類の進化先を示すウィンドウが表示されていた。どうやら、ルミナの進化先はここでも分岐《ぶんき》するらしい。

■エレメンタル
種別：精霊《せいれい》
属性：光
戦闘《せんとう》位置：地上・空中
特定の属性に特化した性質を持つ中位の精霊。
高い魔法攻撃力《まほうこうげきりょく》を持ち、特に得意とする属性の魔法《まほう》については他の追随《ついずい》を許さない。
また、親和性の高い属性であれば、他属性の魔法を操《あやつ》ることも可能である。

■ヴァルキリー
種別：精霊・半神
属性：光
戦闘位置：地上・空中

神々の世界を守護する騎士《きし》であり、精霊にして半神。

魔法能力の高さに加えて武具を扱う能力を有しており、高い戦闘能力を誇《ほこ》る。

特定の武器の扱いに秀《ひい》でており、魔法と武器を併用《へいよう》した戦いを得意とする。


「ヴァルキリー……どうやら、これが特殊《とくしゅ》進化みたいですね」

「私たちで剣術《けんじゅつ》を教えてたから生えたんでしょうか？」

「どっちかと言うと、ウェポンスキルを取得することが条件なんじゃないですかね？」

「ふむ……まあ何にせよ、悩《なや》む理由は無いな」

他と比較《ひかく》できるわけでもなし、条件なんぞ考えていても仕方が無いだろう。

ともあれ、進化先がこの二つであるのならば、選ぶものは決まっている。こいつが何のために、妖精《ようせい》から外れた道を選んだのか。そして、どうして剣《けん》の道を選び、真摯《しんし》にそれと向き合ってきたのか——その憧《あこが》れを肯定《こうてい》したのは、他でもない俺自身なのだ。

「選ぶのはヴァルキリーだ。そうだな、ルミナ」

「はい、お父さま。わたしは、そのために頑張《がんば》ってきました」

「いい返事だ。なら、始めるとしよう」

パーティメニューから、進化先を選択《せんたく》する。ヴァルキリーの表示を指先で押下《おうか》した、そ

の瞬間《しゅんかん》――ルミナは体を丸めるようにしながら、蒼白《あおじろ》い輝きに全身を包まれていた。

以前見たものと同じ、進化の輝き。しかし、以前よりもなお大きいそれは、ゆっくりと宙に浮《う》かび上がるようにしながら明滅《めいめつ》する。その光の揺らぎの中、ルミナのシルエットが徐々《じょじょ》に大きくなっていくことが見て取れた。そして、その成長が収まると共に、膨《ふく》れ上がった光もまた収束してゆく。その中から現れたのは――俺に向かって跪《ひざまず》く、緋真とそれほど変わらぬ年頃《としごろ》の少女の姿だった。

「――ありがとうございます、お父様」

光を反射して輝くプラチナブロンドの髪《かみ》は長く、背中の中ほどまで届いている。そして顔を上げたその瞳《ひとみ》は明るい翠《みどり》に輝き、以前よりも更《さら》に知性的な光を宿していた。スプライトであった時のように手足が半透明《はんとうめい》に揺らいでいるということも無く、こうして見るとただの人間に見えるだろう。だが一点、明らかに人間とは異なる要素が存在していた。

それは、彼女の背中に展開されている光。黄金の輝きによって幾何学的《きかがくてき》な紋様《もんよう》を描く、光の翼《つばさ》だった。初めて目にする光の翼に思わず眼を見開いていると、以前よりも更に発音のしっかりした声で、ルミナは改めて口を開いていた。

「お父様達のおかげで、私はここまで来られました……心よりの感謝を」

「また大袈裟《おおげさ》なことを。お前に剣を教えていたのは緋真なんだ、俺のことはあまり気にせんでもいい」

「勿論《もちろん》、緋真姉様にも感謝の念は堪えません。ですが、この道を認めてくださったのは、他でもないお父様ですから」

そう言って、ルミナはゆっくりと立ち上がる。身長は緋真より若干《じゃっかん》低い程度か。これだけ成長しているならば、久《く》遠神通《どうじんつう》流の業を使う上でも不足は無いだろう。

進化によって装備は解除されてしまっており、今のルミナはデフォルトと思われる白いワンピース姿だ。流石に防具が何もないというのも落ち着かないが、これまで着ていた防具はサイズが合わなくなっているだろう。

「……緋真、お前の装備のお下がりとかはあるか？」

「あー……破損した時用に、一応一つ前の装備は取ってありますから、それを渡しますね」

緋真が予備で持っていた装備を取り出し、俺《おれ》とトレードで交換《こうかん》する。

それを改めてルミナに渡せば、その姿はあっという間に緋真に似た衣装へと変化していた。とはいえ、元々緋真向けに作られていたものだからか、金髪《きんぱつ》との相性《あいしょう》は少々悪い様子だったが。だがそれでも、佇《たたず》まいは堂々としたもの。どうやら、着こなしもそこそこになれていたようだ。

「よし、まあ、こんなもんか。武器は後で調達するとして……」

「先生、ルミナちゃんのステータスはどうなったんですか？」

「おっと、そうだったな。見てみるか」

緋真に促《うなが》され、俺は改めてルミナのステータスを表示する。そこに記載《きさい》されていたのは、スプライトの頃《ころ》からは一新された彼女の能力であった。

■モンスター名：ルミナ
■性別：メス
■種族：ヴァルキリー
■レベル：1
■ステータス（残りステータスポイント：0）
STR：25
VIT：18
INT：32
MND：19
AGI：21
DEX：19
■スキル
ウェポンスキル：《刀》
マジックスキル：《光魔法》
スキル：《光属性強化》
《光翼》
《魔法抵抗《まほうていこう》：大》
《物理抵抗《ていこう》：中》
《MP自動大回復》
《風魔法》
《魔法陣《まほうじん》》
《ブースト》
称号スキル：《精霊王の眷属《けんぞく》》

能力は全体的に向上していると言っていいだろう。《光翼》というスキルについては、どうやら以前持っていた《飛翔》から変化したもののようだ。まあ、字面《じづら》から見るに、今ルミナの背中で緩やかに羽ばたいているこの光の翼のことだろう。

「ルミナ、その翼は飛べるんだよな？　以前の飛行能力と何か変わっているのか？」

「はい、以前よりもよりスピードが出せるようになっていますし、方向転換《てんかん》なども機敏《きびん》に行えるようです」

「単純に上位互換《ごかん》って所か。他は……《魔法陣》と《ブースト》とやらが増えているな」

《物理抵抗》に関しても効果が上昇しているようであるが、まあこちらは字面通りだろう。それよりも、追加された二つのスキルは何なのか――そう考えていたところで、横から緋真が声を上げた。

「これは……プレイヤーも取れるスキルですね。《魔法陣》は……確か、魔法の効果の拡大だったかと。数が増えたりとか、範囲《はんい》が増えたりとかですね。で、《ブースト》はMPを消費してSTRとAGIを一時的に上昇させるスキルでしたか」

「ふむ……単純だが、それだけに使い所は多そうだな」

物理と魔法、両面でバランスよく強化されたと言った所だろう。ヴァルキリーはそのどちらもこなせる種族であるようだし、上手《うま》い具合にどちらも使いこなして貰《もら》いたい所だ。

手札があるのなら、利用しない手は無いからな。

「聞く限りだと、魔法剣士型《まほうけんし》って感じですね。僕の知る限り、テイムモンスターの中じゃ珍《めずら》しいタイプですよ」

「そうなのか？」

「大抵《たいてい》はどちらかに偏《かたよ》ってますからね。と言うか、そもそも人型のテイムモンスター自体が凄《すご》く珍しいんですが」

まあ確かに、シェパードの連れているテイムモンスターたちは、全《すべ》て動物の姿をしている。他にもいるのかもしれないが、これまで俺が戦ってきた魔物《まもの》も、悪魔《あくま》以外は殆《ほとん》ど人の姿をしていない。探せばどこかにいるのかもしれないが、今の所珍しいというのは否定できないだろう。

「……まあ何にせよ、いい具合に成長できたことは事実だろうさ。帰りがてら、具合を確かめていくとしよう」

「流石に街道《かいどう》沿いで帰りますよ？　装備もそろそろ耐久度が拙《まず》いんですから」

緋真の刀は女王蟻《あり》を焼き斬るようにしていたおかげか、今回はそれほど耐久度を減らされなかったようではある。だが、これまでの戦闘でかなり消耗しているのだ。いかに刀の扱いに慣れた緋真とは言え、これ以上長くは持たないだろう。

俺の太刀《たち》についても、女王蟻の体液のせいでかなり消耗する結果となってしまった。あまり余計に戦闘を繰《く》り返していれば、王都に到着《とうちゃく》する前に刀が折れることになるだろう。

それに、時間もそろそろ厳しい。あまりゆっくりとしていては、イベントの準備に影響《えいきょう》が出るだろう。

「……了解《りょうかい》だ、さっさと戻るとしよう。シェパード、お前さんもそれで構わないか？」

「ええ、勿論。彼女の進化も見られましたし、目的は全部果たせましたよ」

「妖精の進化としちゃ、参考にならないんじゃないか？」

「ははは……まあ、それは否定しませんけど。でも、精霊のルートがある程度分かったことは事実ですし、大きな収穫ですよ」

まあ、精霊に進化する条件については妖精女王がヒントになるようなことは言っていたし、それについてもシェパードには教えてある。その辺の考察についてはシェパードたちテイマーが自分で何とかするだろう。現状、俺はルミナのヴァルキリーへの進化に満足している。他のルートについて研究するつもりは無い。

軽く肩《かた》を竦《すく》め、俺は山を下りる街道の方へと向けて歩き出す。

「しばらく外に出る羽目になっちまったが……さて、王都はどんな具合になってるかね」

「大規模クランが次々と進出してるでしょうし、結構様変わりしてそうですねー……人が増えてそうだし、今のうちにエレノアさんに予約しておきましょうか」

「そうだな。頼《たの》んだぞ、緋真」

「はいはーい。了解です、先生」

調子のよい様子の緋真には若干呆《じゃっかんあき》れつつ、俺は意識をルミナの方へと向ける。

王都を出るころは幼女の姿であった精霊も、今では立派な戦乙女《いくさおとめ》だ。まるで騎士のように付き従う彼女の姿と、以前の印象との乖離《かいり》に、俺は苦笑を零《こぼ》していた。

第二十五章　王都への帰還

『《MP自動回復》のスキルレベルが上昇しました』

『《斬魔《ざんま》の剣》のスキルレベルが上昇しました』

あれから山を下りた俺たちは、ひたすら街道を通って王都ベルクサーディへと戻ってきていた。途中《とちゅう》の砦《とりで》の様子が少々気になったのだが、エレノアたちに購入《こうにゅう》予定品と帰還予定時刻を伝えていたため、寄り道をしている余裕《よゆう》はなかった。遠目から見ただけなので様子は分からなかったが、撤退《てったい》してくれていることを願うばかりだ。

ともあれ、何故《なぜ》か妙《みょう》に久しぶりに感じる王都まで辿《たど》り着いた俺たちの目に入ってきたのは、前とは比べ物にならぬほどに人通りの増えた街並みだった。

「こりゃまた……随分と増えたもんだな」

「うへぇ、サービス開始直後のファウスカッツェを思い出しますよ」

辟易《へきえき》した様子で呻《うめ》く緋真《ひさな》に、さもありなんと肩を竦める。これから戦いの舞台《ぶたい》となる場所なのだ、人が集まるのは当然だろう。

尤《もっと》も、人が多い場所に嫌気《いやけ》が差すという思いも理解できなくはない。俺自身、視線を集めてしまっている身だ。正直な所、ここまで人の増えた場所には居づらいというのも否定はできないだろう。とは言え、それを避けるために遠回りするほど臆病《おくびょう》というわけでもない。軽く嘆息し、俺たちは目的地である『エレノア商会』へと向かっていた。

「しかしまぁ、中々に慌《あわ》ただしい状況《じょうきょう》だな」

「そりゃそうでしょう、イベントまでもう残り少ないんですから」

「おかげで、僕たちに構ってる余裕のあるプレイヤーも少ないようですけど」

「それに関しちゃ助かるがな。アルトリウスの話があったとはいえ、無駄《むだ》なことをしてくる連中は皆無《かいむ》ではないだろうし」

未《いま》だに、こちらに対して話しかけようとしてくる連中はいる。しかし、それが俺に対して視線を向けている連中の場合は、視線で威嚇《いかく》して退散させておいた。クランをどうこうするつもりは無いし、イベントではアルトリウスと並んで戦うことが決定しているのだ。この状況では、顔見知りではない連中の話など聞いている時間は無い。

まあ、緋真ならばともかく、俺はそれほど顔が広いわけでもないし、顔見知りに話しかけられることは無かったが。

ともあれ、スムーズに『エレノア商会』の店舗《てんぽ》まで辿り着いた俺たちは、あらかじめ話を通していたおかげでそのまま店の奥《おく》まで通された。

「……僕もいいんですか？」

「構わんだろう。と言うか、ドロップアイテムの精算をせんといかんしな」

「そういえば、どういう風に精算しましょうか？　私たちはシェパードさんが合流する前から色々集めてましたし」

「俺は別に山分けでもいいんだが」

「いや、それは流石に……」

遠慮《えんりょ》するシェパードの様子に苦笑する。貰い過ぎに遠慮する様は好感が持てるが、今回は流石に数が多すぎる。正直、計算が面倒臭《めんどうくさ》いため、多少の不利益などどうでもいいと思っていた。まあ、細かく突《つ》き詰《つ》めるのも面倒だ、上位の素材は均等に分配するとして、その他の数だけ多い素材たちはざっくりと分ければいいだろう。

「蟻酸鉱は自分で《採掘《さいくつ》》した分だけ、蟻の上位種は均等に分配、女王蟻は配布されたもの……残りの素材はどうする？」

「正直、私たちも持ちすぎですからね……シェパードさんのインベントリに入っている分は自分で持っていっちゃっていいと思いますよ？」

「結構大量なんですけど……」

「むしろ、全体から見れば結構少ないぞ？　もっと持っていってもいいんだが――」

「い、いえ！　いいですよ、これだけで！」

「そうか、なら決まりだな」

そう告げてにやりと笑えば、シェパードは嘆息の後に苦笑を零していた。

実際、彼《かれ》のおかげで効率的に戦えたことは事実なのだ。正直、もっと欲を出しても良いと思っているのだが――まあ、本人が気にするのならばいいだろう。余計なしこりを残すぐらいならば、互《たが》いに妥協《だきょう》できる結果を落とし所とした方が良い。とりあえず、互いに異論が出なくなった所で落とし所とし、俺たちはフィノの作業場まで辿り着いた。

「待たせたな、到着したぞ、フィノ」

「おー！　待ってたよー、先生さん、姫《ひめ》ちゃん」

扉《とびら》を開ければ、いつもよりもテンションの高い様子のフィノが、にこやかに笑《え》みを浮かべて出迎《でむか》えてくれる。どうやら、新しい素材のことを随分と楽しみにしていたようだ。

そんなフィノの隣《となり》には、彼女と話していた様子である伊織《いおり》と、道具の整理をしていたと思われる勘兵衛《かんべえ》の姿があった。どうやら、この二人も俺たちのことを待ってくれていたらしい。同じくこちらに気が付いた勘兵衛は、どこか苦笑じみた表情で声を上げていた。

「よう、クオン。まーた予想外のことをやってくれたみたいだな」

「別に意図してたわけじゃないんだが」

「意図してやってたらそれはそれで困るんだが……まあいいや。こっちも慌ただしいんでな、とっとと話を進めちまおう」

規模の大きいクランである『エレノア商会』だ、当然慌ただしさも小規模クランの比ではないだろう。恐《おそ》らく、エレノアも今は慌ただしく陣頭《じんとう》指揮を執《と》っているはずだ。本来であれば、彼女の副官的な立場である勘兵衛もそちらに行っている筈《はず》なのだろうが――それよりも、俺たちの用事を優先してくれたということだろう。

手配したであろうエレノアには胸中で感謝しつつ、俺は勘兵衛の言葉に頷《うなず》いた。

「とりあえず、装備の調整から頼めるか？」

「おう、現状の素材で準備できるものについては既《すで》に用意してあるぜ」

言って、勘兵衛は部屋の奥にある机を示す。そこには既に、フィノの作ったものと思われる刀、そして伊織の手による着物が用意されていた。刀については蟻酸鉱を用いるつもりでもあったのだが、現状では蟻酸鉱による武器の性能が判明していない。そのため、現状の最高峰《さいこうほう》の装備を用意したうえで、後々比較しようと決めていたのだ。

とりあえず、まずは用意されている刀から確認する。

■《武器：刀》白鋼の太刀
攻撃力：32（＋4）
重量：18
耐久度：120%
付与《ふよ》効果：攻撃力上昇《こうげきりよくじようしよう》（小）耐久力上昇《たいきゆうりよくじようしよう》（小）
製作者：フィノ

■《武器：刀》白鋼の打刀
攻撃力：28（＋3）
重量：16
耐久度：120%
付与効果：攻撃力上昇（小）耐久力上昇（小）
製作者：フィノ

■《武器：刀》白鋼の小太刀《こだち》
攻撃力：24（＋3）

重量：12
耐久度：１２０％
付与効果：攻撃力上昇（小）　耐久力上昇（小）
製作者：フィノ

「ほう……この白鋼ってのは？」

「今、王都で手に入る最高の金属素材。現地人の伝手《つて》を使えばそれ以上のも手に入るけど……今の私じゃ扱えないかなー」

「ふむ。今はこれが最上級の出来であることは間違《まちが》いないか」

太刀と小太刀はいつも通り俺が使うために。打刀は緋真とルミナが使うために用意して貰ったものだ。これまでルミナは小太刀を使っていたが、今の体格では打刀の方がちょうどいいだろう。多少重くはなるが、今のルミナならば問題はあるまい。

まあ、取引はまだ完了していないため、刀は一度机の上に戻す。次に検分するのは、その隣に並べられた布系の防具一式だ。

「次はわたくしの番ですわね。今回、素材に加えて新しい製法も導入したのですわ」

「へぇ、それは初耳だね。クエストか何か出たの？」

「ええ、まだ取得者は少ないようですから、あまり有名にはなっておりませんが……効果のほどは保証いたしますわ」

自信満々に胸を張る伊織に、感心しながらも防具の方へと視線を向ける。デザインについては、以前のものとさほど変化は無いようだ。精々、襟《えり》の部分に紋様が入り、少々モダンな雰囲気《ふんいき》になった程度だろう。

■《防具：胴《どう》》魔絹の着物・金属糸加工（黒）
防御力《ぼうぎょりょく》：21（＋3）
魔法防御力《まほうぼうぎょりょく》：11（＋2）
重量：6
耐久度：100％
付与効果：防御力上昇《ぼうぎょりょくじょうしょう》（小）　魔法防御力上昇《まほうぼうぎょりょくじょうしょう》（小）　斬撃耐性《たいせい》
製作者：伊織

■《防具：腰《こし》》魔絹の袴《はかま》・金属糸加工（黒）
防御力：16（＋3）

魔法防御力：８（＋１）
重量：４
耐久度：１００％
付与効果：防御力上昇（小）　魔法防御力上昇（小）　斬撃耐性
製作者：伊織

防御力自体は以前から劇的に変化したわけではないが、魔法防御力が大きく上昇している。魔法に関してはいつも《斬魔の剣》で斬《き》っているが、相手の魔法威力《まほういりょく》が高いと貫通《かんつう》ダメージを受けることもある。魔法防御力が上昇するのは有効だろう。この魔法防御力の上昇は魔絹とかいう素材由来の特性だと思われるが、この金属糸加工というのは何だろうか。

そんな俺の疑問を察したのか、伊織は得意気な表情で声を上げた。

「金属糸加工は、金属を繊維状《せんいじょう》にして織り上げた生地《きじ》を、防具の生地の間に挟《はさ》んで縫《ぬ》い付けるという加工ですわ。単純な防御力の上昇に加えて、防具に斬撃耐性を付与することができます」

「ほう、この中にその金属繊維とやらを挟んであるってわけか」

「その通りですわ。尤も、その効果の代わりに、若干重量が増しておりますが……それでも、邪魔という程《ほど》ではないでしょう？」

　持ち上げてみれば、確かに俺が今着ているものよりは重く感じる。だが、それでも具足を身に纏《まと》った訳ではないのだ。この程度ならば調整の利《き》く範囲だろう。これならば、今までと変わらぬ調子で動き回れるはずだ。

「ふむ……二人とも、相変わらずいい腕《うで》だな」

「むふふん」

「ふふ、恐縮《きようしゆく》ですわ」

「満足してもらえたようだな。残りの装備については素材を受け取ってから作るから、次は精算やっちまうぞ」

「ああ、頼んだ」

　俺の言葉に頷き、勘兵衛は《書記官》のスキル画面を起動させる。装備については、俺とルミナの分、そして緋真の分で別々で計算を行う。未作製の装備まで含《ふく》めて片側の欄《らん》に載《の》せてしまえば、やはりかなりの量の金を取られる状況となっていた。とはいえ――

「これと、これと、これと、これと……」

「おいおいおいおいおい、何だこの量」

　フォレストエイプの素材、ストライクビーの素材、レギオンアントの素材――どれもこれも数ばかり多い素材を次々と放《ほう》り込んでいけば、表示されていた金額は瞬《また》く間《たま》に下がっていった。これだけの量があれば、そうなるのも当然と言えば当然だが。

「やたらと敵の量が多い地域でレベル上げをしていたからな。しかし、割と先の方のアイテムにしてはそれほどの金額じゃないな？」

「ああ、フォレストエイプとストライクビー、レギオンアントの素材か……まあ正直な話、こいつらの素材は二束三文なんだよ」

「この魔物たちの素材のこと、知ってたんですか？」

「もうある程度のプレイヤーは、あの近辺まで到達《とうたつ》してるからな。この魔物たちも数だけは多いんで、結構な量の素材が出回ってるんだわ」

まあ、この魔物たちについては出会うことも難しくはないし、一度出会えば無駄に大量に集まってくるのだ。素材が出回っていたとしても不思議ではないだろう。

「でもって、こいつらもあまりいい素材ってわけじゃないんだよこれが。猿《さる》の方は革《かわ》系の素材としては中堅《ちゅうけん》――レベル20届かないぐらいのプレイヤーにちょうどいいってところだな」

「そりゃあ……微妙《びみょう》だな」

「大量にとれるおかげで、中堅層《ちゅうけんそう》の装備の値段は結構下がってるけどな。あと、蜂《はち》の素材は針と翅《はね》、両方とも矢に使える。これも消耗品《しょうもうひん》だから売れはするが、それほど高い値段にはならんのさ。蟻に関しちゃ、まあ正直まだ研究不足なんだが、防具にするには微妙な性能だろ？　精々、軽さを活《い》かして軽装備勢の鎧にするぐらいだ」

まあ確かに、上位種ならばともかく、ただのレギオンアントの防御力は大したものではない。数が多く、希少性も性能も低ければ、大した値段にならないのも納得だ。

これは少々当てが外れた――とは言ったものの、数ばかりは大量にある。全ての素材を出し切らないうちに、装備品の金額を賄《まかな》うことはできていた。

「いったいどれだけ倒《たお》してきたんだよ……まあいいか、他にも何か入用なものはあるかい？　どうせなら一緒《いっしょ》に精算しちまうけど」

「あー……そうだな、それならポーション類を包んでくれるか？　一応、保険程度に持っておこうかと」

「……むしろ今まで持ってなかったのかよ。それならまあ、質の高いファーマシーポーションをセットで入れておくわ」

まあ、今まではポーションが無くとも何とかなっていたからな。

とは言え、今回のイベントでは多数の敵が相手になる。流石《さすが》に、緊急《きんきゅう》時の回復手段はいくつか持っておきたい。だが――

「ファーマシーポーションってのは何だ？」

「そっちも知らなかったんですか、先生……えっと、ポーションには製法が二種類あるんですよ。それが《調薬》と《錬金術《れんきんじゅつ》》のスキルで、ファーマシーポーションは《調薬》で作ったポーションの方を指します」

「ふむ？　その二つは何か違《ちが》うのか？」

「簡単に言えば、《調薬》はハンドメイドの高級品、《錬金術》は大量生産の統一規格品ですね」

「高価だが性能も高いものか、安価で普通《ふつう》のものか……どっちにも需要《じゅよう》があるからな。今回は、うちでもトップの薬剤師《やくざいし》の作品を付けておくぜ」

要するに、効果の高いポーションを売ってくれるということだろう。

まあ、素材を売った金は余っているのだ、どうせならば効果の高いものを手に入れておくべきだろう。ポーションに関しては、それで問題あるまい。さて、それならば――

「んじゃあ、ここからが本番だな」

俺はそう告げて、今回新たに手に入れたアイテムたちを、机の上に広げたのだった。

第二十六章　新装備へ向けて

アイテムの購入自体は、余りまくっている素材だけでも十分にお釣《つ》りがくるレベルだった。だが、今回の主題はそこではない。俺たちも、そしてフィノも——重要視しているのは、これらの新たな素材による装備の作製だ。

既に作製予定のアイテムについては《書記官》のリストに載っているが、どのような装備になるかまで決まっている訳ではない。これらの素材を『エレノア商会』に購入して貰わないことには始まらないのだ。

「レギオンアントの上位種の素材、それに蟻酸《ぎさん》鉱……」

「レギオンアントの巣まで到達しないと手に入らないアイテム、だったな」

「やはり、これを見るのは初めてか？」

「ああ、今の所、レギオンアントの群れに対しては敗走か全滅《ぜんめつ》かの報告しか届いてない。あいつら程『数の暴力』って言葉が似合う魔物もいないだろうよ」

嘆息《たんそく》交じりの勘兵衛《かんべえ》の言葉に、さもありなんと肩を竦める。まあ実際、俺たちもシェパードがいない段階では敗走していたのだ。あいつらが厄介《やっかい》な敵であることは、否定しようのない事実だろう。

「……とにかく、これらのアイテムが、今この場にあるものしかない可能性は非常に高い」

「って言うか、確定じゃないかなー？　そんなものがあったら、『エレノア商会《ウチ》』に持ってきてる可能性高いし」

「所属していない職人の所に持ち込まれている可能性は否定できませんが……まあ、その確率は低いでしょうね」

商会のメンバー三人の言葉に、俺は胸中で同意する。エレノアの構築している情報網《じょうほうもう》は伊達《だて》ではない。入手難易度のこともあるし、これらのアイテムを他に保有しているプレイヤーがいる可能性は低いだろう。かなりのアドバンテージではあるのだろうが――正直、シェパード抜《ぬ》きでもう一度やれと言われたら遠慮したいところだ。あいつらを相手にするのは色々と消耗《しょうもう》が激しいし、雑魚《ざこ》ばかりが多くて面倒臭い。

「鉱石自体に特殊効果《とくしゅこうか》が付いてるのは初めて見た。話には聞いたことがあったけど……」

「生産クエストの師匠《ししょう》に教わったことですの？　わたくしも似たような話は聞きましたが」

「ん、属性金属の話。そっちは？」

「属性紋刺繍《もんししゅう》ですわね。まあ、今のわたくしではまだ扱《あつか》えませんが……」

色々と気になる話をしているが、今すぐにどうにかできる話ではないらしい。

とりあえず、今考えるべきは間近に迫《せま》ったイベントのことだ。できもしない技術のことは、今考えていても仕方あるまい。

「それで、どうなんだ？　扱えそうか？」

「ん……蟻酸鉱は、少し練習が必要だけど、加工できないことはないかなー？　どんな風になるかは、作ってみないと分からないけど」

積み上げられた蟻酸鉱を眺《なが》めながら、フィノはそう口にする。どうやら、これで武器を作製することは不可能ではないらしい。とは言え、そう簡単な話でもないようではあるが。

「んー……姫ちゃんも同じぐらい取ってきてるんでしょ？　それも含めて全部消費するつもりでやれば、何とか三人分の武器は確保できると思う」

「そうか、なら問題はないな。緋真《ひさな》、お前も構わんか？」

「はい、大丈夫《だいじょうぶ》ですよ。別に、鉱石を余らせても私たちには使い道なんてないですしね」

「余裕が無いなら僕《ぼく》の分も提供しましょうか？　金属装備なんてほとんど使わないですし」

「いや、お前さんはこれから先、別のテイムモンスターで使うことがあるかもしれんだろう？　一応取っとけ」

シェパードも色々と苦労してこの鉱石を取得したのだ。流石に、それを俺たちに提供する必要は無いだろう。

ともあれ、蟻酸鉱については何とか目途《めど》が立ちそうだ。となれば、残りは――

「これが問題……女王蟻素材」

「蟻なんだからいるだろうとは思ってたが、まさか倒してくるとはな」

「フィノならギリギリ加工はできる範疇《はんちゅう》でしょうけれど……大丈夫ですの？」

「ん……外殻《がいかく》だけなら、まだなんとか。他はちょっと無理かも……この翅で剣《けん》とか作ってみたいけど、今はちょっと無理」

残念そうに眉根《まゆね》を寄せるフィノの言葉に、俺は僅《わず》かに視線を細める。

彼女《かのじょ》は、この『エレノア商会』におけるトップの鍛冶《かじ》師だ。その彼女ですら扱いきれないというのであれば、現状では無用の長物であるということだろう。別段、換金《かんきん》してしまってもいいとは思うのだが、他の在庫処分を含めると流石に金額が増えすぎる。

「……フィノ、その外殻を篭手《こて》と足甲《あしこう》に加工できるか？」

「行ける、と思う……ううん、やってみせるよ。それに、羽織にも少し装甲《そうこう》を張りつけようと思う」

「ええ、だから羽織はまだ出さなかったわけですので。最高の状態のものを仕上げてみせますわ」

「了解だ、期待しているぞ。外殻以外の女王蟻の素材については、俺たちで保管しておく」

「……そうしてくれ。正直、金額を相殺《そうさい》するのが厳しくなってきた」

嘆息する勘兵衛の様子に、くつくつと笑いを零す。

まあ、金額が大きすぎて雑貨品ではあまり相殺できていないのだ。ポーションを増やして貰うのも手ではあるが、高級なポーションであるため品薄《しなうす》であるようだ。

俺としても、正直な所ＨＰポーションはあまり使わない。自動で回復するし、減ったら《収奪《しゅうだつ》の剣》で回復すればいいからだ。そのためＭＰポーションを多めにしてもらってはいるが、そろそろ使いきれない量になりそうだ。今まではポーション無しで回してきたわけであるし、長期戦時の緊急手段ぐらいにしか使わないだろうからな。

「……とりあえず、これで装備を作る。ふふふ」

「楽しそうだね、フィノ？」

「難しそうだけど、腕が鳴る。新しい素材は、やっぱり楽しいね」

まあ、何だかんだで楽しんでいるようであるし、問題は無いだろう。明日までということで少々無理をさせてしまっているとは思うが、その様子を見ていると少し気が楽になった。この様子ならば、あまり心配する必要は無いだろう。

そう考えて小さく頷いていたところで、伊織《いおり》がポンと手を叩《たた》いていた。

「話は纏まりましたわね。それでは、わたくしは彼女の採寸を行いますわ」

「ああ、そういやその子のデータは無いんだったな。んじゃ、こっちは残りの精算をしちまうから、その間にやっとけよ」

「ええ、よろしくお願いしますわ」

どうやら、伊織はこの場でルミナの採寸を行うつもりのようだ。

まあ確かに、オーダーメイドの装備を作るならばそれも必要だろう。ルミナの場合、今の姿で装備を作るのはこれが初めてだからな。

さて、そうなるとしばらくは手持無沙汰《てもちぶさた》だ。緋真やシェパードの会計にもそこそこかかるであろうし、すぐに出ていくというわけにもいかないだろう。

ぼんやりと彼女らの様子を眺め――――その時、ふと隣からフィノが声を掛《か》けてきていた。

「ねえ、先生さん」

「ん、何か用か、フィノ？」

視線を向ければ、フィノはいつもの眠《ねむ》たげな表情で、こちらのことを見上げていた。だが、その締《し》まりのない表情とは裏腹に、彼女の瞳《ひとみ》の奥には確かな意志の色が宿っている。

どうやら、ただの世間話ではないらしい。そう判断した俺《おれ》は、改めて彼女の方へと向き直った。

地妖族《ドワーフ》であるフィノは、その補正によって身長はかなり低い。かつてのルミナ程、とまでは言わないが、見た目は完全に子供だ。その間延びした喋《しゃべ》り方《かた》もあり、かなり幼く見えるのだが、中身は緋真とそれほど変わらないだろう。故《ゆえ》に、緋真を相手にするのと同じ感覚で、彼女の声に耳を傾《かたむ》けた。

「先生さんは、刀を二つ使うの？」

「うん？　太刀と小太刀のこと……ではなくか？」

「今回は、太刀二つのこと。太刀と小太刀なら、使い分けるのも分かるけど……性能が違うとはいえ、太刀を二振《ふ》りも使うの？」

「……ふむ」

まあ、作り手からすれば当然の疑問かもしれないな。

今回は、先程《さきほど》の白鋼シリーズに加えて、この蟻酸鉱による武器まで注文している。だが、太刀は大型の武器であり、二刀流で扱えるようなものではない。せっかく作った武器だというのに、どちらかしか扱われないのであれば、フィノからしても面白《おもしろ》い話ではないだろう。しかし、俺もそれを無駄にするつもりは無い。軽く笑みを浮《う》かべながら、その言葉に返した。

「そうだな。六年ぐらい前の話になるんだが、刀一振《ひとふ》りで戦いに出て、酷《ひど》い目に遭《あ》ったことがあってな」

「……六年？　え、ゲームの話じゃ、ない？」

「ああ、現実の方だぞ。クソジジイに連れていかれた場所で混戦に巻き込まれてな……騙《だま》し騙し使っていたんだが、太刀《たち》一振りでは限界があった。だから小太刀は必ず持つようにしたし、長い戦いが予想される場所では太刀を複数持ち歩いていたんだ」

「へ、へぇ……」

一ヶ月ぐらい戻《もど》れないような戦場の場合は、最大で四つぐらいの太刀を常に携帯《けいたい》していた。最初は流石に重かったのだが、しばらくすると慣れて、普段《ふだん》通りに動けるようになったものだ。まあ、あのクソジジイは常に一振り──俺が羨《うらや》んだあの名刀一つ担《かつ》いで全て対処しきっていたのだが。今の俺ならばあれに近いことはできるだろうが……それでも、あれだけの刀が無ければ一振りでどうにか、とはいかないだろう。

「今回は大規模な戦いだ。それだけ、斬らなければならない相手も多くなる。そういう時は、主武装を複数持ち歩くようにしてるんだよ」

「……そこまでする？」

「今回のレベル上げでも、かなり刀が消耗したからな。複数持ち歩いておいて損はあるまい」

まあ、太刀の耐久値《たいきゆう》を大幅《おおはば》に減らされたのは、あの女王蟻が原因だったのだが。とは言え、ああいった能力を持った敵が出てこないとも限らない。いざという時のため、入れ替《か》えられる武器があるのはいいことだ。

とりあえず、フィノも俺の言葉に納得《なつとく》できたのか、いつもの眠たげな表情で頷いていた。

「ん……分かった。先生さんなら使いこなせるだろうし、無駄にはしないかな」

「それについては保証しよう。きっちり使いこなしてやるさ」

「うん、お願いねー」

フィノの言葉に頷きつつ、俺は机に置いてある新たな装備へと近づく。

武器にせよ防具にせよ、命を守るための要素に変わりはない。どこまでも使い尽《つ》くし、そして向かってくる敵を殺し尽くす――ああ、あの頃《ころ》と何も変わりはしない。

「……勘兵衛、出来上がっているものはもう持っていっても構わないか？」

「ああ、問題ない。修理費も計上してるから、外した装備は置いていってくれ」

その言葉に頷き、俺は自分用の装備を手にして、装備画面から装備を変更《へんこう》した。まあ、見た目にはあまり変化は無い。だが確かに、若干《じやつかん》重くなった印象はあった。とは言え、動きに支障が出るほどのレベルではない。少しの間慣らしてやれば、修正は十分可能だろう。

「ふむ……まあいい時間だし、慣らすのは明日だな」

アルトリウスとの会談もあるし、本格的に戦っている余裕は無いだろう。とは言え、それだけで全《すべ》ての時間を使うわけでもなし、多少慣らす程度なら問題あるまい。装備の重さを確認《かくにん》しながら脳裏《のうり》で明日の予定を組み立てていると、緋真たちの声がざわめき始める。

どうやら、商談は終わったようだ。

「先生、お待たせしました」

「お父様、こちらも終わりましたよ」

「おう。とりあえず、今ある装備は貰《もら》っておけ」

その言葉に、緋真とルミナは笑顔《えがお》で自分の装備に手を伸《の》ばしていく。それしかないルミナはともかく、防具よりも先に刀に手を伸ばす辺り、緋真も久《く》遠神通《どうじんつう》流らしいと言うべきか。彼女たちの様子に苦笑《くしょう》しつつ、俺は近寄ってきたシェパードへと声を掛けた。

「さて、俺たちはそろそろログアウトするが……お前さんはどうする、シェパード？」

「折角《せっかく》のタイミングですから、少し装備を注文していこうと思います。中々、トップ生産職の人に直接というのは機会が少ないですから」

「そうかい。なら、今回はここまでだな」

にやりと笑いながらそう告げると、シェパードもまた薄《うす》く笑みを浮かべ、そして深々と頭を下げる。

「ありがとうございました、クオンさん。色々とお世話になりました」

「何、こっちだって助かったんだ。お前さんの《呪歌》が無かったら、ルミナもまだ進化できていなかっただろう」

これは紛《まぎ》れもない事実だろう。シェパードの《呪歌》があったからこそ、俺たちは効率的に敵を倒すことができた。彼が居なければ、蟻《あり》の巣を攻略《こうりゃく》できていたかどうかは分からない。ルミナの進化が間に合ったのは、紛れもなく彼の功績だ。

「また機会があったら、共に戦うとしよう。それじゃあな」

「ありがとうございました、シェパードさん」

「ありがとう。シルフィにも、よろしく言っておいてください」

「あはは……こちらこそ、ありがとうございました。それじゃあ、また」

シェパードと、フィノたちにも目礼し、俺たちは『エレノア商会』を後にする。そしてそのまま、俺たちは本日のゲームを終了《しゅうりょう》としたのだった。

■アバター名：クオン
■性別：男
■種族：人間族《ヒューマン》
■レベル：27
■ステータス（残りステータスポイント：0）
STR：24
VIT：18
INT：24
MND：18
AGI：14
DEX：14
■スキル
ウェポンスキル：《刀：Lv.27》
マジックスキル：《強化魔法《まほう》：Lv.19》
セットスキル：《死点撃《う》ち：Lv.17》
《MP自動回復：Lv.15》
《収奪の剣：Lv.14》
《識別：Lv.15》
《生命の剣：Lv.16》
《斬魔《ざんま》の剣：Lv.7》
《テイム：Lv.12》
《HP自動回復：Lv.12》
《生命力操作：Lv.9》
サブスキル：《採掘：Lv.8》

称号《しょうごう》スキル：《妖精《ようせい》の祝福》
■現在SP：30

■アバター名：緋真
■性別：女
■種族：人間族《ヒューマン》
■レベル：27
■ステータス（残りステータスポイント：0）
STR：24
VIT：17
INT：21
MND：18
AGI：16
DEX：16
■スキル
ウェポンスキル：《刀：Lv.27》
マジックスキル：《火魔法：Lv.23》
セットスキル：《闘気：Lv.17》
《スペルチャージ：Lv.16》
《火属性強化：Lv.15》
《回復適正：Lv.10》
《識別：Lv.15》
《死点撃ち：Lv.17》

　　　　　　　《格闘《かくとう》：Lv.16》
　　　　　　　《戦闘技能《せんとう》：Lv.16》
　　　　　　　《走破：Lv.16》
　サブスキル：《採取：Lv.7》
　　　　　　　《採掘《さいくつ》：Lv.10》
　称号スキル：《緋の剣姫《けんひめ》》
■現在SP：30

■モンスター名：ルミナ
■性別：メス
■種族：ヴァルキリー
■レベル：1
■ステータス（残りステータスポイント：0）
　STR：25
　VIT：18
　INT：32
　MND：19
　AGI：21
　DEX：19
■スキル
　ウェポンスキル：《刀》
　マジックスキル：《光魔法》
　スキル：《光属性強化》

《光翼《こうよく》》
《魔《ま》法《ほう》抵抗《ていこう》：大》
《物理抵抗《ていこう》：中》
《ＭＰ自動大回復》
《風魔法》
《魔《ま》法《ほう》陣《じん》》
《ブースト》
称号スキル：《精霊《せいれい》王の眷属《けんぞく》》

──妖精は、人の本質を見抜《みぬ》く。

現地人《NPC》の間で交《か》わされ、認識《にんしき》されているその言葉は、実際の所妖精そのものの性質を正確に見抜いたものであるとも言える。即《すなわ》ち──妖精たちは、相対した知的生命体が抱《いだ》いている感情を敏感《びんかん》に察知することができるのだ。そしてそれは、当然ながら彼女も例外ではなかった。

ルミナと名付けられた妖精。正しい意味で、始めて異邦人《プレイヤー》と邂逅《かいこう》し、縁《えん》を結んだ存在。果たして、それはゲームを運営する側にとっては予想外極《きわ》まる展開であったのだが──当の妖精本人にとってみれば、それは当然の流れとも言える展開であった。

「…………」

進化の果て、今は精霊から半神へと成長したルミナは、己《おのれ》が縁を結んだ存在をじっと見つめる。

クオン──類稀《たぐいまれ》なる武辺を有する、一人の異邦人。彼《かれ》を初めて目にした時、ルミナが感じたものは衝撃《しょうげき》以外の何物でもなかった。そして、その時抱いた感情は、ヴァルキリーとなった今でも変わっていない。

(澄《す》んだ水面……そして、燻《くすぶ》り続ける炎。それが、お父様の本質)

妖精は、人の本質を見抜く。その例に違《たが》うことなく、ルミナもまたクオンの性質を見抜いていた。その様は、まるで凪《な》いだ湖面のよう。波もなく、飛沫《しぶき》もなく、ただ静謐《せいひつ》に空を反射し続ける水面。たとえ何かの拍子《ひょうし》に波紋《はもん》が起こったとしても、それが全体に影響《えいきょう》を与《あた》えることはなく、やがては安定して消えてゆく。それは成熟した精神を持つ者特有の情景であり、それそのものについては、ルミナも経験があった。他でもない、自分たちの母こそがそれに近しい精神を持つものであったが故に。

だが——その裡《うち》にある激情を見抜いたが故に、ルミナはクオンに惹《ひ》かれることとなったのだ。

(身を焦《こ》がすほどの炎……赫怒《かくど》と、憎悪《ぞうお》)

クオンの精神の奥底《おくそこ》で燻るそれは、怒《いか》りや憎《にく》しみの感情に他《ほか》ならない。それは己《おのれ》の身を焦がし、心を狂《くる》わせるほどに強いものだ。それこそ、正気を保つことすら難しいほどであろう怒りは——しかし、彼の精神の表層たる湖面には、一切《いっさい》の影響を及《およ》ぼしていなかったのである。

妖精たちは、決して負の側面にある強い感情を好かない。クオンの抱く怒りなどはまさにそれであり、その感情が彼の心の表層にあったならば、ルミナは決して彼に近づくことは無かっただろう。だが現実として、彼はその感情を完全に抑《おさ》え込み、己の精神を制御《せいぎょ》してみせているのだ。故にこそ、ルミナは彼の放つ怒りの熱量を感じ取ることもなく、むしろ心地《ここち》よい湖面のような静謐さを享受《きょうじゅ》することができていたのである。しかしながら、その湖面を覗《のぞ》き込めば、底には赤く燃える炎を目にすることができる。ルミナは――否、他の妖精たちですら、そのような精神は感じ取ったことが無かったのだ。

「お父様は……」

「ん？　どうした、ルミナ」

聞かせるつもりのなかった小さな呟《つぶや》きに反応を返され、ルミナは思わず眼を見開く。ヴァルキリーへの進化を遂《と》げ、来たる戦いへと向けて準備をするための帰還《きかん》の途《と》。父と仰《あお》ぐ彼に対し、ルミナは僅かにたじろぎながらも声を上げた。

「お父様は……悪魔《あくま》を憎んでいるのですか？」

「うん？　ふむ……ちょいと難しい質問だな」

そんなクオンの反応に、ルミナは思わず眼を瞬《まばた》かせる。どのような時でも即断即決《そくだんそっけつ》である彼が、煮《に》え切らない態度を取ったことが意外だったのだ。しばし黙考《もっこう》し、言葉を吟味《ぎんみ》したクオンは、軽く息を吐《は》き出してから改めて声を上げる。

「俺にとって、人ってものは二種類ある。戦う人間と、戦わない人間だ」

「戦えるかどうか……ですか？」

「違う、戦う覚悟《かくご》があるかどうかだ」

クオンの告げた言葉の意味を理解しきれず、ルミナは首を傾《かし》げる。そんな彼女の様子に、クオンは苦笑と共に声を上げた。

「戦える戦えないに拘《かか》わらず、人間は戦場に立つことができる。それは物理的な話ではなく、精神的な話だ」

「……戦う覚悟があるかどうか、ですか」

「正直言語化は難しいんだが、簡単に言ってしまえばそんな所だな」

元々妖精であり、今でも人間の心の機微《きび》には敏感なルミナにとっては、何となくではあるが理解できる話であった。

心というものは、常に揺れ続けるものだ。それは感情がある生き物として当然の情動であり、当然あるべきものとも言える。しかし、ごく稀にではあるが、そういった揺れが存在しない者もいるのだ。例えば——目の前にいる、クオン自身のように。それを覚悟と呼ぶのであれば、ルミナとしても納得できる話ではあった。

「まあ、ともあれ……戦う人間と戦わない人間ではな、護《まも》るべきものが異なるんだ」

「……よく、分かりません」

「まあ、そうかもな。ざっくりと言ってしまえば……戦わない人間にとって、絶対に護らなければならないものは命だ。彼らはただ安穏《あんのん》と生きるべきであり、その営みは決して揺るがしてはならないものだ」

クオンの言葉を飲み込み切れず、ルミナは眉根を寄せつつも彼の言葉に耳を傾け続ける。クオンの生き方に憧《あこが》れ、剣の道を志したルミナにとって、彼の考え方は決して聞き逃《のが》せるものではなかったのだ。

「俺はそういう、絶対に譲《ゆず》ってはならないラインを平気で踏《ふ》み越《こ》えてくる奴《やつ》らを許さない。あの悪魔共は、特にそういった類だろう」

「……なる、ほど」

決して、クオンの考え方を理解し切れた訳ではない。だが、ルミナはある程度彼の言わんとしていることを把握《はあく》した。悪魔は、基本的に全ての生命と敵対している。その攻撃《こうげき》対象に区別はなく、悪魔は無辜《むこ》の民であろうと容赦《ようしゃ》なくその手に掛ける。彼は、それを許すことができないのだと――――ルミナは、そう理解した。

だが、それは彼の抱く思いの一端《いったん》に過ぎない。未熟な彼女では、その全てに対して共感することはできないのだ。誰《だれ》よりも彼女自身がそれを自覚し、歯痒《はがゆ》く思いながら、妖精であった頃の日々に思いを馳《は》せる。

ルミナは、クオンに憧れた。彼を父と仰ぎ、かつての己を捨て、母の下《もと》から巣立つ覚悟を決めるほどに。それは何より、彼の特殊《とくしゅ》な精神が、その武に直接結びついていると直感的に理解したためでもある。彼の後をついて行けば、いずれはこの特殊な心の在り様を理解できると考えたのだ。尤《もっと》も、今では剣そのものに対する興味が勝っており、強くなることこそに執着《しゅうちゃく》しているのであるが。

「お父様は……悪魔の在り様が、行動そのものが認められない、ということですか」

「確かに、噛《か》み砕《くだ》いてしまえばそういうことだがな……」

ルミナの結論に対して、クオンは軽く苦笑を零《こぼ》す。決して否定することはできない、だが全くの正解とも言い難《がた》い――彼は、そう表情で告げていた。その表情に僅かな不満を覚え、ルミナは僅かに眉根を寄せる。しかしながら、対するクオンは笑《え》みを零すばかりだ。

「正直、言語化するのが難しいんだよ。本能的な部分であると言ってもいい。俺はただ、心の底から奴らの在り方が嫌《きら》いなだけだ」

「……はい、お父様」

クオンの言葉に、ルミナは小さく頷《うなず》く。

理解できないわけではない。それは納得できる話であるのだ。だが――それらの説明は、決してクオンの心の奥底をさらけ出したものではない。ルミナは、かつて妖精であったがゆえに、それを正確に理解していた。クオンの心――その奥底で燻り続ける炎は、今の言葉だけでは全く揺れる気配がない。本心であったとしても、本質にまで届くような話ではないのだ。

「…………」

ルミナは、これまでに戦ってきた相手に思いを馳せる。魔物《まもの》と戦っていても、クオンはただ楽しそうにしていた。強敵が相手であればそれはさらに顕著《けんちょ》であり、先の女王蟻との戦いは彼の心を揺さぶるには十分なものであった。だが、その戦いでは彼の心の湖面に波紋を生みこそすれ、奥《おく》にある炎が蠢《うごめ》く気配は皆無《かいむ》であったのだ。

そしてこれまでの経験上、彼の炎が気配を覗かせたのは、片手で数えられるほどしかない。

（やはり……悪魔こそが、お父様の怒りや憎しみを動かすスイッチになる）

ルミナがその様を垣間見《かいまみ》たのはたった二回。街道《かいどう》を塞《ふさ》いでいた悪魔――男爵《だんしやく》級悪魔ゲリュオンと、王都において暗躍《あんやく》していたデーモンナイトと相対した時だけだ。湖の底にあった炎は揺らめき、湖の湖面に波紋を立たせ――けれど、全体に影響を及ぼすことはない。

尤も、仮に湖全体が荒《あ》れるということがあれば、それは即ちクオンが我を忘れるほど感情を乱されるということであり、そのような事態が起こることなどあり得ないとルミナは考えていたが。

（悪魔は、無辜の民を傷つける。確かにその通り……でも、本当にそれだけ？）

ゲリュオンも、デーモンナイトも、確かにそのような存在であっただろう。だが、かの悪魔たちはクオンの目の前でそのような行動を取っていたわけではなく、またクオン自身に何かをしたわけではない。そして、彼もまたゲリュオンが初めて遭遇《そうぐう》した悪魔であり、それ以前に悪魔との確執《かくしつ》があったわけではない。

ルミナは、彼がゲリュオンと相対した時の言葉を思い返し――一つ、問いを投げた。

「では、お父様……戦う人間が護るべきものは、何なのでしょうか」

「それは、一概《いちがい》に『これ』と決められるものじゃない」

そう口にして、クオンは視線を巡《めぐ》らせる。遠いその目が移しているのは、果たして何であるのか――今のルミナでは、それを察知するには至らない。けれど、口を挟《はさ》むことが憚《はばか》られるほどの想《おも》いが、そこにはあった。

「お前の言う通り、俺の定義する『戦う人間』とは、覚悟を決めた人間のことを指す。より正確に言うのであれば、命よりも大切なものを定めた人間か……あのアルトリウスなんかは、まさにその類だろうよ」

「よく……分かりません。お父様も、そこまで言葉を交わされたわけではないのに……」

「こういうのは感覚的なもんだ。覚悟や目的という言葉が弱いのであれば、使命や大義と言い換《か》えてもいい。或《ある》いは……そうだな、誇《ほこ》りとも呼ぶべきものだ。分かるか？」

クオンの問いに対して、ルミナは緩《ゆる》く首を振る。その表情には、ありありと悔《くや》しさが滲《にじ》み出ていた。クオンの言葉を理解できぬことが、何よりも悔しかったのだ。

そんなルミナの様子を見て、クオンは苦笑と共に手を伸ばす。緋《ひ》真《さな》とさほど変わらぬほどの高さになった頭を軽く撫《な》でながら、彼は笑みと共に告げた。

「お前は好奇《こうき》心《しん》から剣を手に取った。その始まりは、決して間《ま》違《ちが》いではない。誰だって最初はそんなもんだ。だが――いずれは分かるようになるだろうよ」

「はい、よく考えておきます」

「そうしておけ。さて、話を戻すが……俺が定義する『戦う人間』には、決して譲れないものがある。命を賭《と》してでも手放せないものがある」

クオンの言葉に、ルミナは小さく頷く。戦わない人間が護るべきものが命であるならば、戦う人間が護るべきものはそれ以外なのだと考えていたのだ。だが、その具体的なイメージまでは浮かんでおらず、ルミナはクオンの続ける言葉を待つ。その様子に笑みを浮かべたまま、クオンは告げた。

「それは敬意を抱くべきものだ。たとえ何であったとしても、己の命よりも優先して抱くものであるならば、俺は敬意を表する。そして――それを踏み躙《にじ》られることこそが、俺が最も憎むものだ」

「……！」

その言葉に、ルミナは思わず息を飲んだ。

僅かに滲みだした殺気、そして心の湖面の下で揺らめく炎。彼の有する憎悪の発露《はつろ》に、ルミナはようやくその本質の片鱗《へんりん》を掴《つか》み取った。

――或いは、これこそがクオンの譲れぬものであるのだと。

「悪魔は……奴らは、それを容赦なく踏み躙った。相手に対する敬意もなく、単なる獲物《えもの》としか見ていない。だからこそ……俺もまた、相応の対処をするだけだ」

決して、胸裏《きょうり》にて燻っている炎そのものではない。だが、それに通じるものであることには間違いないだろう。湖の底から漏《も》れ出る炎の赤に、ルミナは思わず息を飲む。ほんの僅かに漏れ出ただけでこれほどの憎悪であるならば――果たして、その奥底にある炎は、どれほどのものであるのかと。

「……と、まあそういうことだ。悪魔というものを種族的に憎んでいるというよりは、奴らの性質が気に入らないというだけだ」

「だけ、というには少々……」

「言うなよ、自覚はある」

苦笑しつつ、クオンはそう告げる。それほどまでに、彼の抱《かか》えている感情は重いのだ。普段それを制御できているだけでも驚《おどろ》くべきことだと、ルミナは胸中で舌を巻く。精神に深い理解を持つルミナであるからこそ、それが驚くべきことであると理解できた。

「だが……ちょいと引っかかることもあるんだよなぁ」

「悪魔のことですか？」

「ああ。だが、そちらは俺自身よく分かっていない。奴らを見ていると、何となく引っかかることがあるという程度だ。今は分からんし、説明も難しい。こっちについては気にしないでくれ」

「はあ……分かりました」

煮え切らない内容ではあるが、そう言い切られてしまえば、ルミナもそれ以上問いかけることもできない。だが――その言葉の全てが本当ではないと、彼女は理解していた。何故《なぜ》ならば――

（炎が、揺らめいている）

心の湖面には、一切の波紋は無い。波立つ気配も、怒りが表層化する気配も、一切。けれども、クオンの胸裏で燃える炎は、これまでとは全く異なる様相を示していた。

それは——

「……お父様」

「ん、まだ何かあるのか？」

「……いえ、行きましょう。王都までもうすぐです」

「っと、そうだな。急ぐとしよう」

——感じ取ったものから目を逸《そ》らし、ルミナは足早に歩を進める。

燻るようなものではない、小さくはあるが燃え上がるような炎。それが一体何を示しているのか、今のルミナには理解できない。だが——

（……お父様に、それを御《ぎょ》せぬはずがない）

心からの信頼《しんらい》と共に、ルミナは前を向く。クオンの過去は分からず、抱いている想いの全てを理解できたわけではない。それでも——彼が己自身に負けることだけはあり得ないと、全幅《ぜんぷく》の信頼と共に、ルミナはそう確信していたのだ。

あとがき

ども、Allenです。何かしらやり始めると必ず凝り性になる私ですが、昨今の情勢に負けず、趣味も執筆も日々、飽きずに頑張っている次第です。

さて、今回は「マギカテクニカ」第三巻を手に取って頂き、そしてここまで読んでいただき、どうもありがとうございました。

第三巻は大きなイベントの準備段階となるため、登場人物の強化がメインの話でした。特にルミナは大きな強化があり、更に外見も一新！　ひたき様によるとても素晴らしいデザイン&カバーイラスト、作者としても大満足でした。どうもありがとうございます。

また、嬉しいことに現在コミカライズ企画も進行中とのこと。こちらの詳細については、続報をお待ちください。ではでは、また次巻でお会いできましたら！

Allen

Ｗｅｂ版：https://ncode.syosetu.com/n4559ff/
Twitter：https://twitter.com/AllenSeaze

HJ NOVELS
HJN48-03

マギカテクニカ
～現代最強剣士が征くVRMMO戦刀録～ 3

2021年3月19日　初版発行

著者――Allen

発行者―松下大介
発行所―株式会社ホビージャパン
〒151-0053
東京都渋谷区代々木2-15-8
電話　03(5304)7604（編集）
　　　03(5304)9112（営業）

印刷所――大日本印刷株式会社

装丁――AFTERGLOW／株式会社エストール

ISBN978-4-7986-2396-2　C0076

ファンレター、作品のご感想お待ちしております

〒151−0053　東京都渋谷区代々木2−15−8
(株)ホビージャパン HJノベルス編集部 気付
Allen 先生／ひたきゆう 先生